불량 소년, 날다

고든 코먼 지음 · 최제니 옮김

미래인

불량소년, 날다

1판 1쇄 펴낸날 2019년 12월 10일
1판 3쇄 펴낸날 2022년 5월 10일

지은이 고든 코먼 **옮긴이** 최제니 **펴낸이** 김민지 **펴낸곳** 미래M&B
책임편집 황인석 **디자인** 서정민 **영업관리** 장동환, 김하연
등록 1993년 1월 8일(제10-772호) **주소** 서울시 마포구 동교로 134(서교동 464-41) 미진빌딩 2층
전화 02-562-1800(대표) **팩스** 02-562-1885(대표) **전자우편** mirae@miraemnb.com
홈페이지 www.miraeinbooks.com **블로그** blog.naver.com/miraeibooks

ISBN 978-89-8394-874-8 03840

그레이트 넥 공립도서관 청소년센터에

이 책을 바칩니다.

1장

체이스 앰브로즈

떨어진 기억이 난다.

적어도 내 기억으로는 그렇다. 아니면 내가 떨어졌다는 걸 알기 때문인지도 모른다.

잔디밭이 저 멀리 있었는데— 그게 아니었다. 누군가 소리를 질렀다.

잠깐— 나다.

충격이 있을 거라고 예상했는데, 아무 일도 일어나지 않았다. 대신 모든 것이 멈췄다. 태양이 사라졌다. 내 주변의 세상이 깜깜해졌다. 기계가 멈춘 것처럼 모든 의식이 꺼져버렸다.

이대로 죽는 걸까?

완전한 공백 상태.

눈을 찌르듯 강렬한 형광등 불빛에 고통스러웠다. 눈을 질끈 감았지만 불빛은 사라지지 않았다. 폭발이 일어난 것 같았다.

주변에서 웅성대는 소리가 들렸다. 흥분한 목소리였다.

"깨어났어—"

"어서 의사 선생님을 불러—"

"못 일어날 거라고 했는데—"

"오, 체이스—"

"의사 선생님!"

주변에 누가 있는지 알아내려고 애썼지만, 불빛 때문에 숨이 멎을 것 같았다. 나는 몸부림을 치며 눈꺼풀을 파르르 떨었다. 온몸이 아팠는데, 특히 목과 왼쪽 어깨가 더했다. 흐릿했던 시야가 점점 선명해져왔다. 사람들이 서 있거나 의자에 앉아 있었다. 나는 시트를 덮고 누워 있는데, 하얀 시트 때문에 더 눈이 부셨다. 손을 들어 얼굴을 가리려 했지만 전선줄과 튜브 때문에 손을 움직일 수가 없었다. 손가락에 끼워진 클립이 삐삐 소리를 내며 침대 옆에 놓인 기계에 연결되어 있고 그 위로 뻗은 봉에는 링거 주머니가 걸려 있었다.

"하느님, 감사합니다!"

옆에 있던 여자는 감정이 북받쳐 말을 잇지 못했다.

이제 여자의 모습이 조금 더 선명하게 보였다. 긴 갈색 머리에, 어두운 색의 뿔테 안경을 끼고 있었다.

"우리가 발견했을 때 넌 이미—"

여자가 말을 잇지 못하고 울음을 터트렸다. 여자보다 훨씬 젊어 보이는 청년이 여자의 어깨를 감싸 안았다.

그때 하얀 가운을 입은 의사가 불쑥 들어왔다.

"깨어난 걸 축하한다, 체이스!"

의사가 큰 소리로 인사하며 내 침대 발치에 걸려 있는 클립보드의 차트를 집어 들었다.

"기분이 어때?"

내 기분이 어떻냐고? 온몸을 주먹으로 맞고 발로 차인 것 같았다. 하지만 그게 문제가 아니다. 아무 기억이 나질 않는데 대체 기분 따윌 어떻게 알 수 있을까?

"여기가 어디죠? 왜 내가 병원에 있는 거예요? 이 사람들은 다 누구고요?"

안경을 쓴 여자가 숨이 턱 막히는 소리를 냈다.

"얘야, 체이스. 나야, 엄마."

엄마라니. 이 여자는 설마 내가 엄마도 못 알아볼 거라고 생각하는 걸까?

"전 아줌마를 처음 보는데요. 우리 엄마는— 우리 엄마는—"

그제야 비로소 알게 됐다. 엄마에 대한 기억을 떠올리려 했지만 아무 생각이 나질 않았다.

아빠도, 집도, 친구나 학교도, 아무것도 기억나지 않았다.

걷잡을 수 없을 만큼 극심한 불안감이 엄습했다. 기억을 떠올리는 방법은 알겠는데, 실제로는 아무 생각이 나질 않았다. 마치 하드드라이브가 깡그리 지워진 컴퓨터가 된 것 같았다. 재부팅해서 다시 운영체제를 가동할 수는 있지만 그 안에 아무것도 들어 있지 않은.

심지어 내 이름조차도.

"내가— 체이스예요?"

그동안은 내가 입을 열 때마다 내 질문이 충격적인지 침대맡에서 술렁이는 소리가 들렸는데, 이번에는 완전히 체념한 듯 침묵이 감돌았다.

나는 의사가 손에 들고 있는 차트로 눈을 돌렸다. 클립보드 뒷면에는 '앰브로즈, 체이스'라는 글자가 적혀 있었다.

나는 누구지?

"거울! 누가 거울 좀 주세요!"

내가 고함치자, 의사가 진정시키려는 듯 차분하게 말했다.

"아직은 거울을 보지 않는 게 좋을 것 같구나."

하지만 진정할 기분이 아니었다. 나는 더욱 거세게 소리쳤다.

"거울!"

내 엄마라고 했던 여자가 지갑 안을 뒤적거리더니 나한테 콤팩트를 건네줬다.

나는 콤팩트를 열고 거울에 묻은 분을 불어낸 뒤, 내 모습을 똑바로 마주했다.

거울 안에서 낯선 사람이 나를 노려보고 있었다.

기억상실증. 그게 쿠퍼맨 선생님이 나한테 내린 진단이다. 급성 역행성 기억상실증. 사건이 일어난 시점에서 그전의 기억은 모조

리 잃어버리는 병. 내 경우엔 우리 집 지붕 위에서 떨어진 순간부터가 된다.

"기억상실증이 뭔지는 저도 알아요." 나는 쿠퍼맨 선생님에게 물었다. "그런데 왜 기억상실증이란 단어는 기억하면서 제 이름은 기억을 못 하는 거예요? 가족은요? 지붕 위에 왜 올라갔었는지는요?"

"그건 내가 설명해줄 수 있어."

이젠 내 형 조니로 밝혀진 아까의 청년이 대답했다. 형은 대학생인데, 여름방학을 보내기 위해 집으로 돌아온 거라고 했다.

"네 방에 지붕으로 연결된 창문이 있어. 그런데 어쩐 일인지 네가 창문을 열고 지붕 위로 올라갔던 거야."

"그러다 떨어지면 목이 부러질 수도 있다고 아무도 주의를 주지 않았나요?"

"여섯 살 넘어서부턴 안 했지." 엄마가 끼어들었다. "그동안 잘해왔으니 이젠 그런 걱정 안 해도 될 나이라고 생각했거든. 게다가 넌 운동신경이 좋아서…."

"기억상실증이라는 게 예측하기 어려운 병입니다." 쿠퍼맨 선생님이 설명했다. "특히 이번 경우처럼 큰 충격을 입었을 때는 더하죠. 뇌의 각 부위가 어떤 신체기능을 조절하는지 알게 된 것도 최근의 일이라, 지금으로서는 우리가 할 수 있는 일이 아무것도 없습니다. 어떤 환자들에겐 장기 기억상실이 오고 어떤 환자들에겐 단기 기억상실이 와요. 또 단기 기억을 장기 기억으로 연결하는 능력을 잃는 환자들도 있죠. 체이스 같은 경우는 외상으로 인해 자기가 누구인지, 또 사건이 일어난 시점 이전의 삶이 어땠는지 기억을 못 하는 형태로 기억상실이 온 겁니다."

"끝내주네요."

내가 절망적으로 말하자 쿠퍼맨 선생님이 눈썹을 치켜세웠다.

"지레 포기할 건 없어. 네가 생각하는 것 이상으로 더 많은 걸 기억하고 있으니까. 넌 걸을 수도 있고 말할 수도, 삼킬 수도, 제 발로 화장실 갈 수도 있어. 이제 겨우 한 발 내딛게 됐는데 어떻게 한 걸음에 모든 것을 알 수가 있겠니?"

화장실은 차원이 전혀 다른 얘기다. 사람들 말로는 내가 나흘 동안 혼수상태에 있었다고 한다. 혼수상태에 있는 동안 화장실을 어떻게 갔는지 나로서는 도저히 상상이 안 되는데, 분명한 것은 내 발로는 걸어가지 않았을 거라는 사실이다. 차라리 알려고 하지 않는 편이 나을지도 모른다.

쿠퍼맨 선생님이 모니터를 확인하고 차트에 기록한 뒤 나를 뚫어지게 쳐다봤다.

"의식을 되찾기 전의 일들이 정말로 전혀 생각 안 나니?"

나는 다시 한 번 기억을 더듬어봤지만 아무 생각도 나질 않았다. 당연히 주머니에 있다고 생각했던 물건을 꺼내려고 주머니에 손을 넣었는데 안에 아무것도 없을 때의 기분이었다. 다른 점이 있다면 단지 열쇠나 핸드폰이 아니라 인생 전체가 사라졌다는 것이다. 당혹감과 짜증, 혼란이 한꺼번에 몰려왔다.

기억해내자. 나는 스스로를 닦달했다. *혼수상태에서 깨어나면서 기억을 다 잃었다는 건 말이 안 되잖아. 분명히 기억나는 게 있을 거야.*

불현듯 희미한 기억 하나가 형태를 갖추기 시작했고 나는 그 기억을 떠올려내기 위해 집중했다.

"뭐가 생각나?" 형이 숨죽이며 물었다.

마침내 뚜렷한 영상 하나가 머릿속에 떠올랐다. 하얀 레이스가 달린 파란색 원피스를 입은 네 살쯤 되어 보이는 소녀였다. 그 애는 어떤 정원에 서 있는 것 같았는데, 주변이 온통 초록색이었다.

"조그만 여자애요—" 나는 머릿속에 떠오른 영상을 놓치지 않으려고 안간힘 쓰며 말했다.

"여자애? 체이스한테 여자친구가 있나요?" 쿠퍼맨 선생님이 엄마를 향해 돌아서며 물었다.

"아니요." 엄마가 대답했다.

"그런 뜻이 아니에요. 아주 어린 여자애라고요."

"그럼 헬렌이니?" 엄마가 다시 물었다.

이름을 말해봐야 나한테는 아무 소용이 없다.

"헬렌이 누군데요?"

"아빠 딸이야. 우리 이복 여동생." 형이 대답했다.

아빠. 여동생. 나는 이 두 단어에서 뭔가 떠오르는 게 있는지 찾아봤다. 하지만 내 머릿속은 여전히 깜깜한 블랙홀 같았다. 분명히 떠오를 만한 것이 많을 것 같은데, 도무지 생각나지 않았다.

"혹시 체이스와 여동생이 사이가 좋은가요?"

쿠퍼맨 선생님이 묻자 엄마가 얼굴을 찌푸렸다.

"사고를 당한 뒤, 전남편이 병원에 와서 소리 지르고 협박하고 응급실 벽을 주먹으로 치고 그랬잖아요. 하지만 아들은 계속 혼수상태로 누워 있는데 그날 이후 병원에서 그이를 보신 적이 있나요? 그것만 봐도 우리 아들과 전남편, 이복형제의 관계가 어떨지 아시겠죠."

"헬렌이 누군지는 전혀 모르지만, 아무튼 금발에 레이스가 달린 원피스를 입은 어린 여자애예요. 교회라도 가는 것처럼 차려입었어요. 왜 그 애가 생각나고 다른 건 전혀 생각 안 나는지는 저도 모르겠어요."

"헬렌이 아니야. 헬렌은 자기 엄마처럼 머리 색이 진하니까." 엄마가 단호하게 말했다.

나는 쿠퍼맨 선생님을 향해 몸을 돌렸다.

"제가 정신이상인가요?"

"당연히 아니지. 그 금발 소녀를 떠올렸다는 사실 자체가 네 기억이 완전히 사라진 건 아니라는 뜻이거든. 넌 단지 기억을 떠올리는 능력에 손상을 입은 것뿐이야. 분명히 잃어버린 기억을 되찾을 수 있을 거야. 그 소녀가 열쇠가 될지도 모르지. 그 소녀를 계속 생각해봐. 그 애가 누군지, 모든 기억을 잃었는데 왜 그 애만 떠올랐는지 말이야."

그래서 나름대로 애써봤지만, 그 뒤에 정신없이 많은 일들이 진행됐다. 의식이 돌아오자 병원에서는 나를 퇴원시키기 위해 분주히 움직이기 시작했다. 쿠퍼맨 선생님은 온몸 구석구석을 검사했는데, 그 결과 뇌의 단기 회로 손상을 제외하고 다른 신체 부위는 모두 정상 작동하는 것으로 결론이 났다.

"그런데 왜 온몸이 아픈 거죠?"

"근육통 때문이야. 그날의 추락 때문에 생긴 거지. 그러니까…"

쿠퍼맨 선생님이 특유의 장난기 섞인 목소리로 말을 이었다.

"바닥에 쿵 떨어졌잖아. 머리끝에서 발끝까지 온몸의 근육이 충격으로 경직됐는데, 게다가 96시간 동안 모든 신체 기능이 완전히 멈춰버렸으니 그 상태 그대로 근육이 굳은 거지. 정상적인 거니까 금방 나을 거다."

내가 입은 부상은 뇌진탕과 왼쪽 어깨 탈구가 전부였다. 볼품없는 자세로 떨어졌던 게 결과적으로 내 생명을 살린 꼴이 되었다. 땅에 부딪히는 찰나, 머리 대신 어깨가 바닥에 먼저 닿으면서 추락으로 인한 충격을 흡수해준 것이다.

엄마가 갈아입을 옷을 가져다줬다. 옷이 내 몸에 너무나도 잘 맞아서 또 한 번 놀랐다. 분명 내 옷일 테지만, 내겐 전혀 새로운 것이나 마찬가지였다. 문득 내게도 좋아하는 셔츠나 잘 길들여놓은 청바지가 있을지 궁금해졌다.

나는 우리 집 차가 쉐보레 밴이라는 것도 기억나지 않았다. 집도 기억나지 않았다. 그래도 나에 관한 몇 가지 사실은 알 수 있었다. 나는 억만장자 부모를 두지 않았다.

나는 내가 기어 나갔다는 창문을 쳐다봤다. 지붕으로 통하는 창이 그것뿐이기 때문에 눈에 띌 수밖에 없었다. 무슨 이유에선지 나는 그 창문이 훨씬 높은 곳에 있을 거라고 생각했는데, 그런 생각을 한 나 자신이 당황스러웠다. 높지도 않은 지붕에서 떨어져 뇌진탕을 일으켰다고 하면 어쩐지 남자의 자존심에 상처를 입을 것 같았던 것이다.

엄마가 현관문을 열자 집 안에서 환호하는 목소리가 들렸다.

"서프라이즈!"

서둘러 만든 티가 나는 현수막이 거실 한가운데 걸려 있었다.

챔피언! 집으로 돌아온 걸 환영해!

엄마 나이쯤 되는 건장한 아저씨가 앞으로 걸어 나오더니 어깨가 으스러질 정도로 나를 끌어안고, 손으로 내 머리를 사정없이 쓰다듬었다.

"아들아, 돌아와서 기쁘구나!"

엄마가 공포에 질린 목소리로 소리쳤다.

"그만해, 프랭크! 체이스는 뇌진탕에 걸렸다고!"

아빠일지도 모르는 아저씨가 나를 놓아주긴 했지만, 가소롭다는 듯 말했다.

"티나, 앰브로즈 가문의 남자들한테 이런 일은 아무것도 아니야. 당신 지금 주(州) 대표 러닝백(풋볼에서 라인 후방에 있다가 공을 받아 달리는 공격수:옮긴이)을 두고 무슨 말을 하는 거야?"

"전 주 대표 러닝백이겠죠, 아빠." 조니 형이 말을 바로잡았다.

"의사 선생님이 하신 말씀 들었잖아요. 체이스는 이번 시즌에 출전 못 해요."

"멍청한 의사 같으니라고. 그 사람 체중이 얼마나 나갈 거 같냐? 아무리 봐줘도 64킬로 정도일걸?" 아빠가 코웃음을 치고는 엄마를 향해 돌아섰다. "당신, 조니한테 그런 것처럼 체이스마저 약골로 키울 생각 마."

"고맙네요." 형이 건조하게 대답했다. "깊이 새겨두죠."

"대체 여긴 왜 온 거야?" 엄마가 소리쳤다. "내가 수도 없이 말했잖아. 당신 맘대로 문 따고 드나들지 말라고! 여긴 이제 당신 집이 아니야."

"이 집 대출을 갚고 있는 사람은 나야." 아빠가 으르렁거리듯 말했다가 언제 그랬냐는 듯 환한 얼굴로 싱긋 웃으며 말을 이었다. "게다가 위대한 영웅이 집으로 돌아왔는데, 당연히 환영하러 와야지."

"지붕에서 떨어졌다고 영웅이 되진 않아요."

꼭 집어 말할 수는 없지만 아빠한테는 나를 불안하게 만드는 뭔가가 있었다. 육체적인 걸 말하는 게 아니다. 사실, 중년이라고 하기엔 아빠는 지나치게 활력이 넘치고 원기 왕성했다. 배가 나왔고 머리숱도 듬성듬성하지만 아빠의 웃음에는 힘이 넘쳤다. 아빠를 보고 있으니 아빠처럼 되고 싶은 기분이 들었다. 하지만 어쩌면 그게 문제인지도 모른다는 생각이 들었다. 아빠에겐 자신이 어디서나 환영받는다는 지나친 확신이 있다. 하지만 엄마 앞에서는 얘기가 다르다. 아빠는 이곳에서 환영받지 못한다.

아빠는 새 식구들과 함께 왔는데, 조니 형과 나이 차이가 별로 나 보이지 않는 코린 아주머니와 네 살 된 이복동생 헬렌이었다. 엄마 말이 맞았다. 헬렌은 파란색 원피스를 입은 소녀가 아니었다. 나는 조금 실망했다. 내 인생에서 단 한 가지라도 현실과 연결되는 부분이 있기를 바랐기 때문이다.

나로서는 그들을 처음 만나는 것이나 다름없지만, 그들이 나를 알고 있다는 사실을 상기해야 했다. 그런데 어쩐지 그들은 나를 별로 좋아하지 않는 것 같았다. 코린 아주머니는 뒤에 서 있었고, 꼬마는 엄마의 치맛자락을 움켜쥔 채 꼼짝 않고 있었다. 코린 아주머니와 헬렌은 나를 금세 터지기라도 할 시한폭탄인 양 쳐다봤다. 도대체 내가 무슨 짓을 했다고?

아빠는 더 있고 싶은 눈치였지만 엄마가 용납하지 않았다.

"체이스는 쉬어야 해. 의사 지시야."

"체이스가 지금 땔감이라도 패고 있나? 쉬고 있잖아."

"혼자, 자기 방에서, 조용히." 엄마가 강한 어조로 대꾸했다.

아빠가 한숨을 내쉬었다.

"당신이란 사람 정말 성가셔."

그러고는 나를 다시 껴안았는데, 이번에는 아까보다 힘이 덜 들어갔다.

"챔피언, 네가 돌아와서 정말 기쁘다. 아빠가 더 축하해줘야 하는데, 분위기 깨는 사람이 떡 버티고 있으니―"

나는 엄마 편을 들어줬다.

"의사 선생님 얘긴 사실이에요. 뇌진탕 때문에 무조건 쉬어야 한다고 했거든요."

"뇌진탕이라고?" 아빠가 코웃음을 쳤다. "아빠가 풋볼 하다가 머리를 부딪힌 게 한두 번인 줄 아니? 흙 좀 바르면 금세 낫는다구."

코린 아주머니가 다가와 아빠한테 팔짱을 꼈다.

"체이스, 별 탈 없다니 정말 기쁘구나. 프랭크, 이제 그만 가요."

어쩐지 코린 아주머니가 한 말에 내가 반감이라도 품어야 할 것 같은 분위기가 이어졌다. 그래서 나는 서둘러 어린 이복동생한테 몸을 숙였다.

"인형이 정말 예쁘네. 이름이 뭐야?"

그러자 내가 잡아먹기라도 할 것처럼 헬렌이 뒷걸음질 쳤다.

마침내 아빠는 코린 아주머니와 헬렌을 데리고 떠났다. 조니 형은 친구를 만나러 나갔고, 엄마는 위층으로 올라가 쉬라면서 내 방으로 안내해줬다. 내 방은 물론이고 나무로 된 계단과 계단 중앙을 따라 깔려 있는 색 바랜 꽃무늬 카펫, 천장이 낮은 긴 복도와 가운데에 금이 간 나무문도 나는 전혀 기억하지 못했다.

금이 간 문을 보며 생각에 잠긴 내 모습을 보고 엄마가 순간 당황했다.

"엄마 잘못이야. 네가 친구들이랑 집 안에서 운동하며 노는 걸 그냥 내버려뒀거든. 이젠 그렇게 하기엔 너무 컸지. 아니면 집이 너무 작아졌거나."

"무슨 운동을 했는데요?"

엄마 눈에서 눈물이 흘러내렸다. 엄마한테는 나의 이런 질문이 고통스러운 것 같았다.

"풋볼, 축구, 배드민턴. 닥치는 대로 했었지."

내 방에 들어서자 정말이지 이상한 기분이 들었다. 그곳은 의심의 여지 없이 내 방이었다. 벽에는 내가 주전으로 뛰던 풋볼 팀에 대한 내용과 라크로스(끝에 그물이 달린 크로스라는 스틱을 이용해 상대의 골에 공을 쳐 넣어서 득점을 겨루는 구기 경기:옮긴이) 게임에서 승리한 내용을 오려낸 신문 기사들로 도배되어 있었다. 사진 속의 나는 엔드 존(풋볼에서 골대에 해당하는 영역:옮긴이)에 몸을 날린 뒤 열광하는 팀원들에 둘러싸여 있었다. 선반에는 트로피도 진열되어 있었다. *체이스 앰브로즈, 최고의 공격수. 체이스 앰브로즈, MVP. 연습 경기 최고 기록 경신. 팀 주장. 주(州) 챔피언…* 난 정말 대단한 녀석이구나!

이제 내가 누구를 기억하는지만 알면 된다.

용기를 내기가 쉽지 않았지만 결국 나는 창문 쪽으로 다가갔다. 내 생각이 틀렸다. 정말 높다. 살아남은 게 다행이다.

꼭 누군가의 삶 한가운데로 불쑥 들어온 기분이었다. 나랑 똑같이 생겼지만 내가 아닌 누군가의 삶 속으로.

의사 선생님 말이 맞다. 나는 쉬어야 한다.

나는 침대 모서리에 앉았다. 협탁 위에 놓인 핸드폰이 보였다. 화면이 깨져 있다. 혹시 추락할 때 갖고 있었던 건지 궁금해졌다.

홈 버튼을 눌러봤다. 전원이 나가 있다.

바로 옆에 충전기 케이블이 있어서 핸드폰에 꽂았다. 몇 분이 지나자 핸드폰 화면이 켜지면서 내 모습이 나타났다. 두 아이가 함께 있었는데, 낯선 얼굴들이지만 포즈로 봐서는 아주 친한 친구 사이 같았다.

내 오른쪽에 있는 애가 셀카로 찍은 사진이었다. 내가 중간에 서 있고, 우리 셋 중에서 키가 가장 작은 애가 왼쪽에 있었다. 놀랍게도 나는 덩치가 꽤 컸다. 배경에 핼러윈 복장을 한 꼬마가 있는 걸로 봐서 핼러윈 시즌인 것 같았다. 나는 야구방망이를 휘두르고 있었고 방망이 끝에는 짓이겨진 호박등이 달려 있었다.

화면이 꺼지자 나는 다시 홈 버튼을 눌렀다. 호박등을 짓이긴 영광의 주인공이 또 나타났다. 나는 화면에서 눈을 뗄 수 없었다. 우스꽝스러우면서도 불량한 옷을 입은 아이 셋이 입안에 케이크를 가득 문 채 활짝 웃고 있었다.

도대체 난 어떤 녀석이었지?

쇼샤나 웨버

8장

쇼시466   야, 꼬맹이! 내가 웃겨줄까?

JW피아노맨   ???

쇼시466   알파 쥐가 자기네 집 지붕에서 떨어져 거의 죽을 뻔했대.

JW피아노맨   '거의'라면...

쇼시466   불행히 아직 살아 있는데 완전 맛이 갔대. 어제 병원에서 퇴
원했다나.

JW피아노맨   베타와 감마 쥐가 같이 떨어졌을 가능성은?

쇼시466   없어. 원맨쇼였어. 욕심내지 말자. 웃고 있지?

JW피아노맨   누가 더 욕심내는데?

나는 문자 보내기를 그만두고 조엘한테 전화했다. 조엘이 걱정
됐기 때문이다. 조엘은 나와 14분 차이로 태어난 남동생이다. 체
이스 앰브로즈가 떨어져 그 멍청한 머리를 처박았다는 걸 듣고도
조엘이 웃지 않는다면 뭔가 심각한 일이 있다는 뜻이다.

"누나." 조엘이 대답했다.

그 한 마디만 듣고도 나는 조엘이 우울하다는 것을 알 수 있었
다. 조엘은 화가 나 있고 집을 그리워한다. 기숙학교에 간 건 조
엘이 원해서가 아니었다. 그럴 마음은 1도 없었다.

"멜턴은 좀 적응이 돼가?"

무슨 대답이 나올지 무서웠지만 나는 동생한테 물었다. 멜턴은 코네티컷 주 뉴브리튼에 있는 멜턴 음악학교를 말한다.

"무슨 말을 듣고 싶은데? 도망쳐 나온 거잖아."

나는 동생의 말에 반박하지 않았다. 내가 무슨 말을 할 수 있을까? 조엘의 음악 재능을 보면 멜턴 같은 곳이 딱이지만, 만일 그 일만 아니었다면 조엘은 여전히 집에 있으면서 히아와시 중학교에서 2학년을 보내고 있을 것이다.

"애들은 어때?"

"좋아." 조엘이 시큰둥하게 대답했다. "모두 나 같은 루저들뿐이야. 다행히 내가 왕따를 당할 일은 없어. 누나가 알고 싶은 게 그거라면. 여긴 왕따 당할 애들만 있지, 할 애들은 없어."

나는 마음이 울컥했다.

"넌 루저가 아니야. 네가 멜턴에 다니는 건 그만한 자격이 있어서니까. 넌 재능이 있어."

"내가 우리 동네에서 살지 못하는 이유는 따로 있잖아. 그건 피아노를 잘 치는 것과는 전혀 상관없는 문제야. 알파 쥐 때문이라는 걸 누나도 알면서 그래. 그 자식이 자기 집 지붕이 아니라 고층빌딩에서 떨어졌다면 난 당장 집으로 돌아갈 거야."

나는 조엘의 말을 그냥 넘겨버렸다. 인정하기 싫지만 사실이기 때문이다. 체이스 앰브로즈와 그 두 역겨운 녀석들 때문에 내 동생은 도망치듯 집을 떠나야 했다. 내 두 눈으로 똑똑히 본 일인데도 생각할수록 기가 막힌다. 여전히 이해가 되지 않는다. 체이스는 다스 베이더도, 볼드모트도 아니다. 체이스에겐 포스도 없고 흑마법도 쓰지 못한다. 그런데도 체이스는, 아론 하키미안과 베어 브랏스키는 조엘의 인생을 비참하게 만들었고, 부모님은 어쩔 수 없이 조엘을 다른 지역 학교에 보낼 수밖에 없었다.

우리는 어떻게든 이겨내려고 애썼다. 아빠는 갈아입을 옷을 가져다줘야 할 만큼 교장실에서 살다시피 했다. 하지만 왕따 문제를 해결할 방법은 아무것도 없었다. 대부분의 경우, 누가 왕따를 하는지 증명할 단서조차 없었다. 북적대는 강당에서 누군가 조엘의 발을 걸어 넘어트리거나, 가슴을 어깨로 밀쳐 나뒹굴게 하고는 "미안. 미처 못 봤어." 하면 그뿐이었다. 조엘의 사물함 작은 구멍 속으로 개똥을 넣는가 하면 탈의실에서 갈아입어야 할 옷은 온데간데없고 그 자리에 대신 토끼복이 놓여 있었다. 과학 숙제로 만든 작품이 박살 나거나 미술실의 미술 작품이 망가지는 일이 생기면 어김없이 조엘의 것이었다. 밤에 했던 장기 자랑 행사에서는 조엘이 피아노를 치고 있는데 화재경보기가 울렸다.

시작은 체이스와 아론, 베어가 했지만 결국 모두에게 퍼져나갔다. 사물함 안에서 역겨운 것을 발견하거나 미라처럼 화장실 휴지로 칭칭 감겨서 누군가 비명을 지르며 소란 피웠다 하면 아이들은 어김없이 조엘을 떠올렸다. 조엘은 자기도 모르는 사이에 희생양이 되었고 학교의 웃음거리가 되었다. 조엘의 학교생활은 사실상 고문이나 다름없었다.

누구 탓을 해야 할까? 교장선생님? 피츠 교장선생님은 할 수 있는 일은 뭐든 다 했지만 대부분의 경우 증거가 없었다. 물론 가끔은 성과도 있었다. 한번은 체이스가 라크로스 스틱을 조엘의 자전거를 향해 던졌는데, 바큇살에 스틱 손잡이가 끼어버리는 바람에 조엘이 핸들 너머로 붕 떠서 떨어졌다. 그 일로 조엘은 허리를 삐고 눈이 멍들고 턱에서 귀까지 끔찍한 흉터가 생겼다. 많은 아이들이 그 사건을 목격했다.

피츠 교장선생님은 교칙대로 체이스한테 장기 정학과 봉사활동 징계를 내렸다. 하지만 교육위원회에서는 이를 기각했다. 교육위원회는 체이스가 스틱을 던진 건 잘못된 행동이지만 심각한 피해를 줄 거라고 예상하지 못하고 한 짓이라고 주장했다. 나 참, 기가 막혀! 진짜 이유는 체이스가 우리 도시의 전 스포츠 챔피언의 아들이자 현 스포츠 챔피언이기 때문이다. 체이스의 아빠는 교육위원회에 많은 추종자를 두고 있다.

그 세 얼간이가 추궁을 받은 유일한 경우는 시의 돈이 관련된 일이었지, 불쌍한 내 동생 조엘과 관련된 일은 아니었다. 5월에 열린 학교 오픈하우스에서 조엘이 피아노를 연주하게 되었다. 다른 아이들은 인정하지 않았지만 조엘은 우리 도시에서 단연코 피아노를 가장 잘 쳤다. 체이스와 아론, 베어는 연주 중간에 폭죽이 터지도록 그랜드피아노 안에 폭죽 6개를 심어놓았다. 폭죽이 터지면서 나무 재질의 그랜드피아노가 산산조각 났고 그때 조엘이 내지른 비명 소리는 아직도 귓가에 맴돌 정도다.

바로 그런 것 때문에 체이스 일당이 조엘을 희생양으로 삼은 건 아닐까? 조엘한테서 언제나 만족할 만한 반응을 이끌어낼 수 있었기 때문이다. 폭죽이 터진 뒤 조엘은 풋볼 선수들의 도움 없이는 무대를 걸어 내려올 수 없을 정도가 되었고, 그렇게 겁먹은 모습이 결국 웃음거리가 되었다. 그곳에 있었던 모두가 겁을 먹었으면서도 아이들은 조엘만 기억했다.

기가 막히게도 체이스 일당이 벌인 이 사건을 두고, 조엘을 공격할 의도는 아니었다는 판결이 내려졌다. 교육 당국은 오직 피아노가 파손됐다는 사실에만 열을 올리며 경찰에 사건을 넘겼다. 그리고 소년법원의 판사는 체이스와 아론, 베어한테 양로원 의무 봉사활동을 선고했다.

그럼 그 뒤로 체이스가 조엘을 내버려뒀을까? 상식적으로는 그게 맞다. 하지만 알파 쥐의 인성에 상식이 있을 리 없었다. 결국 부모님은 조엘한테 새로운 환경을 찾아줘야 했다. 주변에 가해자가 있는 한 조엘은 절대로 안전할 수 없기 때문이다.

체이스가 지붕이 아니라 고층빌딩에서 떨어졌어야 했다는 조엘의 말이 맞을지도 모른다. 그랬다면 조엘은 다시 집으로 돌아올 수 있을 것이다. 나도 가끔은 체이스를 빌딩 꼭대기로 몰아가서 떨어트리고 싶은 충동이 든다.

하지만 그렇게 하면 내가 체이스와 다를 게 없다. 나는 체이스보다 나은 사람이다.

방학이 끝나고 개학 전날 밤이 되면 아빠는 우리를 얼음천국에 데려가곤 했다. 얼음천국은 셀프 요거트 아이스크림 가게다. 조엘과 나는 쌍둥이지만 디저트를 만드는 방식이 완전히 다르다. 나는 초콜릿 토핑을 한 움큼 올린 바닐라 요거트를 만든다. 조엘은 요거트가 1이라면 나머지 99퍼센트는 토핑을 올린다.

올해는 요거트 가게에 가고 싶지 않았다.

"자, 쇼샤나. 우리 집 전통이잖니. 친구들도 모두 가게에 모일 거야." 아빠가 나를 달래며 말했다.

"제 단짝이 없잖아요."

아빠가 슬픈 미소를 지었다.

"너랑 조엘이 단짝이었어? 조엘이 집에 있을 땐 개와 고양이처럼 서로 으르렁댔으면서."

"조엘은 집에 있어야 해요."

아빠가 나를 위로해주려 하는 걸 알면서도 나는 심통이 났다.

"그 얘긴 벌써 수백 번도 넘게 했잖니. 어쨌든 조엘도 멜턴에서 음악을 배우면서 그곳을 좋아하게 될 거야."

결국 그렇게 해서 나는 아빠한테 설득당하고 말았다. 엄마와 아빠는 조엘에 대해 이미 충분히 걱정하고 있다. 나까지 두 분을 힘들게 하고 싶진 않았다.

조엘 없이 얼음천국에 가니 기분이 묘했다. 가게에서 휴고와 모리샤를 만났는데, 둘은 대뜸 조엘이 어떻게 지내는지 물어왔다. 그런데 말하는 게 꼭 조엘이 코네티컷 주가 아니라 달나라에 가 있다는 듯한 투였다. 나는 똑같은 얘기를 처음부터 다시 하고 싶지 않아서 캠핑 얘기로 화제를 돌렸다. 둘은 여름방학에 캠핑 여행을 갔었다. 휴고가 2인용 텐트를 펴느라 진을 다 뺐다는 얘기를 하고 있는 바로 그 순간… 그 녀석이 눈에 들어왔다.

얼간이 녀석. 세상에서 가장 나쁜 놈.

체이스는 내 기대와 달리 얼굴에 흉터와 멍 자국이 조금 있을 뿐이었다. 그리고 왼쪽 팔에 삼각건(붕대 대용으로 쓰는 삼각형의 천:옮긴이) 처치를 한 게 전부였다. 체이스는 소심한 표정으로 요거트 아이스크림이 담긴 통들 앞에 서 있었는데, 어떤 맛을 골라야 할지 난감해하는 것 같았다. 어떻게 저리도 뻔뻔할 수가 있지? 조엘을 사냥감처럼 이리저리 갖고 놀다가 재미없어 뱉어낸 녀석이, 딸기 바나나 맛과 럼 레이즌 맛 사이에서 고민하고 있다. 독이 든 요거트가 없다는 게 안타까울 뿐이다.

내가 뚫어져라 쳐다보는 걸 느꼈던지 체이스가 고개를 들었고 나와 눈이 바로 마주쳤다.

체이스는 내 눈을 피하지 않고 정면으로 쳐다봤는데, 정말 모욕적이었다. 그러더니 그런 녀석한테서 도저히 나올 수 없는 섬뜩한 행동을 했다. 나를 보고 수줍게 미소를 지은 것이다.

조엘이 멜턴으로 떠난 이후 내 안에 쌓여왔던 화가 마그마처럼 표면 위로 솟아오르는 순간이었다.

나는 씩씩대며 체이스 앞으로 갔다. 그리고 녀석한테 얼굴을 들이대며 말했다.

"그런 짓을 하고도 날 보고 웃음이 나와? 내 앞에서 당장 꺼지지 않으면 후회하게 될 줄 알아!"

나는 초콜릿 토핑을 올린 근사한 요거트 아이스크림을 체이스의 머리 위에 냅다 꽂고는 출입구로 향했다.

"벌써 다 골랐니?"

아빠가 그렇게 묻고는 가게 안쪽을 돌아보다가, 요거트 아이스크림과 초콜릿 토핑이 줄줄 흘러내리는 얼굴을 냅킨으로 닦고 있는 우리 가족 최대의 적을 발견했다.

"차는 저쪽 모퉁이에 있다."

아빠는 중얼거리듯 말하며 얼음천국에서 서둘러 나를 데리고 나갔다. 아빠의 당혹스러운 기분은 알지만 어쩌면 조금은 자랑스러워하지 않을까.

내 기분은 어떻냐고? 체이스에 대한 증오심이 이미 하늘을 찔렀기 때문에 이젠 두려울 게 없다. 앞으로는 정면으로 맞설 것이다. 그때 일을 생각할 때마다 피가 점점 더 끓어오른다.

체이스와 조엘 사이에 끔찍한 기억이 버젓이 있는데도, 체이스는 나를 전혀 모르는 사람인 양 쳐다봤다.

우리 가족을 망가트린 것에 자기는 전혀 책임이 없다는 듯이.

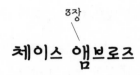

체이스 앰브로즈

3장

나는 학교를 알아봤다. 기억이 나서가 아니라 엄마가 지난 몇 주 동안 내가 익숙해질 수 있도록 학교 앞까지 몇 차례 데려다줬기 때문이다. 학교 이름은 히아와시 중학교. 나는 이 학교의 스타 선수고, 학교가 설립된 이래 나 같은 선수는 팀에 한 명도 없었다. 지금은 과거형이 되었지만. 지시가 있을 때까지 나는 부상자 명단에 이름이 올라 있다.

나는 이런 얘기들을 2학년이 시작되는 등교 첫날 엄마와 함께 차를 타고 가며 들었다. 조니 형이 대학으로 돌아간 뒤로 이젠 엄마와 나, 둘뿐이다. 엄마는 웬 정신 나간 여자애가 내 머리에 요거트 아이스크림을 엎어버렸을 때 내가 느낀 당혹감을 다시 경험할 일이 없도록 내 이전의 삶에 대해 알려줬다.

엄마한테 그 일을 얘기하자 엄마는 나를 위로해줬지만 크게 놀라진 않았다. 디저트로 사람을 공격하는 일쯤은 아무것도 아닌 동네에 산다는 듯이.

"에이. 네 또래 여자애들은 인기 있는 운동선수한테 특히 민감할 수 있어. 걔가 널 보고 웃었는데, 네가 아무 반응 없어서 그랬겠지. 그래서 기분 나빴을 거야—"

"웃은 건 걔가 아니라 저라고요. 그런데도 곧장 다가와서 아이스크림으로—"

엄마가 눈을 굴렸다.

"아들, 그래서 엄마가 어떻게 했으면 좋겠니, 응? 엄만 그 아이스크림 폭탄을 던진 애가 누군지도 모르는걸."

하지만 아무래도 뭔가 있는 것 같았다. 엄마는 그 여자애가 누군지 아는 것 같았다. 적어도 짐작쯤은 가는 눈치였다. 그런데도 왜 모른 척하실까?

엄마는 학교 앞에 차를 세우고는 친구며 선생님들 이름 등등 내가 알아야 할 사항을 자세히 알려줬다. 나는 아직도 말하지 않은 뭔가가 있다는 기분이 들었다.

"하지만….'

엄마의 얼굴이 상기됐다.

"하지만 뭐?"

"뭔가 말하지 않은 게 있는 기분이에요."

"체이스, 13년이란 시간은 생각보다 아주 길어. 등교 첫날 이렇게 길가에 차를 세우고 그걸 다 얘기해줄 순 없어. 좋은 얘기든 나쁜 얘기든, 학교에 가면 알게 될 거야. 조금 놀라기도 하겠지만, 덤덤히 받아들여. 알겠지?"

이건 또 무슨 뜻이지? 나는 엄마한테 질문했고, 엄마는 대답했다. 그런데 질문을 했을 때보다 더 모르겠는 상황이 되었다.

엄마의 얼굴은 시뻘겋게 익은 토마토 색깔이었다. 나는 더는 묻지 않기로 했다. 곧 알게 되겠지.

수백 명의 학생들이 교문으로 몰려 들어갔다. 모두가 서로를 아는 눈빛이었다. 여기저기서 하이파이브를 하고 격하게 포옹하는 모습이 보였다. 그중 몇몇이 내 쪽으로 뛰어왔고, 나는 그 애들과 하이파이브 하고 주먹을 맞대며 친한 척했다. 사실은 전혀 그렇지 않은데도. 반면 나를 낯설게 쳐다보는 애들도 있었는데, 나와 눈이 마주치자 슬그머니 눈을 피했다. 아마 내 얼굴에 난 상처와 팔에 두른 삼각건 때문에 그런 거겠지. 엄마는 많은 사람들이 내 사고 소식을 들어 알고 있지만 기억상실증에 걸린 것까지는 모른다고 했다. 조만간 친구들을 찾아가서 왜 내가 그 애들을 알아보지 못하는지 설명해야겠다.

"드디어 영웅이 납셨군!"

학교 건물 안으로 들어서자 시끌벅적한 소음 속에서 우렁찬 목소리가 들려왔다. 누구인지 전혀 알 수 없었지만 덩치로 미뤄 볼 때 같은 풋볼 팀에 있는 친구일 거라는 생각이 들었다.

왁자지껄한 복도 한복판에서 한 무리의 덩치들이 나를 에워싸고는 철썩 치며 나를 영웅이라고 불렀다.

"얘들아, 어깨는 안 돼!"

마음이 어지러웠다. 누가 누구인지 하나도 모르는 상황에서 나를 반겨주는 이 애들을 어떻게 받아들여야 할까? 현기증이 나기 시작했다.

"체이스!"

두 풋볼 선수가 아이들을 밀치고 내 앞으로 다가왔다. 놀랍게도 나는 그 애들을 알아볼 수 있었다. 내 핸드폰 배경화면에 있던 친구들. 엄마는 그 둘이 아론과 베어라고 알려줬다. 누가 봐도 그 애들은 내 절친이었다.

"짜식, 돌아와서 반갑다!" 둘 중 키가 더 큰 아론이 우렁차게 말했다. 가까이에서 직접 보니 아론은 중학생으로는 보기 드물게 턱수염을 기르고 있었다. "병문안 가려고 했는데, 너희 엄마가 넌 쉬어야 한다고 하셔서 못 갔어."

"맞아. 네가 돌아오다니 믿어지지 않는다." 다른 친구가 맞장구를 쳤다. "너, 우리 동네 시계탑에서 잔디밭으로 뛰어내린 거 아니었냐?"

턱수염 친구가 맞장구를 친 친구의 얼굴에 한 방 먹였다.

"야 인마, 자기 집 지붕에서 그런 거거든. 시계탑에서 뛰어내렸다면 살아 있겠냐. 그리고 뛰어내린 게 아니라 떨어진 거라구. 어떤 바보 멍청이가 자기 집 지붕에서 뛰어내리겠냐?"

"떨어진 것도 멍청한 짓이지." 나는 친구 얼굴에 한 방 먹인 친구한테서 한 발 뒤로 물러서며 말했는데, 정작 얻어맞은 친구는 전혀 개의치 않는 눈치였다. "대체 무슨 생각으로 그랬는지 모르겠어. 사실, 애들아, 솔직히 말해서—"

친구 얼굴에 한 방 먹인 녀석이 내 말을 끊었다.

"어쨌든 풋볼 시즌 전에는 다 나을 수 있는 거지? 첫 경기에 출전할 수 있는 거지?"

"의사가 안 된대. 어깨 때문에도 그렇지만 뇌진탕이 더 문제래. 사고 난 지 얼마 안 됐는데 머리에 큰 부담을 줘선 안 될 것 같아."

내 말에 여기저기서 불만의 목소리가 터져 나왔다.

"하지만 우린 네가 있어야 해!"

"넌 우리 풋볼 팀 리더잖아!"

"최고 선수!"

"우리 주장!"

"얘들아, 모두 그만!" 아론이 소리쳤다. "모두 알다시피, 부상도 경기의 일부야." 그러고는 나를 향해 돌아섰다. "체이스, 우리 잠깐 얘기 좀 하자."

복작대는 복도를 빠져나가는 건 어렵지 않았다. 내 절친 둘이 지나는 길에 있는 아이들을 가차 없이 밀쳐냈기 때문이다. 대부분의 아이들은 우리 셋을 보자 길을 터줬다.

둘은 벽 앞에 놓여 있는 벤치로 나를 데려갔다.

나는 6학년(미국에서는 초등학교와 중학교 과정이 통합되어 있다: 옮긴이)쯤 되어 보이는 후배한테 물었다.

"여기 자리 있어?"

후배가 대답하기도 전에 턱수염 친구가 으름장을 놓았다.

"이제 우리 자리야!"

거칠게 등을 떠밀린 후배는 허둥지둥 복도로 뛰어갔다.

나는 함께 호박등을 박살 냈던 친구들과 벤치에 앉았다. 둘이 입을 열기 전에 내가 먼저 말을 꺼냈다.

"아론, 베어…" 난생처음 불러본 이름처럼 어색했다. "너희한테 해줄 말이 있어. 난 그날 지붕에서 떨어지면서 뇌진탕과 어깨 부상만 입은 게 아니야. 기억상실증에도 걸렸어."

베어가 눈살을 찌푸렸다.

"기억상실증? 그러니까 우릴 기억 못 한다는 거야?"

나는 슬프게 고개를 가로저었다.

"더 나빠. 난 모든 걸 잊어버렸어. 떨어지기 직전의 내 모든 삶을 말이야." 나는 주변을 가리키며 말을 이었다. "학교. 친구들. 모든 게 나한텐 새로워. 핸드폰에 저장된 사진이 아니었다면 너희도 못 알아봤을 거야. 엄마가 설명해줘서 우리가 친구인 건 알아. 하지만 우리가 함께한 모든 추억들이… 사라졌어."

내 말을 못 믿겠다는 듯 둘이 서로 눈빛을 주고받았다. 오랜 친구한테서 그런 말을 들었다면 내가 어땠을지 생각하니 미칠 것 같았다.

내가 농담하고 있다고 생각하는 친구들을 비난할 수는 없다. 정말 농담 같은 상황이니 말이다. 전혀 웃기지 않은 농담.

"너희 둘뿐이 아니야. 엄마, 형, 아빠라고 하는데 전혀 낯선 사람 같은 기분이 드는 게 어떨지 상상해봐. 정말이야. 난 누가 누군지 기억을 못 하는 건데, 친구들은 그걸 무시당하는 걸로 여기면 어쩌나 생각하면 끔찍해."

베어가 믿을 수 없다는 표정으로 나를 쳐다봤다.

"설마… 너 정말 농담이 아니구나?"

"차라리 농담이었으면 좋겠다."

"와우."

아론이 나한테 얼굴을 바짝 들이밀었다.

"그래. 하지만 기억은 금방 돌아올 거야, 그렇지?"

아론의 목소리에서 절박함이 느껴졌다. 좋은 추억들을 모두 잊었다고 하니 정말 싫은 모양이었다.

"조금쯤은 돌아올 수도 있겠지. 하지만 의사가 그건 알 수 없는 일이래."

둘은 다시 눈길을 주고받았다. 정말 놀란 것 같았다. 나는 내 절친인 둘한테서 따뜻한 우정을 느낄 수 있었다. 사실 그동안 핸드폰 배경화면을 볼 때마다 머리가 복잡했었다. 우리 셋이 짓이겨진 호박등이 달린 야구방망이를 휘두르고 있었으니까. 하지만 좋은 시절이었다.

"우리가 함께한 시간을 기억 못 한다 해도 난 여전히 나야. 앞으로 더 재밌게 지내면 되잖아. 더 신나게."

"그럼, 당연하지!" 베어가 기운차게 말했다. "그리고 풋볼을 못 하게 된 건 오히려 봄에 있을 라크로스 게임에 훨씬 잘된 일이야, 그치?"

"의사가 그때까진 괜찮아질 거라고 했는데, 두고 봐야지…."

"그럼 됐어!"

베어가 별일 아니라는 듯 말했지만 나는 베어가 애써 과장하고 있다는 걸 느꼈다. 이건 쉽게 해결될 일이 아니다. 과연 내가 이 상황을 잘 받아들일 수 있을지 확신이 서지 않았다.

"우리가 있으니까 걱정 마."

아론이 내 등을 세게 때리는 바람에 다친 어깨에서 불이 나는 것 같았다. 나는 화가 나는 걸 가까스로 억눌렀다. 그래, 한 번에 한 걸음씩 나가는 거다….

"돌아온 걸 환영한다." 뒤에서 묵직한 목소리가 들려왔다.

진한 회색 정장을 입은 키 큰 남자가 벤치로 다가왔다.

"체이스, 난 피츠 교장이다. 내 소개를 다시 해야겠구나. 우린 예전에 만난 적이 있단다."

"그건 맞는 말이야."

베어가 기어들어가는 목소리로 말했지만, 교장선생님이 은테 안경 너머로 쓱 바라보자 즉시 입을 다물었다.

"체이스는 나 좀 잠깐 보자꾸나."

친구들은 이미 복도 쪽으로 꽁무니를 빼버려서 나는 교장선생님을 따라 교장실로 갔다. 교장실 벽에는 커다란 사진 액자 두 개가 걸려 있었는데 그중 하나를 보고 깜짝 놀랐다. 내 방에도 걸려 있는 그 사진은 지난해 풋볼 선수권 대회를 다룬 신문 기사에서 오려낸 것이었다. 트로피를 들고 머리에 헬멧을 쓴 내 모습이 보였다. 다른 액자도 비슷한 사진인데 조금 더 오래된 것 같았다. 사진 속 자세도 거의 똑같고 트로피도 똑같은 걸 높이 쳐들고 있었다. 사진 속의 아이는 왠지 친숙한 모습이었다. 하지만 말이 안 된다. 저 애가 누군지 내가 알 리 없지 않나? 난 아무도 알아보지 못하는데 말이다.

피츠 교장선생님이 나를 유심히 쳐다봤다.

"네 아버지란다. 네 나이 때 우리 주 챔피언이었지."

대박. 아빠가 나를 괜히 챔피언이라고 부르는 게 아니었다.

"아빠가 우리 주 챔피언인지 몰랐어요."

"바로 그 점에 대해 얘기하고 싶구나. 체이스, 우선 앉거라. 솔직히 이런 일은 나도 처음이란다. 지금까지 기억상실증에 걸린 학생을 만난 적이 한 번도 없었어. 너도 이 상황이 무척 당혹스럽겠지. 조금 무섭기도 할 테고."

"기분이 정말 이상하긴 해요. 아무도 기억나지 않으니까요. 많은 사람들에 둘러싸여 있는데도 여전히 혼자 같은 기분이에요."

교장선생님이 책상 뒤로 돌아가 의자에 앉았다.

"우린 이 상황에서 네가 좀 더 편해졌으면 한다. 그래서 내가 모든 선생님들과 학교 관계자들한테 상황을 설명했어. 우린 너를 위해 준비가 돼 있단다. 혹시라도 무슨 일이 생기면 네 상황을 잘 아는 선생님들을 통해 나한테 알려주면 좋겠구나."

나는 교장선생님에게 감사하다고 말했다. 교장선생님이 그러길 바라시는 것 같았기 때문이다.

"한 가지 더."

교장선생님이 의자에 등을 기대며 말했다. 이번에는 아주 신중

하고 느린 말투였는데 각별히 신경 써서 적절한 말을 골라내는 것 같았다.

"너한테 일어난 일이 정말 끔찍하긴 하지만 네겐 흔치 않은 기회이기도 해. 넌 처음부터 다시 자기 인생을 쌓을 수 있는 기회가 생겼어. 완전히 새로운 출발인 거지. 이 기회를 낭비하지 말거라! 물론 넌 이걸 행운이라 생각하지 않겠지만, 너 같은 상황이 되기 위해 뭐든 할 사람들이 세상엔 수도 없이 많단다. 완벽한 백지 상태 말이야."

나는 교장선생님을 빤히 쳐다봤다. 도대체 무슨 말씀을 하시는 거지? 난 지금 내가 어떤 사람이었는지 기억해내려고 안간힘 쓰고 있는데, 교장선생님은 내가 변하길 바라시는 건가?

대체 예전의 내가 얼마나 잘못됐기에 완전히 다른 사람이 되어야 하는 걸까?

브렌든 에스피노자

^{4장}

"오늘날 중학교에서 야생동물의 다양성과 인상적인 군락을 보기에 구내식당만큼 좋은 곳은 없다. 지금 보고 있는 종은 치어리더루스 막시무스인데, 자신들의 서식지인 샐러드 바에서…."

나는 상추와 오이, 얇게 썬 토마토를 신중히 고르고 있는 브리타니와 라티샤한테 초점을 맞췄다. 캠코더는 촬영할 때 팔뚝에 고정한다. 유튜브에 깨끗한 화질로 올리려면 촬영할 때 흔들리지 않아야 하기 때문이다. 나는 계속 내레이션을 넣었다.

"피자가 놓인 배식대를 애처롭게 보고 있지만, 안타깝게도 그들의 먹잇감이 아니다. 치어리더루스의 먹이는 홍당무가 장식으로 곁들여진 샐러드와 무지방 드레싱이다. 그런데 잠깐—"

나는 식판에 음식을 잔뜩 담고는 배식 줄을 빠져나가고 있는 조단이 화면에 들어오도록 카메라 초점을 길게 뒤로 뺐다.

"이거 레알임? 물론! 희귀 생물종인 칠칠이 덜떨어져누스가 가장 가까운 자리로 휘청휘청 가고 있다. 넌 할 수 있어, 칠칠아. 아, 이런, 수프를 흘렸네. 오렌지가 떨어져 바닥을 데굴데굴…."

맙소사, 이 녀석은 사는 것 자체가 한 편의 영화다. 진짜 현실

42

을 살고 있는 사람한테 대본이 무슨 소용이 있을까?

"자, 이제부터 비교적 안전한 서식처인 배식 줄을 떠나 진짜 사자 소굴 안으로 들어가보자."

나는 계속해서 아론 하키미안과 베어 브랏스키, 그리고 풋볼 팀원들이 앉아 있는 구석 자리를 찍었다. 저 애들은 지나치게 많이 먹고 지나치게 크게 웃어댄다.

"이곳은 작은 동물들이 접근하기조차 겁내는 육식동물들의 세계다."

그걸 내가 모를 리 없지! 화면이 흐릿해지는 단점이 있지만, 나는 카메라 렌즈를 최대한 당겨서 촬영했다. 굳이 가까이 다가가서 내 캠코더를 저 애들의 먹잇감으로 만들 필요는 없으니까.

"그런데 리더가 어디 갔지? 최고의 포식자가? 저기 계산대 앞에서 무화과 쿠키를 사려고 돈을 내고 있는 게 설마 리더? 맞다. 리더. 야수들의 왕. 풋볼루스 히어로스. 그 천둥 같은 발소리에 크고 작은 모든 생물들의 심장이 요동친다. 그 위풍당당한 발걸음이 어디로 향하는지 보자—"

풋볼 팀원들한테 향하는 체이스 앰브로즈의 움직임을 따라가기 위해 캠코더를 돌리는데 갑자기 체이스의 모습이 화면에서 사라졌다. 나는 얼굴을 찌푸렸다. 체이스는 팀원들이 있는 곳이 아니라 다른 곳으로 가고 있었다. 나는 서둘러 체이스의 모습을 화면에 담고는 내레이션을 넣기 위해 머리를 굴렸다.

"잠깐, 위대한 풋볼루스 히어로스가 방향을 바꿨다. 거대한 몸

을 돌려 다른 테이블로 가고 있다. 그 이유는 위대한 그 자신만이 알 수 있는데, 그가 향한 곳은—"

하느님, 맙소사. 체이스가 이쪽으로 오고 있다!

나는 섬광처럼 빠르게 카메라를 치워버렸다. 체이스는 내 바로 맞은편에서 압도적인 모습으로 식판을 들고 있었다.

왜 체이스가 다른 데도 아니고 나같이 하찮은 애 자리에 온 거지? 혹시 내가 유튜브에 풋볼 팀원들과 자기를 우스갯거리로 올린다는 걸 알고 있는 걸까?

만일 그렇다면, 나는 죽었다. *아니 만일, 그러니까, 하지만.*

내가 체이스와 마지막으로 마주한 건 체이스와 네안데르탈인 패거리가 테더볼(기둥에 매단 공을 치고 받는 게임:옮긴이) 기둥에 나를 세워둔 채 그 무시무시한 게임을 했을 때였다. 나는 칠면조처럼 기둥에 꽁꽁 묶였는데, 그날 쓰레기통을 비우러 환경미화원이 오지 않았다면 계속 기둥에 묶여 있었을 것이다. 쓰레기통에 처박히지 않은 게 천만다행일 정도였다. 조엘 웨버는 그 머저리들한테 너무 심하게 괴롭힘 당하는 바람에 가족들이 먼 학교로 전학시켜야 했다.

"여기 자리 있어?" 체이스가 물었다.

나는 뭔가 꿍꿍이가 있을 거라고 생각하며 체이스를 올려다봤다. 하지만 체이스는 나를 처음 본다는 표정이었다. 심장에서 *비상! 비상!* 하며 경고음이 울렸다. 그런데 마음과는 반대로 내 입은 "앉아도 돼." 하고 큰 소리로 대답했다.

체이스가 자리에 앉더니 *냅킨을 활짝 펼쳐서 무릎 위에 놓았다!* 문명인이 하는 것처럼 말이다! 아마 이 구내식당 안에서 무릎 위에 냅킨을 펼친 학생은 단 한 명도 없을 것이다.

지금까지 한 번도 경험해본 적 없는 이상한 일이 일어나고 있었다. 그렇다면…

소문이 정말 사실인가? 위대한 체이스 앰브로즈가 지난여름 지붕에서 떨어져 머리를 다친 일은 우리 지역에서 아주 큰 사건이었다. 그런데 학교에서 떠도는 소문에 따르면 체이스가 기억상실증에 걸려서 사건이 일어나기 전의 일을 하나도 기억하지 못한다고 한다. 나는 단지 소문일 거라고 생각했다. 하지만 체이스가 풋볼팀 친구들과 앉지 않고 내 앞에 와 앉은 이유는 어떻게 설명해야 할까? 게다가 정말 인간답게 행동하고 있는 건?

나는 비디오 촬영을 보류한 채, 먹는 것에 집중했다. 체이스가 기억상실증에 걸렸든 그렇지 않든 최고의 포식자를 앞에 두고 밥을 먹는 건 결코 쉽지 않은 일이다. 기억상실증 중에는 일시적인 것도 있다고 읽은 적이 있다. 만일 체이스의 기억이 모두 돌아온다면, 내가 자기 앞에 앉았다는 이유만으로 콧구멍에 계란 샌드위치가 처박히는 신세가 될 것이다.

그런 생각을 하며 먹고 있는데 체이스가 닭고기 바비큐를 썰려고 애쓰는 게 보였다. 플라스틱 칼이 무뎌서 그런 것도 있지만 왼팔이 가슴에 고정돼 있어서 더 힘들었다. 체이스는 정말 고군분투하고 있었다. 이마에 구슬땀이 맺힐 정도였다.

나는 지금까지 한 번도 내 입에서 나와본 적 없는 무모하고 정신 나간 말을 했다.

"내가 도와줄까?"

"아니, 고마워."

체이스는 계속 썰었지만 생각대로 되지 않자 슬슬 성질이 나는 것 같았다.

도대체 내가 무슨 생각으로 그런 행동을 했는지 모르겠다. 나는 긴 식탁을 빙 돌아서 체이스의 등 뒤로 다가갔다.

"두 손으로 하면 훨씬 쉬울 거야."

체이스가 잠깐 동안 더 애쓰더니, 결국 한숨을 내쉬었다.

"아무래도 도움을 받아야 할 것 같아."

그렇게 해서 나는 구내식당 한가운데서 허리를 숙인 채 최고 포식자가 먹을 닭고기를 썰어줬다. 그러는 사이 쇼샤나 웨버가 내 앞을 지나갔는데, 충격과 놀라움 그리고 못마땅함이 뒤섞인 눈빛을 나한테 보냈다.

나는 고기를 다 썬 다음, 체이스한테 포크를 건네줬다.

"고마워." 체이스가 온순한 양처럼 말했다.

"별거 아니야."

나는 다시 내 자리로 돌아가 의자에 앉으려다가 그대로 식당 바닥에 나동그라지고 말았다.

시끌벅적한 웃음소리가 내 주변에 메아리쳤다. 정신을 차려보니 풋볼 팀원들이 나를 둘러싸고 있었다. 베어가 내 위로 의자를 올려서 나는 의자 다리 사이에 갇힌 꼴이 되었다.

"야, 체이스! 자리를 잘못 찾아갔잖아." 아론이 큰 소리로 말했다. "우리랑 같이 가자. 자리 맡아놨어."

풋볼 팀원들은 납치하다시피 체이스를 끌고 사자굴로 갔다.

잠시 뒤, 내 위에 놓여 있던 의자가 치워지더니, 누군가 내 발을 잡아당겼다.

체이스였다.

"미안해." 체이스가 난처한 표정으로 말했다.

"뭐야, 체이스! 빨리 와!" 풋볼 팀원들이 일제히 고함을 질렀다.

하지만 체이스는 망설였다.

"쟤들은 네 팀원이고 제일 친한 친구들이야."

나는 체이스가 기억을 못 하는 것 같아서 알려줬다.

"그래."

나는 다시 자리로 돌아가 앉은 뒤 캠코더를 들었다. 그런데 그 사이 캠코더가 계속 돌아가고 있었다는 사실을 알아차렸다. 영상은 찍히지 않았지만, 음성 녹음은 줄곧 되고 있었다.

내가 체이스 앰브로즈와 아슬아슬한 상황까지 갔고 결국 살아남아 이렇게 이야기를 들려주고 있다는 걸 스스로 확인하기 위해서라도 나중에 꼭 오디오를 들어봐야겠다.

체이스 앰브로즈

어린 여자애를 볼 때마다 내게 남은 단 하나의 기억이 떠오른다. 하얀 레이스가 달린 파란색 원피스를 입은 금발 소녀.

왜인지는 나도 잘 모르겠다. 기억나는 게 하나밖에 없을 때는 그 기억이 그림자처럼 따라다니는 모양이다. 그 애를 어디서 봤는지만이라도 기억이 나면 좋을 텐데.

놀이터 정글짐 위에 있는 애를 보고 있자니 그 소녀가 다시 떠올랐다. 한 달 넘게 하고 다녔던 삼각건을 풀고 처음으로 밖에 나온 날이었다. 모든 게 '정상'으로 돌아온 것 같았다. 지난 2주 동안 학교에서는 전혀 느낄 수 없었던 기분이다.

그때 정글짐 곳곳을 누비고 다니는 여자애가 눈에 들어왔다. 이복동생 헬렌이었다. 헬렌은 활력이 넘치고 정말 귀여웠는데, 터널을 기어 나가 미끄럼틀 아래로 휙 내려가더니 어느 순간 정글짐에 다시 올랐다. 정글짐 꼭대기에서도 지나치다 싶을 정도로 활달했는데, 나이가 아직 어려서 우리 집안에 추락해 머리를 다친 내력이 있다는 걸 생각하지 못하는 것 같았다.

그런데 바로 그 순간, 헬렌이 정글짐 손잡이를 놓쳐서 미끄럼틀 위로 굴러 떨어졌다. 나는 총알처럼 달려가 헬렌을 잡고 놀이의 연장인 것처럼 빙글빙글 돌렸다. 헬렌은 신이 나서 두 팔을 펼치고 비행기 소리를 내며 놀이에 빠져들었다.

헬렌이 좋아하는 걸 보고 나는 더 신이 나서 헬렌을 돌렸다. 어깨도 괜찮았고, 우리는 정말 재밌는 시간을 보냈다. 자기를 치켜들고 있는 사람이 누군지 헬렌이 알아채기 전까지는.

"엄마!" 헬렌의 비명 소리가 공원에 울려 퍼졌다.

"괜찮아, 헬렌! 나야! 오빠야, 체이스 오빠!"

"내려줘!" 헬렌이 얼굴이 빨개져서는 울음을 터트렸다.

내가 내려주자 헬렌은 허겁지겁 이쪽을 향해 달려오는 코린 아주머니한테 뛰어갔다. 젠장. 아빠의 새 가족은 나와 문제가 있는 것 같은데, 분명 내가 헬렌을 괴롭혔다고 생각할 게 뻔하다.

"죄송해요. 겁주려던 건 아니었어요."

"무슨 일이 있었는지 다 봤어. 헬렌을 잡아줘서 고맙구나."

코린 아주머니의 말에는 아무 문제가 없었다. 다만 말투가 걸렸는데, 지나치게 정중하고 거리감마저 있어서 내가 아예 남처럼 느껴졌다.

헬렌은 얼굴을 엄마 스웨터에 파묻은 채 나를 쳐다보려고도 하지 않았다.

"헬렌이 저를 정말 안 좋아하나 봐요."

그러자 코린 아주머니가 한결 부드러운 목소리로 말했다.

"조금 무서워할 뿐이야."

"저를 무서워한다고요?"

대체 내가 무슨 짓을 했기에 네 살밖에 안 된 꼬마가 나를 볼 때마다 겁에 질리는 걸까?

그때 경적 소리가 내 생각을 방해했다. 배달용 트럭이 공원 모퉁이를 돌아 멈춰 섰다. 트럭 옆구리에 '앰브로즈 일렉트릭'이라는 글자가 찍혀 있었다.

운전석 창문 밖으로 아빠가 고개를 내밀었다.

"코린, 다섯 시 반에 그릴 달궈놔. 지금껏 본 적 없는 큰 스테이크를 가져갈 테니까!"

그러다 나를 발견했다.

"여긴 웬일이냐? 지금쯤 연습하고 있어야 하는 거 아냐?"

"의사 지시예요, 아시죠?"

"팔 다 나았잖아!"

"네, 좋아졌죠." 나는 머리를 가리키며 대답했다. "그런데 뇌진탕은 아직."

아빠가 지긋지긋하다는 표정을 지었다.

"의사들이란! 그 사람들 하는 말 듣다 보면 네 남은 인생을 뽁뽁이에 둘둘 말아둬야 할걸? 그건 그렇고, 오늘 저녁 어떠냐? 기가 막힌 스테이크를 먹을 수 있는데. 엄마가 대충 만들어주는 풀 요리만 먹어선 체력을 회복하기 힘들어."

"고맙지만 다음에요." 나는 주저하다 말을 이었다. "교장실에서 주 선수권 대회에서 우승한 아빠 사진을 봤어요. 전 몰랐어요. 제 말은, 눈치는 채고 있었지만, 그게….”

아빠가 기쁜 듯이 크게 웃었다.

“그래, 운동선수는 쌔고 쌨지만 우리처럼 진짜 성공하는 선수
는 아주 적지. 앰브로즈 가문의 남자들한테는 뭔가가 있어. 그러
니까 엄마가 네 형한테 그런 것처럼 너마저 약골로 만들지 못하
게 조심해라.”

그러고는 트럭을 몰고 자리를 떴다. 공원 모퉁이를 돌아갈 때
트럭 배기통에서 연기가 펑 터져 나왔다.

“아빠, 안녕!” 헬렌이 소리쳤다.

“안녕, 헬렌.” 나도 인사했다.

나와 눈이 마주치자 헬렌은 내 눈을 피했다.

히아와시 중학교에서 나는 정말 유명하다. 좋은 쪽으로 유명한
지, 아니면 나쁜 쪽으로 유명한지는 모르겠지만.

히아와시 중학교의 운동 프로그램은 내 주 전공이다. 사고를
당하기 전에는 그랬다. 내 친구들은 전부 운동선수인 듯한데 풋
볼 선수가 대부분이다. 내 사고 소식을 들었을 때 녀석들은 적잖
이 놀란 것 같았다. 친구들은 가끔 내가 이번 시즌 경기에 출전하
지 못하는 걸 불평했는데 그 심정이 이해가 됐다.

히아와시 허리케인스는 학교에서 왕처럼 군림한다. 나는 전에
주장이었기 때문에 왕들 중의 왕이나 마찬가지였다. 그런데 솔직

히 말해, 내가 그 애들과 어떻게 어울렸는지 상상이 되지 않는다. 허리케인스 애들은 늘 시끄럽고, 온종일 상대방을 밀치고 주먹질하는 데 시간을 보낸다. 게다가 서로 헐뜯는 말을 남발한다. 내가 예전의 나였을 때는 그런 걸 좋아했을까? 친구들한테 인사할 때도 셔츠에 얼룩이 묻었다고 놀리면서 친구들의 얼굴을 툭 쳤을까? 친구들의 엄마를 흉보고, 할머니를 흉보고, 할머니의 할머니를 욕했을까? 어쩌면 그랬을지 모른다. 그랬다 하더라도 그건 그때 얘기고, 지금은 아니다. 뇌진탕 때문인지 모르겠지만 나는 길을 잃었고, 이젠 그 친구들과 더 이상 같이 어울리기 싫다.

아론과 베어는 최악의 상황에서 나를 보호해주곤 한다. "야, 작작 좀 해. 우리 주장이 다쳤잖아." 그러면서 친구들이 친근감을 표현한답시고 하는 주먹질을 대신 맞아주기도 한다. 그건 정말 고맙다. 하지만 내가 더 이상 예전의 체이스가 아니라는 사실을 바꾸지는 못한다. 그 둘이 나를 보호해주길 바라지도 않는다. 약해지는 건 싫다. 어떤 녀석들은 내가 아주 강하다는 듯이 대한다. 하지만 지금은 아니다. 나도 안다. 그래도 내 체력이 돌아올 때까지는 그런 척하는 게 좋을 것 같다.

따지고 보면, 다른 누구보다 아론과 베어 때문에 골치 아플 때가 많다. 둘은 *기억나는 게 뭐야? 의사 말로는 기억이 언제쯤 돌아온대? 언제쯤 예전의 너로 돌아올까?* 같은 질문을 끊임없이 해댔다. 그러면 나는 달리 해줄 말이 없어서 내가 유일하게 기억하는 파란색 원피스를 입은 소녀 얘기를 해줬다.

"그래서?"

"그게 다야. 기억나는 건."

"대체 그 여자애가 누군데? 걔를 어디서 봤는데?"

"몰라. 내가 아는 건 그게 전부야."

둘은 나를 한참 동안 쳐다보다가 웃음을 터트렸다.

나는 기분이 나빠졌다.

"하나도 안 웃겨! 내가 아는 게 더 있으면 너희한테 얘기하지 안 하겠냐? 기억상실증이 무슨 뜻인지나 알아?"

"진정해." 아론이 내 어깨에 팔을 둘렀다. "우린 네 편이야. 우정이여 영원하라!"

풋볼 팀 친구들을 제외하고 대부분의 아이들은 내 앞에서 이상한 행동을 보였다. 내가 교실에 들어서면 하던 얘기를 뚝 끊었고, 복도에 나타났다 하면 사물함 쪽으로 고개를 돌렸다. 내가 기억상실증에 걸렸다는 얘기를 전교생이 들어서 알고 있기 때문에 애들이 나를 이상하게 본다는 건 안다. 하지만 그렇다고 해서 모든 게 설명되는 건 아니다. 한 여자애는 교과서를 실은 카트를 밀고 가다 내가 옆을 지나가니까 두 눈이 튀어 나올 만큼 휘둥그레졌다. 그 애는 몸을 휙 돌리다가 출입구 벽감에 부딪히고 말았는데, 책이 사방팔방으로 흩어지고 심지어 책 하나에 발이 걸려 헛디뎠는데도 계속해서 걸어갔다. 내가 팔을 붙잡아 세우자 그 애는 이성을 잃고 소리를 질렀다.

"하지 마!"

어찌나 크게 소리를 지르던지 순식간에 모두의 시선이 우리한
테 쏠렸다. 나는 얼떨떨한 기분이 되었다.

"내가 책 줍는 걸 도와줄게."

"싫어!"

여자애는 도망치다시피 복도로 뛰어갔다.

내가 뭘 어쨌다고?

방과 후에 아론과 베어한테 그 여자애가 왜 그런 건지 물어보
니, 둘은 그런 멍청한 질문이 어디 있냐는 식이었다.

"그딴 애들이 널 안 좋아한다고 해서 신경 쓸 게 뭐 있냐?"

"그게 아니잖아. 그 앤 겁에 질려 있었어. 대체 왜 그런 거지?"

둘은 서로 눈빛을 주고받았다.

"체이스, 너 진짜 하나도 기억 못 하는구나."

"얘들아, 그러지 말고 얘기 좀 해줘!"

"시간 없어." 베어가 짜증을 냈다.

"왜? 오늘은 풋볼 연습이 없는 날이잖아."

"세 시 반까지 포틀랜드로 가야 하니까."

"포틀랜드?"

"사회봉사활동이 아직 두 달이나 남았잖아." 베어가 설명했다.
"포틀랜드 거리에 있는 요양원인데, 할아버지 할머니를 돌보는
일이야. 지붕에서 떨어져 봉사활동을 면제받는 행운이 누구한테
나 있는 건 아니니까."

"내가 사회봉사활동을 했다고?"

내 기억은 사라졌지만, 사회봉사활동이 방과 후 학교에 남아서 하는 활동과 다르다는 건 알고 있다. 그런 활동은 법원에서 판사가 선고를 내려야만 하게 되는 일이다.

나는 아무렇지 않은 척 애쓰며, 정말 그러기 싫지만 두 친구한테 겁쟁이처럼 묻고 말았다.

"우리가 무슨 짓을 했다고 사회봉사활동을 선고받았어?"

"별일 아니야." 아론이 코웃음을 쳤다. "학교 오픈하우스 날, 우리가 피아노 안에 폭죽을 몰래 숨겨놨거든. 진짜 굉장했는데! 공공 기물을 파손했다고 경찰이 엄청 깐깐하게 굴더라구. 세상 피아노가 다 사라진 것도 아닌데."

"그래서 우리가…" 나는 태연한 척했지만 말이 쉽게 나오지 않았다. "체포됐어?"

"우리 이제 가야 해." 베어가 닦달했다.

"그래." 아론이 나를 보며 말했다. "잘 들어, 체이스. 사고 이전의 네가 어땠는지 기억 안 나서 얼마나 미칠 노릇인지 우리도 알아. 몇 가지는 내가 확실히 알려줄게. 우리의 영웅 체이스는 기껏 폭죽 몇 개 터졌다고 과민 반응 하는 머저리들한테 쓸데없이 화내고 그러는 녀석이 아니라는 거야. 우린 우리가 하고 싶은 일을 한 거고, 그 때문에 좀 문제가 생겼을 뿐이야. 그게 전부야."

"그게 전부다." 나는 내가 저지른 일이 얼마나 심각한 것인지 가늠하면서 조심스레 입을 열었다. "그렇다면 아무도 다치지 않았다는 건데, 왜 그 일이 문제가 된 거야?"

베어가 낄낄거렸다. "맞아, 아무도 안 다쳤어."

"이 학교가 문제인 거지." 아론이 계속해서 말했다. "모두가 우리를 질투해서 그래. 그렇다고 그 애들을 원망하진 않아. 우린 우리가 하고 싶은 일을 한 거고, 아무도 우릴 건드리지 못해. 심지어 어른들도 우릴 질투해. 아마 그 사람들도 어렸을 때 루저였겠지. 그래서 피츠 교장과 판사가 우릴 내칠 꼬투리를 잡자 가차 없이 밀어붙인 거야. 한마디로 말해, 어린 시절에 못다 한 복수를 한 거지. 네 잘못이 아니야."

나는 고개를 끄덕였다. "불공평해."

베어가 싱긋 웃었다. "나도 부당하다는 생각이 들 때마다 분해서 가끔 밤에 운다니까."

나는 웃음이 터져 나왔다. 아론과 베어는 손톱 밑에 햇불을 들이대도 눈물 한 방울 흘리지 않을 녀석들이기 때문이다.

"솔직히 얘기해줘서 고마워. 우리 엄마는 이런 얘긴 전혀 안 하시거든. 무슨 생각으로 그러는지 모르겠지만, 내가 기억 못 하면 없는 일이 될 거라고 생각하시는 것 같아."

아론이 어깨를 으쓱했다. "그건 엄마 생각이고. 엄마들이 다 그렇지 뭐. 뭐든 재밌는 건 나쁘다고만 생각하니까."

"안 그래도 아빠가 경고하긴 했어. 엄마가 나를 약골로 만들게 내버려두지 말라고."

"너희 아빠는 상남자야!" 베어가 소리쳤다. "우리 도시에서 최고의 풋볼 선수였으니까. 물론 지금은 우리가 최고지만. 너만 다시 돌아오면 우리가 전부 쓸어버리자!"

나는 그 말에 멈칫했다. 베어는 내가 시즌 경기에 참가하지 못한다는 걸 누구보다 잘 안다. 나는 궁금해졌다. 정말로 시즌 경기를 포기해야 할까? 아빠는 그렇게 생각하지 않는다. 어쩌면 엄마가 나를 과잉보호하려고 쿠퍼맨 선생님한테 그렇게 말하도록 시킨 걸지도 모른다.

나는 엄마를 어디까지 믿어야 할까? 엄마는 내 과거에서 가장 중요한 부분을 숨기려고 했다. 아론과 베어가 아니었다면 나는 그 사실을 전혀 몰랐을 것이다.

엄마가 어떤 사실을 또 숨겼을지 누가 알까?

그날 엄마가 일을 마치고 돌아오자, 나는 현관에서 기다리고 있다가 면전에 대고 쏘아붙였다.

"어디 갔다 오는 거예요?"

엄마가 당황한 표정을 지었다. 나는 엄마를 몰아세웠다.

"제가 기억상실증에 걸렸다니까 엄청 충격 받으신 줄 알았는데, 제 과거를 감출 정신은 있었나 보네요!"

"과거를 감춘다고?"

"아론, 베어랑 제가 경찰에 체포되고 사회봉사활동 선고까지 받았는데, 저한테 그 사실을 알 권리가 있다고 생각하지 않으세요?"

엄마는 곧바로 대답하지 않았다. 대신 가방을 내려놓고 외투를 벗은 다음, 거실로 가서 의자에 무너지듯 앉았다. 그런 뒤 마침내 입을 열었다.

"넌 끔찍한 시련을 겪었어. 그런데 엄마가 네 기분만 상하게 할 얘기들을 쏟아낸다면 그게 회복하는 데 도움이 되겠니?"

"얘기들요? 더 있다는 말이에요? 엄마가 숨기고 있는 끝내주는 얘기들이 도대체 얼마나 많은 거예요?"

엄마가 정말로 서운하다는 듯 말했다.

"엄만 널 사랑해. 무슨 일이 있어도 네 편을 들 거야. 너도 그건 잘 알잖니. 체이스, 엄만 언제나 네 좋은 점을 보고 있어. 네가 좋은 사람이라고 진심으로 믿어. 지금은 단지 과도기일 뿐이야."

내 주변에는 나를 보면 역겨운 표정을 짓고 뒤돌아서는 아이들이 있다. 어떤 애들은 내가 다가가면 공포에 질려 뒷걸음치고, 온몸으로 무서움을 표현한다. 나는 내 머리에 요거트 아이스크림을 처박았던 정신 나간 여자애를 생각했다. 실은 그 여자애가 정신 나간 게 아니라면? 내가 당해도 마땅한 짓을 한 거라면?

그러다 아론, 베어와 나눈 얘기들이 떠올랐다. 모든 얘기에는 양면성이 존재한다. 엄마는 그 반대편의 얘기를 하고 있다. 그 사실이 그리 놀랍지는 않다. 엄마의 아들한테는 분명 문제가 있다. 사회봉사활동이 그것을 나타내는 조짐에 불과하다면, 그건 중대한 문제다.

"그래요, 물론 잘한 짓은 아니었어요. 하지만 학교에서 왜 그 일을 그렇게 크게 문제 삼았는지 도저히 이해가 안 돼요."

엄마가 나를 뚫어져라 쳐다봤다.

"그런 짓을 저지르고도 어떻게 그런 말을 할 수가 있니?"

"무슨 일이 일어났는지 전혀 기억 안 나니까 그럴 수도 있죠! 수류탄도 아니고 그냥 폭죽이잖아요! 그냥 장난이었다고요!"

엄마의 말투와 표정이 점점 굳어갔다.

"그래, 심장마비를 일으켰던 그 불쌍한 피아니스트는 그렇다 치자꾸나. 더 큰 문제는 강당 안에 있던 관객들이 테러를 당한 줄 알고 공황 상태에 빠졌다는 거야. 그 와중에 아무도 다치지 않은 게 천만다행이지. 피츠 교장선생님이 널 경찰에 신고해야겠다고 생각한 것도 그 때문일 거야."

엄마의 얘기를 들으면서 나 자신이 부끄러워졌다. 하지만 아론과 베어한테 가면, 우리가 받은 벌에 비하면 학교를 폭파한 일쯤은 장난이 돼버린다. 어떤 말이 진실일까? 아빠가 말했던 것처럼 엄마가 나를 약골로 만들려고 괜한 말로 겁을 주는 건 아닐까?

기억상실증으로 인해 나는 13년이라는 시간을 잃어버렸다. 다른 사람들이 하는 얘기를 듣고 잃어버린 기억을 채워야 한다. 하지만 모두가 나에 대해 서로 다른 생각을 갖고 있다. 엄마, 아빠, 절친, 그리고 학교 친구들, 심지어 아이스크림 테러 소녀까지.

누구의 말을 믿어야 할까?

브렌든 에스피노자

6장

'*예언자는 어디에서나 존경받지만 자기 고향과 친족과 집에서는 존경받지 못합니다.*'

킹 제임스 성경에서 인용한 말이다. 이 말이 유튜버한테도 적용된다는 사실이 증명됐다. 여기, 인류 역사가 시작된 이래로 가장 위대한 영상을 올리려고 하는 사람이 있다. 그런데 나를 도와줄 사람은 어디에도 없다.

"애들아, 그러지 말고." 나는 비디오 동아리 친구들한테 사정했다. "같은 날에 모두 치과 예약이 있다는 건 말이 안 되잖아."

"맞아, 딱 걸렸네." 휴고가 순순히 인정했다. "치과 예약 같은 건 없어. 그래도 널 도와주진 않을 거야. 넌 완전 미쳤으니까!"

"걱정할 거 없다니까? 내가 한다는 거지 너보고 하라는 게 아니야. 어려운 걸 부탁하는 게 아니잖아. 난 그저 조수가 필요한 것뿐이야. 쇼샤나, 넌 도와줄 거지?"

"천 년 뒤에나." 쇼샤나가 대답했다. "너, 그러다가 큰일 난다."

"공동 제작으로 이름 올려줄게."

"오, 멋지겠네." 쇼샤나가 늘어지는 말투로 비꼬았다. "그래, 우

60

리가 체포되면 경찰이 내 이름을 부르는 데는 도움이 되겠다. 난 빠질래. 그리고 너도 머리가 있다면 관두는 게 좋을 거야."

그렇게 싫다는 대답만 돌아왔다. 휴고도, 쇼샤나도, 바턴도, 비디오 동아리 모두 다. 심지어 모리샤는 나한테 정신과 전문의를 만나보라는 말까지 했다.

나는 사물함에 고개를 처박은 채 친구들이 나를 버려두고 떠나는 모습을 지켜봤다. 의리는 어디로 갔지? 동아리 정신은? 창작에 대한 열정은 모두 어디로 간 거야? 배신감이 가슴을 찔렀지만 그보다는 내 아이디어가 이대로 사라진다는 생각이 더 싫었다. 분명 입소문을 타게 될 텐데.

나는 북적거리는 복도로 눈을 돌렸다. 수업이 끝나 가방을 메고 집에 가려는 아이들. 누구 아는 애 없나? 사실 학교 아이들은 모두 알고 있다. 하지만 누구도 나와 눈을 마주치려 하지 않는다. 나는 학교에서 인기 있는 아이가 아니다. 왜 그런지는 모르겠다. 나는 우등생이고, 비디오 동아리 회장에 학력경시대회 2년 연속 우승자인데 말이다. 그러고 보니, 아이들이 나한테 방과 후에 뭐 하는지 물어보지 않는 이유가 그런 것 때문일 수도 있겠다는 생각이 든다. 내가 학교에 있는지도 모르는데 뭐.

아이들의 하교 행렬 너머에서 누군가 나를 알아보고 사물함으로 다가왔다. 오, 세상에. 체이스다! 나의 완벽했던 일과에 종지부를 찍을 때가 왔다. 비디오 촬영을 못 하게 된 것만큼이나 끔찍한 일이다. 이대로 허리 밴드에 묶여 여자 탈의실 옷걸이에 거꾸로 매달리는 일은 당하고 싶지 않은데.

체이스가 앞에 멈춰 서더니, 나를 어디서 봤었는지 기억을 되살리려는 듯 눈살을 찌푸렸다. 학교에서 모두가 나를 아는데, 나는 아무도 모른다면 기분이 정말 이상할 것 같았다. 특히 친숙한 얼굴은 눈에 더 띌 거다. 그게 나라고 하더라도.

"구내식당." 나는 짧게 힌트를 줬다. "같이 밥 먹을 뻔했잖아. 난 브렌든이야."

나를 알아보자 체이스가 안도감이 뒤섞인 어색한 미소를 지었다. 이제 삼각건도 안 보이고, 얼굴의 상처도 아문 상태였다.

"난 체이스."

나는 웃음을 터트렸다.

"너를 모르는 사람은 없어."

밤마다 꾸는 악몽에 등장하는 얼굴을 어떻게 잊을 수 있을까? 조엘 웨버가 없으니 다음 목표물은 의심의 여지 없이 나인데. 내 이름이 헤럴드라고 말해줄걸.

하지만 체이스라는 이름은 이제 풋볼 팀 명단에 없다. 머리를 다친 게 천만다행이지. 그리고 체이스는 분명 예전 모습과 많이 다르다. 닭고기 바비큐도 썰어준 마당에 새삼 겁날 것도 없다.

나는 불가능한 일을 시도해보기로 했다.

"저기, 체이스. 오늘 오후에 바빠?"

체이스가 어깨를 으쓱해 보였다.

"무슨 말이 하고 싶은데?"

나는 운을 믿어보기로 했다.

"유튜브에 올릴 영상을 찍으려고 하는데, 조수가 필요하거든. 나 좀 도와줄래?"

나는 속으로 비명을 질러댔다. *중지! 중지!* 체이스 앰브로즈 같은 녀석과 일하는 건 이 세상에서 있을 수 없는 일이다. 아무도 건드리지 못하는 녀석을 조수로 쓰려 하다니.

체이스는 하겠다고 말하지 않았다. 그냥 묵묵히 나를 따라왔다. 가면서 나는 우리가 할 일을 설명해줬다. 어떤 식으로 영상을 찍게 될지 얘기했지만 체이스는 나더러 미친놈이라 하지 않았다. 그저 웃음을 터트리며 설마 농담이냐고 물었다.

"재밌다고 해서 다 농담은 아니야." 나는 진지하게 말했다. "코미디는 진지한 일이야. 만일 사람들이 이 영상을 보고 웃는다면, 그건 우리가 힘들게 만들었다는 뜻이고 그걸 사람들이 알아줬다는 뜻이지."

"그래, 무슨 말인지 알겠어. 하지만 내가 카메라에 찍히는 건 아니지? 의사가 알면 기겁할걸? 우리 엄마는 말할 것도 없고."

대박, 체이스한테도 엄마가 있었다! 인기짱인 유명인들은 거대 우주선의 찬란한 빛줄기를 타고 지구로 내려오는 줄 알았는데.

"나만 믿어. 넌 캠코더 두 대로 찍기만 하면 돼."

우리는 집에 들러 세발자전거를 가지고 나왔다. 가는 길에 체이스는 세발자전거를 타며 신나게 웃었다. 그런 체이스의 모습이 너무나 웃겼다. 체이스는 키가 커서 페달을 밟을 때마다 무릎이

귀에 닿을 정도로 올라왔다.

시끌벅적한 소리에 엄마가 밖으로 나왔다. 나와 함께 있는 사람이 누군지 알아보자 엄마는 대뜸 911에 전화를 하려 들었다. 엄마를 비난할 수는 없다. 체이스가 나와 어울린다는 건 내가 엄청 높은 창문에 거꾸로 매달려 있다는 뜻이나 마찬가지니까.

"엄마, 괜찮아. 체이스가 비디오 촬영을 도와주기로 했어."

"처음 뵙겠습니다." 체이스가 정중하게 인사했다.

"그래. 그전에도 보긴 했다만." 그렇게 말하고 엄마가 입을 꽉 다물었다.

나는 엄마가 말을 더 하기 전에 서둘러 자리를 피했다. 우리는 서로 번갈아 세발자전거를 몰면서 시내로 갔다. 우리의 목적지는 벨 거리에 위치한 샤이니 세차장이었다.

나는 캠코더를 체이스한테 건네줬고, 체이스는 캠코더를 들고 세차장 직원들의 주의를 돌리러 갔다. 체이스는 우리 비디오 동아리의 그 누구보다 이 일에 제격인데, 우리 도시 최고의 풋볼 선수이자 전 풋볼 챔피언의 아들이기 때문이다. 게다가 다들 지난여름의 사고 소식을 알고 있어서 모든 관심이 체이스한테 쏠릴 수밖에 없다. 덕분에 나는 아무한테도 들키지 않고 세차장 뒤편으로 숨어들 수 있었다.

나는 머리에 헤드밴드를 두르고 집에서 가져온 고프로 방수 카메라를 장착했다. 세차 터널로 들어가는 자동차 뒤에 숨어 세발자전거를 컨베이어 위에 올려놓은 다음, 자전거에 올라타고 이마에 매단 카메라의 녹화 버튼을 눌렀다. 심장이 튀어나올 정도로 요동치고 앞으로 일어날 일들에 모든 신경이 곤두섰다.

드디어 시작이다. 진실의 순간이 왔다.

컨베이어가 세차 터널 안으로 들어가자 가장 먼저 세찬 물줄기가 나를 때렸다. 내가 할 수 있는 일은 비명을 지르지 않도록 꾹 참는 것뿐이었다. 물은 얼음장처럼 차가웠다. 미리 조사하고 계획하면서 나는 이런 상황에 철저히 대비했다. 하지만 세차장에서 차가운 물을 사용할 거라는 생각은 꿈에도 하지 못했다. 나는 늘 뜨거운 물로 샤워하는데, 차라고 그러지 말라는 법이 있나?

얼음장 같은 물대포에 심장이 하도 뛰어서 머리 위로 튀어오를 것만 같았다. 조금만 참으면 괜찮아질 거라고 속으로 외쳤지만, 숨을 너무 많이 몰아쉬어서 더는 공기를 들이마시기 힘들 정도가 되었다. 결국 못 참고 내가 자전거에서 쓰러져 넘어졌을 때, 다행히 물줄기가 끊어졌다. 나는 숨을 거칠게 몰아쉬면서 세차장 밖을 쳐다봤다. 아니나 다를까, 체이스가 캠코더로 찍고 있었다. 안도감이 몰려왔다.

하지만 비누 거품이 눈처럼 내 위로 퍼붓기 시작했다. 세차 터널 안은 두 가지 온도밖에 없는 것 같았다. 차갑거나, 엄청 차갑거나. 로봇 팔에 달린 거대한 솔 두 개가 회전하면서 다가왔다. 어렴풋이 내 안경이 사라졌다는 걸 알아챘지만 문제는 그게 아니었다. 나는 손을 뻗어 머리에 고프로 카메라가 단단히 고정되어 있는지 확인했다. 거품 때문에 따끔거리는 눈으로 옆을 흘끔 보니, 체이스가 여전히 따라오고 있었다. 체이스는 미친 듯이 웃어 대면서도 캠코더를 꽉 잡고 있었다. 좋았어, 체이스.

다음은 거품을 씻어낸 뒤 말리는 과정이었는데, 세발자전거에서 튕겨나갈 정도로 거센 바람이 나와서 아까보다 숨이 더 가빴다. 뭐, 그래도 견딜 만했다. 거의 끝나가고 있다는 뜻이니까. 세차 터널 끝으로 가면 불이 보이는데, 사실 그 불이 보이진 않았다. 세척 솔 사이에 끼어 있는 동안 안경을 잃어버렸기 때문이다.

세차장 문이 열리자 나는 거의 도망치다시피 자전거 페달을 밟아 그곳을 빠져나왔다. 그 와중에도 체이스는 멈추지 않고 계속 녹화했는데, 세차장 주인이 우리를 잡으려고 뛰어나왔을 때까지도 캠코더를 손에서 놓지 않았다.

"체이스, 이런 멍청한 녀석!" 주인이 소리쳤다. "이게 장난이냐? 네가 저 앨 죽일 뻔했어! 사람들을 그렇게 위험에 빠트리고서도 또 그런 짓을 해? 세차장 안에 폭죽을 놓지 않은 게 신기할 정도구나. 경찰을 불러야겠다."

"체이스 잘못이 아니에요." 나는 기어들어가는 소리로 말했다. "모두 제 머리에서 나온 거예요. 동영상 촬영 과제 때문에요. 체이스한테 제가 도와달라고 부탁한 거라고요."

"브렌든?"

주인이 눈살을 찌푸리며 나를 쳐다봤다. 아마 나를 잘 알아보지 못한 모양이다. 하긴 물에 흠뻑 젖고 반죽음이 된 몰골이니 그럴 만도 했다.

"정말 너야? 대체 왜 그런 정신 나간 짓을 벌인 거야?"

"제가 히아와시 중학교 비디오 동아리 회장이잖아요."

어른들은 학교에서 하는 과제라고 하면 어느 정도 태도가 누그러진다. 게다가 샤이니 세차장 광고를 동아리 학년앨범(미국에서는 학년마다 앨범을 만든다:옮긴이)에 실어준다는 약속까지 하니 바로 효과가 있었다. 물론 호되게 야단맞긴 했지만, 적어도 경찰을 부르겠다는 말은 쏙 들어갔다. 심지어 직원을 시켜 내 안경까지 찾아줬는데, 다행히 안경은 오른쪽 렌즈에 약간 금이 갔을 뿐 망가지진 않았다.

우리는 집으로 돌아갔다. 나는 서 있기도 힘들 만큼 탈진했기 때문에 자전거를 몰고 갔고, 체이스는 우리의 소중한 보물인 캠코더를 가지고 따라왔다.

"미안해, 체이스. 널 곤란하게 만들려던 건 아닌데."

내가 진심을 담아 말하자, 체이스가 눈썹을 치켜세웠다.

"오히려 네가 날 곤경에서 구해준 것 같은데."

"사실을 말했을 뿐인걸. 모두 내 아이디어였잖아."

"그 사장님은 날 경찰에 신고하려고 했어."

"뭐, 그거야," 나는 아무 생각 없이 대답했다. "네 명성 때문에 그런 거겠지." 오, 이런! "아, 그러니까 예전의 네 명성이라고 해야겠다. 네가 기억도 못하는 옛날 일들 말이야."

나는 긴장이 완전히 풀린 나머지 횡설수설하고 있었다. 입을 함부로 놀리는 바람에 스스로 제 무덤을 판 꼴이다.

체이스가 고개를 저었다.

"내 명성 때문이 아니라 너 덕분이야. 네가 우리 도시에서 특별한 사람이니까 세차장 사장님이 봐준 거지."

나는 뒤로 나자빠질 뻔했다. 샌님에 범생이라는 나에 대한 평판이 별로 좋아 보이진 않기 때문이다. 당연히 운동선수에 나쁜 남자, 인기짱인 체이스에 비할 바가 못 된다. 하지만 어쨌든 나는 그런 평판을 받고 있고, 체이스는 아니다.

집으로 돌아온 우리는 꼴이 말이 아닌 채로 엄마한테 들키지 않게 몰래 이층으로 올라갔다. 체이스가 나를 괴롭힌 게 아니라고 엄마를 납득시킬 자신이 없었다.

나는 영상을 빨리 보고 싶어서 부리나케 젖은 옷을 갈아입었다. 흥미를 잃고 가버릴 줄 알았는데, 체이스는 계속 남아 있었다. 체이스도 나만큼이나 이 일에 푹 빠져 있는 것 같았다.

우리는 고프로 카메라로 찍은 영상부터 보기 시작했다. 엄청난 양의 물대포와 비누 거품, 그리고 그때는 몰랐는데 쉴 새 없이 훌쩍이는 소리까지, 정말 미쳤다고밖에 할 수 없었다. 터널 안에서 생각했던 것보다 훨씬 호된 꼴을 당하고 있었다. 세척 솔이 다가왔을 때의 장면은 정말 압권이었다. 솔처럼 생긴 괴물들이 튀어나와 회오리치듯 나를 공격하는 것 같았다.

이어서 체이스가 세차 터널 옆 대기실에서 찍은 영상을 틀었다. 나는 세발자전거에 죽기 살기로 매달려 있었다. 그걸 놓치면 지구 밖으로 나가떨어지기라도 할 것처럼 말이다. 얼음장처럼 차가

운 물이 분사되자 나는 벨리 댄서처럼 몸을 비틀기 시작했는데, 3
배속 빨리 감기를 한 듯 난리도 아니었다. 태풍처럼 거센 바람이
나오는 과정에서는 몸에 붙은 살이란 살이 머리 꼭대기를 향해
밀려올라갔다. 그 순간순간을 기가 막히게 담아냈는데, 체이스는
정말 카메라를 다루는 재주가 있었다.

우리는 한데 뒤엉켜 데굴데굴 구르며 웃어댔다. 확실히 시청자
의 입장에서 그 영상을 보는 게 직접 당하는 것보다 훨씬 재밌었
다. 나는 체이스한테 재미를 극대화하기 위해 컴퓨터 프로그램으
로 그 2개의 영상을 짜깁기하는 기술을 보여줬다. 예를 들어 카
메라가 주변 배경을 비추다가 갑자기 내가 자전거에서 안 떨어지
려고 난리치는 모습을 잡으면, 세차 터널 안에서 벌어지는 혼돈
의 도가니를 훨씬 실감나게 만들 수 있다. 체이스는 잽싸게 알아
듣고, 회전 솔이 다가올 때 두 대의 카메라에서 찍은 영상을 분할
해 넣으면 좋겠다는 의견을 냈다.

짜깁기를 마친 후 마지막으로 〈발퀴레의 비행〉(바그너의 오페라
〈니벨룽의 반지〉 시리즈에 나오는 곡으로, 영화 〈지옥의 묵시록〉에 삽
입되어 더욱 큰 인기를 끌었다:옮긴이)을 배경음악으로 깐 다음, 유
튜브에 영상을 올렸다. 세발자전거를 세차하는 법 — 브렌든 에스피
노자와 체이스 앰브로즈 공동 제작. 농담이 아니라 체이스는 자기 이
름이 공동으로 올라가자 나한테 진심으로 고마워했다.

이제 컴퓨터, 핸드폰, 아이패드 등 집 안에 있는 모든 기기로 영
상을 볼 수 있다. 크롬캐스트를 쓰면 텔레비전으로도 볼 수 있

다. 이 영상은 영원히 변치 않는다. 만일 이 영상이 세상에 널리 퍼지지 않는다면, 이 세상에 정의가 사라졌다는 뜻이거나, 적어도 유튜브 정신이 사라졌다는 뜻이다.

가만 보니 체이스는 아직도 웃고 있었다.

"태어나서 이렇게 재밌는 건 처음 봐!"

맹세컨대, 체이스는 세상에서 가장 복잡하게 꼬아 만든 동물 풍선을 손에 쥔 유치원생처럼 잔뜩 흥분해 있었다.

나는 아무 생각 없이 체이스의 말을 받았다.

"그걸 어떻게 알아? 넌 재밌었던 기억도 다 잊었을 텐데."

체이스가 놀란 표정을 지었다. 내가 너무 직설적이었나.

"좋은 지적이야. 그래도 이 영상이 끝내주는 건 사실이야."

이놈의 입이 문제다. 입 때문에라도 난 제명에 못 살 것 같다.

"우리 학교에 비디오 동아리가 있는 거 알지? 카메라 찍는 솜씨가 타고났던데 너만 좋으면 우리 동아리에 들어와도 돼."

내 입에서 나온 말 중에 가장 멍청한 소리를 내뱉고 말았다. 체이스 앰브로즈와 풋볼 팀 녀석들이 가장 잘하는 게 우리 동아리 애들을 괴롭히는 일이다. 체이스를 동아리의 일원으로 받겠다는 건 초밥을 먹자고 상어를 불러들이는 격이다.

체이스가 나를 보며 싱긋 웃었다.

"다음 모임이 언제야?"

7장

쇼샤나 웨버

해냈다! 이 미치광이가 정말로 해냈다! 우리는 드레오 선생님의 교실 칠판 앞에 모여 유튜브에 오른 '세발자전거를 세차하는 법'을 보고 있었다. 브렌든의 능력은 알아줘야 한다. 뭐든 마음먹은 일은 모두가 손 떼라고 말해도 끝까지 밀어붙인다. 결국 이번에 대박을 터트렸다. 이렇게 웃긴 건 본 적이 없다. 브렌든이 죽지 않은 게 신기할 정도다. 죽기는커녕 살아남아서, 비디오 동아리 전원의 격찬이 쏟아지자 두 눈을 반짝반짝 빛내고 있다.

지도교사인 드레오 선생님은 눈물까지 흘려가며 웃어댔다.

"브렌든, 어떻게 이런 걸 찍을 생각을 했니?"

"정말 끔찍했던 건 찬물이었어요. 하지만 정말 하길 잘했어요."

음악이 최고조에 달하면서 세발자전거가 세차 터널 밖으로 모습을 드러냈을 때, 우리는 우레와 같은 박수갈채를 보냈다. 브렌든은 허리 숙여 인사하면서 바보처럼 헤헤 웃었다.

엔딩 크레디트가 화면에 나타났다. 제작: 브렌든 에스피노자와 체이스 앰브로즈.

체이스 앰브로즈?

교실 안에 울리던 박수 소리가 뚝 끊어졌다.

"저것도 웃기려고 그런 거지?" 모리샤가 물었다. "윌리엄 셰익스피어, 미키마우스 공동 제작 뭐 그런 것처럼?"

"아니. 정말 걔야." 브렌든이 대답했다. "아무도 날 도와주겠다고 하지 않았잖아. 그런데 체이스는 좋다고 했거든."

"왜 하필 걔야?" 내가 쏘아붙였다. "죽고 싶어 환장했어?"

"어찌 됐든," 드레오 선생님이 끼어들었다. "동영상을 찍었고 작품성도 뛰어나니까 됐어, 그렇지?"

"난 체이스한테 물어보길 잘했다고 생각해. 체이스는 정말 멋지게 촬영해냈거든. 운동을 해서 그런지 몰라도, 체이스는 팔 자세가 정말 안정적이야. 우리 동아리에 꼭 필요한 애지."

갑자기 불길한 예감이 꿈틀댔다.

"너, 설마!"

브렌든이 고개를 끄덕였다.

"체이스한테 우리 동아리에 들어오라고 권했어."

우리는 일제히 아우성을 치면서 항의했다. 나는 너무 화가 나서 참을 수 없었다. 우리 부원들 중에 체이스와 아론, 베어가 저지른 사악한 일에 걸려들지 않은 애는 없으니까.

"그래, 나도 알아!" 브렌든이 두 손을 들며 말했다. "난 너희들보다 더 심하게 그 애들한테 당했다고!"

내 동생보다는 아닐걸. 나는 속으로 생각했다.

"하지만 이 영상을 같이 만든 체이스 앰브로즈는 완전 다른 애야. 체이스는 이번 여름에 지붕에서 떨어져 머리를 다치면서 기억을 모두 잃었어. 이상하게 들릴지 모르지만, 체이스는 예전에 자기가 얼마나 못됐는지도 다 잊었을지 몰라."

"세차장에 세발자전거 타고 들어가는 게 기발하다고 생각하는 애답게 오지랖도 넓다." 휴고가 끼어들었다.

"정말이야. 어제 얼마나 재밌었는데. 체이스가 많은 도움이 됐어. 좋은 아이디어도 내고, 진짜 다른 애였다구."

내 눈앞에 붉은 아지랑이가 피어오르는 것 같았다. 그 너머로 여행 가방에 짐을 싸서 다른 학교로 가버린 조엘이 보였다.

"그 머저리 같은 녀석만 아니었다면 내 동생이 이 교실에 있었을 거야! 난 체이스가 우리 동아리에 들어오는 거 싫어."

"모두 그만해." 드레오 선생님이 나섰다. "학교 동아리는 모두한테 열린 곳이야. 체이스가 우리 부원이 되길 바란다면, 우리도 그 사실을 받아들여야 해."

분을 참지 못하는 나와 변호하는 브렌든, 확고한 선생님과 각자 나름대로 항의와 불만, 불안감을 품은 부원들 때문에 교실 안의 분위기는 팽팽했다. 교실 안이 끓어오르는 냄비가 되려는 찰나, 문 앞에서 목소리가 들려왔다.

"제가 늦었나요? 무슨 얘기를 하고 있었어요?"

그 녀석이다. 공공의 적.

녀석은 머뭇거리면서도 얼굴에 웃음을 띤 채 교실 안으로 들어왔다. 나는 요거트 아이스크림 통도 없이 비무장 상태였다.

"어서 와." 드레오 선생님이 환영했다. "브렌든과 네가 만든 영상을 보여주고 있었단다. 우리 동아리에 들어와서 반갑구나."

체이스가 잠시 멈칫했다. 드레오 선생님의 따뜻한 환영에 반해 우리 태도가 너무 달라서 당황스럽겠지. 출입 금지 표시만 없을 뿐이지 딱 그런 분위기였다.

나를 발견한 체이스가 겁을 먹은 듯 뒷걸음질 쳤다. 겁먹은 표정을 보니 고소했다. 적어도 그날의 일은 기억한다는 뜻이니까.

"세발자전거를 세차하는 법." 브렌든이 다시 제목을 읽었다. "봐. 유튜브 조회 수가 46뷰야. 이미 쫙 퍼진 줄 알았는데 시간이 걸리나 봐."

"근데 너희들은 여기서 뭘 하는 거야?" 체이스가 물었다. "그러니까, 세발자전거를 타고 세차장에 들어가지 않을 때는?"

그 말이 내 성질을 건드렸다. 체이스가 우리를 어떻게 보고 있는지 알 수 있는 말이다. 멍청한 짓을 벌이고는 그걸 기발하다고 생각하는 괴짜들의 모임. 브렌든은 살짝 멍청할지 몰라도 학교에서 알아주는 수재다. 체이스 같은 얼간이는 세상을 더 나은 곳으로 변화시키려고 자신이 생각한 일을 끝까지 완수하는 사람들을 달갑지 않게 생각할 것이다. 암, 그렇고말고. 세상을 더 나은 곳으로 만들려면 체이스 앰브로즈를 퇴출해야 한다. 간단하다.

드레오 선생님이 체이스의 질문에 대답했다.

"전국 비디오 저널리즘 대회에 출전하려고 준비하는 친구들도 있단다."

"쇼샤나 하나뿐이잖아요." 브렌든이 끼어들었다.

"유튜브의 세계에 있다 보면," 내가 말했다. "그게 얼마나 대단한 기회인지 알게 될 거야. 올해의 지침은 흥미로운 삶을 산 노인들의 이야기를 기록하는 거야. 우리 모두 고민해봐야 해."

"난 아는 노인이 없는데." 체이스가 말했다.

체이스가 그렇게 쾌활한 이유는 노인들을 아예 상대하지 않아서 그런 건지도 모른다.

"또 매년 발행하는 동영상 앨범도 만든단다." 드레오 선생님이 말했다. "체이스, 넌 그걸 하면 되겠구나."

나는 순간 움찔했다. 동영상 앨범을 만들면서 체이스를 썩은 시체를 골라 먹는 퓨마로 아주 형편없게 비유했기 때문이다.

"동영상 앨범엔 어떤 내용이 실리는데요?" 체이스가 물었다.

"학생들 인터뷰가 대부분이야." 휴고가 끼어들었다. "영상이랑 문답 인터뷰를 엄청 따야 해."

하지만 지금 대화 상대가 누군지 깨닫고 휴고는 바로 뒤로 물러섰다. 내 동생 조엘의 경험에서 배운 것이 있다면 체이스의 눈에 띄지 말라는 것이다. 우리가 그 자리에 있다는 걸 모르면 체이스가 우리를 먹잇감으로 삼을 일도 없다.

체이스가 고개를 끄덕였다. "좋은 생각이네요."

나는 씁쓸하게 대꾸했다. "올 한 해 너 때문에 인생이 망가진 애들이 몇이나 되는지 기록하는 데 이보다 좋은 방법은 없지."

체이스가 동요를 일으키려던 찰나, 드레오 선생님이 서둘러 진화에 나섰다.

"앨범엔 학교 동아리와 운동부에 관련된 내용도 실어야 해. 체이스, 넌 운동을 하니까 체육 프로그램에 대해 동영상 기사를 만들면 될 것 같구나."

머릿속에서 기발한 생각이라는 희망의 종소리가 울렸다. 운동부 애들을 인터뷰하는 건 정말 끔찍한 일인데, 언제나 우리한테 적대적이고 비협조적이기 때문이다. 그중에 최악은 당연히 체이스지만 아론과 베어, 조이, 랜든 등 다른 풋볼 팀 녀석들도 절대 만만치 않다.

"노력해볼게요." 체이스가 대답했다. "그런데 저도 이젠 그 애들을 잘 몰라요. 그 애들은 저를 잘 아는 것 같은데…."

어, 이것 봐라? 브렌든의 말이 맞았다. 이 덩치만 큰 멍청이는 진짜로 기억상실증에 걸린 것이다. 자기 입으로 함께 어울려 다니며 동네 전체를 공포로 몰아넣었던 녀석들을 잘 모른다고 하는데 더 이상 무슨 설명이 필요할까?

자기가 얼마나 나쁜 녀석이었는지도 체이스가 기억 못 할지 모른다고 했던 브렌든의 말도 사실일까?

그럴 리 없다. 기억상실증이 지난 기억을 깡그리 지워버릴 수는 있어도 사람의 성격까지 바꾸지는 못한다. 어쩌면 자기가 가해자였다는 사실을 기억 못 할 수도 있다. 조엘이 우리 동네를 떠나야 할 만큼 심하게 몰아붙이고 괴롭혔다는 사실도 잊었을지 모른다. 하지만 한번 그런 성향을 가졌던 사람이 자기가 알지 못하는 감정의 정체를 파헤치기 위해 시꺼먼 심장을 들여다본다 한들, 썩은 마음 말고 무엇을 발견할 수 있을까.

그날 밤 늦게, 조엘한테 메시지를 보냈다.

JW피아노맨   그러니까 누나 말은 내가 추방당했는데, 날 추방한 놈이 그 사실을 기억 못 한다는 거야?
쇼시466   소문에 의하면.
JW피아노맨   어떻게 생각해야 할지 모르겠다.
쇼시466   곧 기억이 되돌아오겠지. 아니면 베타와 감마 쥐가 기억나게 해주든가.

나는 조엘한테 진짜 화제가 된 이야기를 들려주기 시작했다. 비디오 동아리에 들어온 새 부원이 누군지 말이다. 그러다가 내 손가락이 핸드폰 화면 위에서 그대로 멈춰버렸다. 조엘의 기분이 이미 바닥인 게 느껴졌기 때문이다. 체이스가 자기를 쫓아내고는 동아리까지 꿰차고 앉아서 동아리 활동을 망치고 있다는 사실은 조엘의 기분을 더 상하게 할 뿐이다.

아니, 그건 사실이 아니다. 그 기분 나쁜 녀석은 비디오 동아리를 망치고 있지 않다. 그보다 최악은 비디오 동아리에 아무 일도 일어나지 않았다는 것이다.

세상 제일의 악당이 드레오 선생님의 교실에 들어왔는데, 삶은 계속되고 있다. 아무도 비디오 동아리를 그만두지 않았다. 하늘도 무너지지 않았다. 우리 장비들도 불에 타지 않았고, 드레오 선생님은 탁자 앞에서 쓰러지지 않았다.

우리 모두는 체이스를 아주 싫어하면서도 체이스와 함께하지 않으면 안 된다. 하지만 조엘한테 그 사실은 말하지 않을 생각이다. 조엘은 이미 충분히 기분이 상해 있을 테니 말이다.

체이스 앰브로즈는 비디오 동아리에 오래 있지 못할 것이다. 드레오 선생님이 일을 시키는 즉시 동아리를 나갈 것이다.

JW피아노맨   히아와시 애들은 죄다 멍청이들이야.
쇼시466   멜턴 애들은 좋아???
JW피아노맨   아니!!!

뱃속에 깊은 구멍이 입을 벌리고 있는 기분이다. 조엘의 기분을 더 상하게 하고 싶지 않지만, 이 말은 꼭 해야 할 것 같았다.

쇼시466   그러지 말고, 꼬맹아. 집에 있어도 그렇게 좋진 않았잖아.
JW피아노맨   적어도 거기선 내가 특별했는데, 여기선 고만고만한 이류 피
              아니스트일 뿐이야.

나는 진심으로 체이스를 날려버리고 싶었다.

8장

체이스 앰브로즈

히아와시 중학교 풋볼 팀 허리케인스가 토요일에 이스트 노리치를 상대로 시즌 전 연습 경기를 벌인다. 나는 선수가 아닌 비디오 동아리 부원의 자격으로 경기를 보러 가기로 했다. 드레오 선생님이 동영상 앨범에 실을 영상으로 운동부 인터뷰를 맡겼는데, 인터뷰하기에 경기장만큼 좋은 장소는 없다.

외야 관람석으로 올라가는데, 손에 든 캠코더의 묵직한 느낌이 손에 익지 않아 어색했다. 내가 비디오 부원 같다는 생각이 전혀 들지 않았다. 물론 다른 부원이었을 때 어땠는지가 기억나서 그런 건 아니다. 이곳은 내 위대한 영광의 현장일 테지만 나는 그 모든 것을 잃어버렸다. 경기장에서 뛰는 선수들의 모습도 이곳에 대한 기억을 일깨우진 못했다. 나는 언제나 내 이름을 외치며 열광하는 관객들한테 둘러싸인 채 사진을 찍혔겠지만, 이번 연습 경기에는 관객의 수가 생각보다 적었다. 기껏해야 몇십 명의 학생과 관람석 주위에 여기저기 흩어져 있는 사람들이 전부였다.

나는 캠코더를 들고 연습 장면을 몇 컷 찍었다. 브렌든은 내가 '세발자전거를 세차하는 법'을 아주 자연스럽게 잘 찍었다고 칭찬

했다. 그런데 정말 생각보다 쉬웠다. 브렌든이 세차장에서 벌인 일은 지금까지 본 것 중에 가장 웃기고 해괴한 일이라서 내내 눈을 뗄 수가 없었다. 게다가 카메라 뷰파인더를 통해 보고 있었기 때문에 그런 무모한 짓을 처음부터 끝까지 촬영할 수 있었다.

사고 전의 내 인생이 어땠는지 모르기 때문에 그 일이 내 인생 최고의 사건이라고 확신할 수는 없다. 하지만 비디오 동아리야말로 내가 있을 곳이라는 브렌든의 설득에 넘어가기엔 충분했다.

스피커에서 안내 방송이 우렁차게 흘러나왔다.

"챔피언! 여기야!"

아빠였다. 아빠는 헬렌과 함께 관람석 맨 앞줄에 앉아 있었다.

"난 한 번도 경기 관람을 놓친 적이 없어."

아빠는 자신이 활동했던 주 선수권 대회 시절부터 내가 출전한 경기까지, 28년이라는 세월 동안 늘 같은 자리에서 경기를 관전했다는 사실을 자랑스럽게 말했다.

"헬렌도 굉장한 팬이 돼버렸지."

내 이복동생은 바비 인형의 집에 있는 가구들을 관람석 의자에 가지런히 나열하고는 바비 인형을 가지고 놀고 있었다. 헬렌은 이후 단 한 번도 경기장 쪽을 보지 않았다.

허리케인스의 광팬으로서 이번 경기를 보는 게 아빠는 그다지 즐거워 보이지 않았다. 시간이 지날수록 아빠의 얼굴 표정이 어두워졌는데, 낮게 깔린 구름만큼이나 어둡고 축 가라앉았다.

아빠는 나를 붙들고 온갖 불만을 터트렸다.

"저거 봤냐? 레프트 가드가 흐름을 끊어줘야 할 거 아냐! 안 그럼 러닝백이 틈이 없잖아!"

"우리 쿼터백이 필드를 전혀 안 보고 있군! 엔드 존에 수비가 비어 있잖아!"

"태클이 저게 뭐야? 너도 저런 식으로 태클하냐? 저런 멍청한 태클은 난 한 번도 해본 적 없다!"

나는 경기 장면을 가까이 당겨 찍으며 솔직하게 말했다.

"풋볼 한 기억은 하나도 없어요. 그러니 태클을 어떻게 했는지도 전혀 모르죠."

"그래, 어쨌든 저거보단 훨씬 나았다. 넌 선수들을 잘 챙기고 딱 알맞은 위치에 배치했으니까."

허리케인스는 24대 7로 지고 있었다.

정말 신기한 건 내가 풋볼을 했다는 사실은 전혀 생각 안 나는데 경기 자체는 알고 있다는 것이다. 카메라로 경기 장면을 찍으면서 선수들의 움직임과 경기 흐름을 예상할 수 있었다. 올해는 히아와시 허리케인스가 운명의 팀이 되지 않을 게 분명해 보였다. 내가 풋볼을 얼마나 잘했는지 모르겠지만, 한 명의 선수로 인해 주 챔피언과 패배자가 결정된다는 사실이 믿어지지 않았다.

"선수들 손발이 안 맞아요. 공격 라인에 수비가 없어서 득점할 수 있는 좋은 기회인데, 공격수들이 엉뚱한 위치에 있어요."

"바로 그거야!" 아빠가 아직 다 낫지 않은 내 어깨를 퍽 쳤다. "내가 항상 말하는 거잖아! 우린 재능이 있다니까. 네가 경기 뛸 때는 그렇게 했단 말이지. 결국 중요한 건 타이밍이야!"

아빠와 내 의견이 이렇게 일치하는 게 처음은 아닐 거라고 생각하지만 어쨌든 내 기억으로는 처음 같았다. 그것도 기억상실증 때문에 잊어버린 것 중 하나다. 내가 아빠의 인정을 받는 걸 얼마나 좋아하는지 말이다.

헬렌이 바비 인형의 집을 모두 분해해서 의자 위에 올려놓고는 지루한 표정을 지었다.

"아빠, 집에 가면 안 돼요?"

"아직 안 돼. 3쿼터밖에 안 됐단 말이야."

나는 헬렌을 향해 캠코더를 돌렸다.

"가구 배치를 다시 해보는 건 어때? 인형을 가지고 우리 같이 영화를 찍어보자."

헬렌이 입술을 삐쭉 내밀며 나를 쳐다봤다.

"하지만 바비 인형인걸."

"바비 인형도 영화배우가 될 수 있어."

헬렌이 플라스틱 의자와 식탁을 조심조심 늘어놓는 사이, 쿼터백인 조이 페트로누스가 또 터치다운을 하려고 달려드는 이스트 노리치 선수를 온몸으로 막았다.

아빠가 흥분하기 시작했다. 아빠는 선수들과 코치, 심지어 경기장 라인을 그리는 관리인들한테까지 화를 터트리며 항의했다. 마지막 화살은 나한테 돌아왔다.

"그나저나 넌 그 카메라로 대체 뭐 하는 거야? 사진 찍을 게 아니라 너도 경기에 나가야지! 네가 풋볼을 얼마나 잘했는지 기억 못 하는 건 안다만, 아빠가 장담하는데, 넌 최고라고!"

나는 단지 동영상 앨범에 실을 인터뷰를 하러 온 것뿐이라고 말하고 싶었지만, 그 말이 입 밖으로 나오지 않았다. 아빠가 지금 원하는 대답이 아니라는 걸 본능적으로 알았기 때문이다.

대신에 나는 이렇게 말했다.

"저도 다시 경기장에 나가고 싶어요. 의사만 괜찮다고 하면 그렇게 할 거예요. 두고 보세요. 곧 저기 나가서 서 있을 테니까요."

아빠가 흡족한 표정으로 고개를 끄덕였다.

"암, 그래야 너답지. 우린 앰브로즈 가문의 남자들이야. 꿈을 이루는 남자들. 사진을 찍을 게 아니라 찍혀야 하는 거야!"

헬렌은 바비 인형으로 소꿉놀이를 하며 이야기를 만들어냈다. 나는 그런 헬렌의 모습을 캠코더로 촬영하면서 아빠와 경기에 대해 얘기를 나눴다.

내가 찍은 동영상을 보여주자, 헬렌이 좋아서 소리를 질렀다.

바로 그 순간, 관람석에 앉아 형편없는 풋볼 경기를 보고 있는 순간, 그 일이 일어났다.

기억이 돌아왔다.

역시 기억을 떠올리는 뇌 기능에 문제가 있는 게 아니었다. 나는 병원에서 정신이 든 순간부터 지금까지의 일을 모두 기억하지만, 사고 이전의 일들은 파란색 원피스를 입은 소녀에 관한 것 말고는 아무 생각도 나지 않는다.

지금까지는 그랬다.

그건 헬렌에 관한 기억이었다. 헬렌 덕분에 기억의 방아쇠가 당겨진 것인데, 내 기억 속에 헬렌이 지금처럼 소리를 지르고 있었기 때문이다.

잠깐만, 아니다. 지금처럼 좋아서 지르는 소리가 아니다. 헬렌은 새빨개진 얼굴을 일그러트리며 악을 쓰고 있다.

기억 속에서 나는 헬렌이 가장 좋아하는 곰 인형을 잡고 있다. 정확히 말하자면 왼손으로 곰 인형의 몸통을 잡고 오른손으로 머리를 잡고 있다.

나는 네 살 난 어린애의 곰 인형 머리를 잡아 뜯어버렸다!

확실히 내가 바란 기억은 아니었다. 하지만 여전히…

"생각났어요!"

"그래? 뭔데?"

아빠가 그제야 경기장에서 눈길을 돌렸다.

"사고 전에 있었던 일이 생각났어요!"

"거봐, 너한테는 아무 문제 없다고 아빠가 말했잖아. 이제 곧 경기에도 복귀할 수 있을 거다. 네가 있어야 할 자리는 저기야!"

경기장에서 우리 팀 하프백이 다른 선수한테 공을 넘겨주고는 이스트 노리치 유니폼 더미에 묻혀버렸다. 잠시 한눈판 사이에 일어난 일이라 아빠는 그 장면을 놓쳤는데, 수비 라인에 구멍이 뚫린 것이다.

저대로라면 우리 팀이 득점을 할 수 있다. 나라면 가능하다!

왼편으로 방향을 바꾸는 척해서 수비수를 속인 다음 재빠르게… 경기 종료! 나는 머릿속으로 득점 장면을 상상하며 어깨춤을 췄다.

이제 알 것 같다. *나는 선수였다!*

예전의 내 모습을 떠올리는 동안 머리가 뜯긴 곰 인형의 이미지는 점점 희미해졌다.

그건 그저 봉제 인형일 뿐이다. 헬렌은 지금 아주 행복하다. 아무도 다치지 않았으니 그걸로 된 거다.

헬렌도 틀림없이 그때의 기억을 완전히 잊었을 것이다.

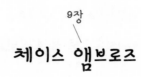

9장

체이스 앰브로즈

연습 경기가 끝난 뒤, 나는 선수들을 인터뷰하기 위해 탈의실로 갔다. 그곳에 도착하자 때마침 아론이 휴고의 코앞에서 무거운 철제문을 쾅 닫았다. 휴고가 내 쪽으로 비틀비틀 뒷걸음질 치면서 고통스럽게 비명을 질렀다.

"진정해, 휴고. 나야."

"어, 안녕 체이스." 휴고가 떨리는 목소리로 간신히 말했다. "풋볼 팀 영상을 찍으려던 것뿐인데."

그러면서 캠코더를 들어 올려 보였다.

"드레오 선생님이 나한테 시킨 건 줄 알았는데."

"어, 물론이지. 우린 네가 혹시라도 잊었을까 봐."

"잊다니, 내가?"

내가 좀 기분이 상해서 그렇게 묻자, 휴고가 얼굴이 빨개져서는 불안하게 뒷걸음질 쳤다.

"고, 고… 고의는 아니야."

내가 입을 열기도 전에 문이 열리면서 베어가 나타났다.

"봐, 내가 이 녀석 목소리라고 말했잖아!"

베어는 나를 끌고 들어가다시피 하면서 휴고 앞에서 다시 문을 쾅 닫았다.

"휴고는 나랑 같이 왔어."

"그래, 재밌네!" 베어가 웃으며 말했다.

"정말이야. 앨범에 올릴 인터뷰를 하려고 너흴 만나러 온 거야."

그렇게 해서 휴고도 탈의실 안으로 들어왔다. 휴고는 고맙다고 했지만, 그리 좋아하는 것 같지 않았다. 휴고는 까치걸음으로 지뢰밭을 걸어 다니는 것처럼 행동했다.

몇몇 애들이 나한테 하이파이브를 하긴 했지만 팀원들은 전체적으로 우울한 분위기였다. 그도 그럴 것이 방금 완패를 하고 돌아왔기 때문이다. 게다가 내가 몸이 다 나아 경기에 뛸 수 있게 됐다는 기쁜 소식을 전하러 온 게 아니라 리포터 자격으로 온 거라고 하니, 팀원들은 실망을 감추지 못했다.

"하지만, 넌 전혀 안 아파 보이는데?" 조이 페트로누스가 불만을 터트렸다. "삼각건도 뺐잖아."

그럴 만도 하다. 조이는 오늘 처음으로 쿼터백(풋볼에서 팀의 사령탑 역할:옮긴이)을 맡았다. 경기를 잘해야 한다는 생각에 부담감이 이만저만 아니었을 것이다.

"뇌진탕 때문에 그래." 나는 어떻게든 이해를 시키고 싶었다. "의사가 진짜 조심하라고 했거든."

등교 첫날에 봤던 랜든 루비오가 휴고한테 향했던 의심의 눈초리를 나한테 돌렸다.

"그럼 몇 게임은 못 뛴다는 거네. 그런데 저 녀석은 뭐야?"

휴고가 캠코더를 가리키려다가 땀에 전 양말 세례를 받고 뒷걸음질 쳤다.

나는 화가 나서 발끈했다.

"동영상 앨범엔 골프와 배드민턴 팀을 포함해 우리 학교에서 운영하는 운동부는 모두 실릴 거야. 나중에 풋볼 팀이 안 실렸다고 울면서 불평이나 하지 마."

"앨범?" 조이가 대꾸했다. "네가 팀에서 빠진 것만큼이나 끔찍한 소리네. 그래, 이제 비디오 동아리 부원이라 이거지?"

"동영상 앨범이야." 휴고가 정정했다.

후려치듯 날아온 수건이 휴고의 귀를 강타했다.

"얘들아, 그만!" 아론이 나와 휴고, 그리고 풋볼 팀 애들 사이에 끼어들었다. "체이스 잘못이 아니잖아. 그 의사가 돌팔이인 거지! 그러지 말고 체이스 좀 봐줘라!"

"체이스는 대체 왜 저런 비디오 동아리 루저들이랑 어울리는 거야?" 랜든이 지지 않고 말했다.

"체이스는 아무하고나 어울리는 게 아니야." 아론이 이성적으로 설명했다. "얘들아, 체이스는 지금 우리 허리케인스를 인터뷰하는 거라구. 우리가 앨범에 멋지게 실릴 수 있도록 노력하고 있잖아. 경기에 빠지는 대신 어떻게든 우리한테 힘이 돼주려는 거지."

"그래, 랜든." 베어가 코웃음을 치며 끼어들었다. "내가 너같이 생겼으면, 나를 멋있어 보이게 만들어주는 사람한테 고마워하겠다. 그러니까 그만 입 다물어."

결국 내가 중재에 나섰다.

"얘들아, 날 믿어. 의사 말만 떨어지면 곧 돌아올 테니까."

단언컨대, 팀원들은 나의 이 한 마디 말로 기분이 좋아졌다. 휴고가 나를 이상하게 쳐다보긴 했지만, 나를 이해해주길 바랄 수나 있을까? 비디오 게임에서라면 모를까, 휴고는 나를 운동하는 사람으로 치지도 않는데.

조이가 나를 향해 공을 던졌다. 여느 관중들처럼 공이 날아오는 걸 바라보다가 나도 모르게 손을 뻗어 공을 잡았다.

기분이 좋았다. 기억상실증에 걸리기 이전의 나 자신으로 돌아온 것 같았다.

우리는 몇 가지 인터뷰를 했다. 풋볼 팀 애들은 나한테 장난을 치면서 내가 셀프 동영상을 찍기라도 하는 것처럼 캠코더 앞에서 과장된 행동을 보이기도 했다. 휴고의 질문에는 대부분 단답형으로 대답했다. 내가 그 사실을 눈치채자 휴고는 편집에서 짜깁기를 하면 된다고 중얼거렸다. 그런데 내가 보기엔 거의 대부분 편집을 할 수 없을 것 같았다. 예를 들어, *Q: 다가오는 시즌에 어떨 것 같은가? A: 좋다.* 같은 인터뷰가 대부분이었다.

인터뷰를 모두 마치자, 휴고는 부리나케 탈의실을 빠져나갔다. 이곳은 휴고에겐 적진이나 마찬가지다. 하지만 나한테는? 나는 이곳이 집처럼 느껴졌다.

"자, 네 귀에 진물이 날 정도로 내가 프로 리그에서 얼마나 잘 해낼지 말해주고 싶지만, 이제 난 베어랑 노인네들 물 주러 가야 돼." 아론이 기운 빠지는 듯 말했다.

"잠깐, 나도 같이 가."

그러자 내가 목성에 가겠다고 말하기라도 한 것처럼 아론과 베어가 나를 뚫어지게 쳐다봤다.

"체이스 넌 안 가도 돼. 다친 사람은 안 가도 된댔어." 아론이 상기시켰다.

"재밌을 거야." 반응이 썰렁해서 나는 다시 말했다. "우린 한 팀이잖아. 그렇지? 너희가 가면 나도 가."

베어가 눈을 가늘게 떴다.

"포틀랜드 요양원에 대해 얼마나 기억나냐?"

"아무것도."

내가 솔직히 말하자, 베어가 싱긋 웃었다.

"굳이 갈 필요가 없는데도 같이 가겠다고 하는 거 보니까, 뇌가 뒤죽박죽된 게 아니라 완전 맛이 갔네!"

"야, 그런 말도 안 되는 소리가 어디 있냐?"

장난스럽게 대답했지만, 무표정한 둘의 얼굴을 보고 나는 의아해졌다. 헐. *거기가 뭐 프랑켄슈타인의 연구실이라도 되나?*

"네가 결정한 거다." 마침내 아론이 대답했다. "제정신이 아닌 것 같긴 하지만 어쨌든 다시 돌아와 기쁘다, 친구."

포틀랜드 요양원은 학교에서 걸어서 10분 거리에 있었다. 예전에 사회봉사활동을 하러 이곳에 왔다는 건 알지만, 지금은 전혀 새로운 곳이었다. 순환 진입로 뒤에 단조로운 3층 건물이 있었고, 탁 트인 전망 속에 벤치와 야외 테이블이 점점이 놓여 있었다. 몇몇 노인들은 밖에서 따뜻한 날씨를 즐기고 있었다. 그중 두세 명이 우리를 향해 손을 흔들었다. 나도 노인들을 향해 손을 흔들어줬다. 하지만 아론과 베어는 무시했다.

요양원 현관문이 열리자, 베어가 중얼거렸다.

"숨을 참아."

도저히 섞일 수 없을 것 같은 두 가지 냄새가 혹하고 풍겨 나왔다. 향긋한 꽃 냄새와 병원에서나 맡을 수 있는 소독약 냄새였다. 과연 좋은 냄새는 아니었지만, 곧 익숙해졌다.

우리는 요양원의 수간호사인 던컨 부인한테 보고했다. 나를 보더니 부인이 놀랐다.

"사회봉사활동을 다시 해도 될 만큼 많이 좋아졌어요."

"법원에서 그렇게 하라고 했니?" 안심이 안 되는지 부인이 다시 물었다.

나는 고개를 저었다.

"제가 오고 싶어서 온 거예요."

"우리도 믿기지 않아요." 아론이 사뭇 진지한 말투로 놀렸다.

"그건 참… 훌륭하구나. 어쨌거나, 오늘은 간식 나르는 일을 해야겠다. 이런 심부름에 세 명이나 필요하진 않지만, 체이스는 다시 돌아온 첫날이기도 하니까 쉬엄쉬엄 하렴."

우리는 주스 박스와 쿠키와 과자, 무료 신문이 가득 담긴 수레를 끌게 되었다. 엘리베이터가 3층에 서서 내릴 때쯤 아론과 베어가 간식의 반을 챙겼다.

"걱정 마. 노친네들은 씹지도 못할 이런 딱딱한 간식보다는 오레오를 더 많이 갖고 있으니까." 내가 못마땅한 표정을 짓자 아론이 말했다. "그리고 내가 거짓말 하나도 안 보태고 장담하는데, 전에 넌 우리보다 더 많이 챙겼어."

나는 과자를 몰래 챙겼던 일을 기억해내려 했지만 아무 생각이 나지 않았다. 어쩔 수 없이 아론의 말을 그냥 믿어야 했다.

베어가 과자 봉지를 뜯더니 나한테 쿠키를 건넸다. 나는 쿠키를 한 조각 베어 물고 죄책감이 담긴 눈으로 둘을 쳐다봤지만 둘은 과자 부스러기도 모자라 봉지까지 죄다 뜯어먹을 기세였다.

"우린 아침에 경기를 뛰었잖아." 베어가 말했다. "넌 맛으로 먹을지 모르지만, 모두가 너처럼 고상하진 않아."

"맞아. 너희들이 어지른 쓰레기를 주울 만큼 고상하진 않지."

나는 베어의 말을 받아쳤다. 아무래도 이 둘을 다루는 요령이 생긴 것 같았다.

우리는 병실마다 돌아다니며 요양원에서 제공하는 과자와 신문을 배달했다. 내가 병원에 있을 때, 내 병실을 찾은 직원들과 봉사자들은 한결같이 나를 친절하고 편안하게 대해줬다. 하지만 아론과 베어는 그 사람들과는 전혀 딴판이었다. 아론은 그나마 조금 친절했다. 병실 문을 활짝 열어젖히고 큰 소리로 "간식 왔어요!" 하고 소리쳤으니까. 그러면 베어는 "어떤 거요?" 하고 퉁명스럽게 물었다.

둘은 요양원의 할아버지는 덤블도어, 할머니는 덤블도라라고 부르면서 그분들의 질문에 어깨를 으쓱하며 무시하거나 툴툴거렸다. 나는 더는 두고 볼 수 없어서 필요한 게 뭔지 물었다. 그분들은 대부분 침대 높이를 조정해달라거나 텔레비전 리모컨을 찾아달라고 했다. 더러 간호사를 불러달라는 부탁도 있었다.

"너 때문에 일이 늦어지잖아." 아론이 불만을 터트렸다. "이런 식으로 하면 절대로 이 노친네들 소굴에서 못 벗어나."

"조용히 해! 다 듣잖아!"

"너 지금 장난하냐?" 베어가 콧방귀를 뀌었다. "이 노친네들은 보청기 배터리를 갈아 끼우는 것도 잊어버리는 화석들이라구. 아마 마지막으로 들었던 소리가 네바다 유카 평원에서 했던 핵폭탄 실험 소리일걸."

"네가 생각하는 것만큼 귀가 먹진 않았어. 212호실 할머니는 네가 방귀를 뀌었을 때 다 들었단 말이야."

아론이 웃었다.

"그래, 이래야 우리가 사랑하는 체이스지."

우리 셋이 있을 때는 이런 우스갯소리가 통할지 몰라도 노인들이 가득한 이곳에서는 아니다. 이분들은 지금 우리가 하는 대우보다 마땅히 더 존중을 받아야 한다. 아론과 베어는 생각지도 못한 사회봉사활동을 하느라 참을성이 바닥나서 그러는지도 모른다. 기억상실증에 걸리기 전에는 나도 아마 똑같은 이유로 그랬을 것이다. 하지만 나는 요양원의 노인들이 흥미로웠다. 이분들은 우리가 역사책에서나 읽어볼 수 있는 삶을 실제로 살아봤고, 기억하고 있다. 326호실 할머니의 아버지는 힌덴부르크 참사(1937년 독일의 여객 비행선인 힌덴부르크 호가 착륙 중 폭발한 사건: 옮긴이)를 직접 경험한 소방관이었다. 318호실 할아버지는 1969년 닐 암스트롱이 달에 첫발을 디뎠을 때, 휴스턴의 관제센터에서 통신 전문가로 있었다. 209호실에는 눈이 전혀 안 보이는 할아버지가 있는데, 명예의 전당에 이름을 올린 야구선수 조 디마지오의 집에서 두 집 건너에 살면서 보냈던 어린 시절에 대해 생생한 이야기를 들려줬다.

노인들이 병실에 없거나 잠들어 있는 경우, 주스 팩과 과자 봉지를 탁자에 올려놓는 게 우리가 지켜야 할 규칙이었다. 121호실 노인은 우리가 병실에 들어갔을 때 안락의자에 앉은 채 요란하게 코를 골고 있었다. 나는 협탁 위에 놓인 흑백사진을 발견했다. 젊은 군인 한 명이 둥근 은테 안경을 쓴 아주 중요해 보이는 인물을 향해 머리를 숙이며 훈장을 받고 있었다.

"저 사람, 트루먼 대통령 아냐?"

내가 속삭이자, 아론이 지루한 표정을 지었다.

"알 게 뭐야? 어서 나가자. 덤블도어가 깨어나면 말이 많아질 테니까."

하지만 나는 발을 뗄 수가 없었다.

"명예훈장은 대통령이 주는 거잖아. 이분은 영웅이야."

"대단하시네." 베어가 비아냥거렸다. "그 시절엔 전쟁을 밥 먹듯이 해서 훈장도 허쉬 키세스 초콜릿처럼 흔하게 받았나 보지."

나는 한숨을 쉬고는 아론과 베어를 따라 병실 문을 나섰다.

"이분이 무슨 일을 했는지 궁금하다. 별것도 아닌 일로 명예훈장을 받진 않았을 거 아냐."

"트리케라톱스라도 죽였나?" 아론이 어깨를 으쓱하며 귀찮은 듯 대답했다. "어쨌거나 상관없잖아. 오늘 일도 거의 끝났는데."

"익룡이었다." 등 뒤에서 빈정대는 목소리가 들렸다.

우리는 뒤를 돌아봤다. 어깨가 약간 구부러지고, 흰머리가 헝클어진 노인이 자세를 바로잡고 있었다.

"돌칼로 때려죽였지."

나는 앞으로 다가갔다.

"사진 속의 저분이 할아버지 맞죠?"

"아니, 해리 트루먼이다. 나 바쁜 거 안 보이냐? 침대 밖으로 나오는 것도 30분이나 걸렸는데, 이 구닥다리 보행기에 의지해 방을 가로질러 가려면 한 시간은 족히 걸려."

말할 필요도 없이 121호실 할아버지는 바쁘지 않았다. 단지 혼자 있고 싶은 것이다. 어쩌면 우리를 좋아하지 않아서인지도 모른다. 어쨌든, 모든 환자가 귀머거리는 아니다.

아론과 베어는 벌써 병실을 빠져나갔다.

"죄송해요."

나는 그렇게 중얼거리고는 둘을 따라 복도로 나갔다.

"야, 이제 알겠지?" 아론이 말했다. "저 덤블도어가 전쟁 얘기를 꺼냈다간 저 노친네만큼 늙을 때까지 들어야 할 거야."

나는 인정할 수밖에 없었다.

"알았어. 어서 일이나 끝내자."

우리는 복도를 따라서 간식 배달을 했고 이윽고 맨 끝 방에 다다랐다.

"드디어 다 끝나간다." 아론이 앓는 소리를 내며 말했다. "이제 머리에 꽃 꽂은 할머니만 만나면 여기서 탈출할 수 있어."

"꽃?"

"그래. 네 맘에도 쏙 들 거야." 베어가 두고 보라는 듯이 말했다. "너, 하늘을 날 것 같은 기분이 뭔지 알지? 이 할머니는 그보다 한 단계 위야. 자기가 아주 멋진 호텔에 살고 있고 우리가 룸서비스를 해주러 온 줄 안다니까."

나는 둘이 무슨 말을 하는 건지 알았지만 어쩐지 스완슨 여사한테 미안한 기분이 들었다. 스완슨 여사는 자기 방에서 금박 꽃 장식이 점점이 박혀 있는 프릴 달린 분홍색 나이트가운을 입고 부산하게 움직이고 있었다. 그분은 확실히 망상 속에서 살고 있지만, 그렇다고 해서 그것이 웃음거리가 될 수는 없다.

스완슨 여사는 우리가 손님인 줄 알고 의자들을 '대화 모드'로 배열해달라고 했다. 아론과 베어는 여사의 부탁을 무시했지만, 나는 아무렇지 않게 의자 몇 개의 위치를 바꿔줬다.

그사이 아론과 베어는 여사의 뒤에 서서 우스꽝스러운 표정을 흉내 내며 나를 웃기려고 했다. 의자 배열이 모두 끝나자, 내가 누구고 왜 자기 방의 가구를 다시 배치하는지 묻기 미안하다는 듯 스완슨 여사가 공손한 표정으로 나를 쳐다봤다. 아론과 베어는 이제 아예 대놓고 낄낄거렸다.

우리는 쿠키와 주스를 탁자에 올려놓고 문으로 향했다. 그런데 스완슨 여사가 어느새 우리 앞을 가로막고 서서 지갑을 흔들었다. 그리고 지갑을 뒤지더니 나한테 20달러를 건넸다.

"팁을 빼먹으면 안 되지요." 여사가 말했다.

나는 뒷걸음질 쳤다.

"아, 아니에요. 이건 받을 수 없어요—"

내가 말을 잇기도 전에 베어의 손이 재빠르게 돈을 낚아챘다.

"즐거운 시간 되세요."

베어가 가식적인 미소를 지으며 스완슨 여사한테 인사하고는 총알처럼 튀어나가자 아론이 그 뒤를 쫓아갔다.

나는 복도에서 둘을 따라잡았다.

"그 돈 가져가면 안 돼! 도둑질한 거나 마찬가지라고!"

"아니, 나한테 돈을 준 거야." 베어가 대꾸했다. "사실 너한테 준 거지만, 어쨌든 바보같이 넌 안 받았잖아."

"그래. 하지만…" 나는 알맞은 표현을 찾으려고 더듬었다. "너나 나나 저 할머니 정신이 온전치 못하다는 걸 알잖아."

"네가 저 할머니를 몰라서 그래." 베어가 당당하게 말했다. "돈을 받지 않았다면 기분이 더 나빴을걸? 저 할머니는 자기 마음 가는 대로 믿는 거라구."

"우린 재미 보려고 여기 온 게 아니잖아. 법원 판결을 받고 왔는데, 요양원 사람들한테 돈을 받으면 사회봉사활동보다 더한 벌을 받게 될지도 몰라."

베어가 진짜로 놀란 표정을 지으며 버럭 화를 냈다.

"넌 올 필요도 없었잖아! 우리보고 같이 가자고 해놓고선!"

"그 돈 돌려줘."

내가 단호하게 말하자 아론이 중재에 나섰다.

"내가 장담하는데, 저 할머니는 문이 닫히는 순간 누가 왔다 갔는지도 잊어버렸을 거야. 우리가 일을 바로잡겠다고 돌아가면 그거야말로 할머니가 제정신이 아니라는 걸 증명하는 거지. 정말 그러고 싶냐?"

나는 아론이 교묘한 말로 눙치려 한다는 걸 알았지만, 아론의 말도 일리가 없는 건 아니었다. 또 우리가 사회봉사활동 하러 온 학생이라는 사실을 스완슨 여사한테 제대로 설명할 자신이 없었다. 설사 설명을 한다 해도 그분의 기분을 더 언짢고 혼란스럽게 할 것 같았다.

"그럼 그 돈을 기부하는 데 쓰자."

"좋아." 베어가 수긍했다. "내 생애 최고의 기부가 될 거야. 이름하여 베어의 점심 기부. 같이 피자 먹으러 갈 사람?"

동시에 웃음이 터졌다. 하지만 나는 두 친구만큼 웃음이 나지 않았다. 왠지 불편하기만 했고, 피자 생각은 하기도 싫었다.

우리는 마지막으로 던컨 간호사를 만나러 갔고, 아론과 베어는 봉사시간표에 서명을 했다. 나는 사회봉사활동을 할 의무가 없기 때문에 서명할 필요가 없었다.

그런 뒤 아무 일도 없었다는 듯이 피자 가게로 향했다. 나는 계속 베어를 힐끔 보면서 20달러짜리 지폐가 베어의 바지 주머니 속에서 활활 타버렸으면 좋겠다고 생각했다. 친구들이 서로 앞서 가려고 밀고 밀치며 얼간이처럼 굴수록 점심을 먹고 싶은 마음이 싹 가셨다.

"체이스, 너 괜찮아? 별로 신나 보이지 않는데?" 아론이 걱정스러운 말투로 물었다.

"어— 얘들아, 금방 따라갈게!"

나는 다시 포틀랜드 거리로 달려갔다. 왼쪽 길을 돌아 정신없이 달렸고, 문을 벌컥 열고 곧장 100호실로 뛰어갔다.

나는 주머니에서 구깃구깃해진 돈을 한 움큼 꺼내서 20달러를 세었다. 아론의 말이 맞다. 스완슨 여사가 기억하지도 못하는 돈을 내가 왜 그분한테 줘야 하는지 굳이 설명할 필요는 없다. 그냥 문틈으로 돈을 밀어 넣기만 하면 된다. 그럼 스완슨 여사는 그 돈을 보고 자기가 돈을 흘린 줄 알겠지.

허리를 숙이고 방문과 카펫 사이의 틈으로 돈을 밀어 넣고 있는데, 문득 누군가 이 모습을 본다면 내가 옳은 일은커녕 아주 추잡한 일을 벌이는 것으로 보일지도 모른다는 생각이 들었다. 하지만 행운은 내 편이었다. 나는 그 누구의 방해도 없이 20달러를 돌려주는 데 성공했다.

아니다. '돌려준' 게 아니다. 애초에 난 이 20달러와는 상관없으니까. 내가 사준 거나 다름없는 피자를 아론과 베어가 게걸스럽게 먹는 모습이 떠오르자 화가 났다. 하지만 죄책감에 밤잠을 설치지 않으려면 이 정도 작은 희생쯤은 감수할 수밖에.

다시 요양원을 떠나려다가 121호실에서 발길이 멈췄다. 명예훈장을 받았던 할아버지의 방이다. 나는 벽에 걸린 작은 명패를 힐끗 곁눈질로 쳐다봤다. 줄리어스 솔웨이.

문이 살짝 열려 있었는데, 언뜻 솔웨이 할아버지가 보행기에 의지해 방을 가로지르는 모습이 보였다. 그런데 갑자기 열린 문 사이로 심술궂은 눈이 나타났다.

"또 온 거냐? 이번엔 뭐 하러 왔어?"

방 안에서 솔웨이 할아버지의 거친 목소리가 쩌렁쩌렁 울렸다.

본능적으로 도망쳐야 한다고 생각했지만, 호기심이 내 마음을 사로잡았다.

"무슨 전쟁이에요? 어느 전투에서 훈장을 받으셨어요?"

"트로이 전쟁에서였다. 아킬레우스 알지? 내가 바로 그 발뒤꿈치를 쳐서 아킬레우스를 무너트린 사람이야."

"방해하려던 건 아니었어요."

정중히 말하고 그만 떠나려는데, 뒤에서 할아버지가 말했다.

"한국이야. 1952년도였지."

나는 뒤돌아 할아버지를 봤다.

"만나서 영광이에요. 정말 영웅적인 일을 하셨나 봐요."

"모두가 그랬어." 할아버지가 무덤덤하게 말했다. "아직도 그곳엔 용감했던 군인들이 많이 묻혀 있단다. 그들이야말로 영웅이지. 난 정치인들이 선택한 장식물에 불과해."

나는 질문을 안 할 수가 없었다.

"할아버지는 뭘 하셨어요? 훈장을 받으셨잖아요."

문틈으로 여전히 할아버지의 한쪽 눈만 보였지만 눈빛에 초조한 기색이 역력했다.

"물구나무를 서서 5센트짜리 동전을 뱉었다. 잘 들어, 맹랑한 꼬마야. 너도 내 나이가 되면 인생에서 있었던 일을 일일이 다 기억하기 힘든 법이야. 너 같은 애송이가 뭘 알겠냐."

그렇게 말하고 할아버지는 문을 닫아버렸다.

흔히 나이 든 사람은 지혜롭다고 말한다. 하지만 솔웨이 할아버지는 나에 대해 완전히 잘못 알고 있다.

나는 이미 할아버지가 알고 있는 것보다 많은 것을 잃어버렸으니까.

10장

킴벌리 툴리

나는 응원 대회가 좋다. 소음과 응원의 열기를 사랑한다. 전교생이 모인 경기장 관람석에서 활기를 한껏 발산하며 지붕이 떠나가라 함성을 지르고, 발을 구르는 게 너무 좋다.

풋볼은 내가 가장 좋아하는 스포츠다. 물론 퍼스트 다운, 세컨드 다운, 터치다운 등 다운에 관련된 규칙들은 여전히 헷갈린다. 파악하기가 쉽지 않다. 하지만 히아와시 허리케인스가 어깨를 잔뜩 부풀린 유니폼을 입고 늠름하게 입장하면 모든 게 좋아진다. 어깨를 부풀린 남자들은 정말 멋있어 보인다.

이번 시즌에는 체이스 앰브로즈가 출전하지 않아서 예전만큼 멋있을 것 같진 않다. 체이스는 우리의 영웅이자, 어깨 패드를 해서 멋있어 보이는 선수들 중에서도 단연 최고다. 체이스는 여름에 지붕에서 떨어져 다쳤는데, 기억상실증에 걸렸다는 소문이 학교 전체에 퍼졌다. 실제로 체이스는 아무것도 기억하지 못했는데, 6학년 이후로 내가 자기를 짝사랑하고 있다는 사실은 말할 것도 없고 나라는 사람이 있다는 것조차 모른다.

체이스는 이제 멋진 유니폼을 갖춰 입고 으스대며 경기장에 입장하는 풋볼 선수가 아니다. 아, 물론 체이스도 경기장에 나온다. 풋볼 공이 아니라 캠코더를 들고 있어서 그렇지. 정말 모를 일이다. 체이스가 풋볼 팀에서 못 뛰는 건 알겠다. 하지만 비디오 동아리에 든 건 정말 다른 문제다.

오늘 응원 대회의 목표는 단 하나. 토요일 경기에서 제퍼슨 중학교를 쳐부수기 위해 학생들을 단합시키는 것이다. 우리는 제퍼슨의 운동복을 입은 마네킹을 준비했고, 선수들이 그 마네킹을 발로 걷어찼다. 그리고 우리 편 재규어 마스코트는 제퍼슨의 마스코트를 마구 때렸다. 체이스가 그 모습을 클로즈업해서 찍었는데, 어깨 패드 없이도 체이스는 여전히 멋있었다.

응원 대회는 그것으로 끝이 났다. 우리는 줄줄이 관람석에서 내려와 사물함에서 집으로 가져갈 물건을 챙겼다. 잠시 후 풋볼 선수들이 체육관에서 연습하러 복도로 우르르 들어왔다. 복도가 순식간에 꽉 막혔다. 선수들이 복도 한쪽을 다 차지하며 이동하는 바람에 우리는 다른 쪽 방향으로 몰렸다.

그런데 브렌든 에스피노자가 선수들이 지나는 길목에서 정면으로 부딪혔다.(그게 전형적인 브렌든의 모습이긴 하다. 하필이면 텅 빈 주차장 한가운데 놓인 바나나 껍질을 밟아 넘어지는 식이다.) 선수들이 브렌든을 알아보고는 풋볼 공을 가지고 놀듯이 브렌든을 가운데 두고 서로 밀쳐댔다. 선수들은 물론, 주위에 있던 아이들도 모두 웃음을 터트렸다. 브렌든은 목숨보다 소중한 카메라를 꼭 안은 채 앞뒤로 밀려다녔다. 정말 웃기는 광경이었다.

브렌든이 놀림을 받는 동안 선수들은 목소리 높여 구호를 외쳤다. 마치 "패스해! 패스해! 패스해!" 하고 외치는 것 같았다.

그때 갑자기 웅성거리는 소리가 들리더니, 누군가 조이 페트로누스의 유니폼 상의를 두 손으로 불끈 쥐고 벽에 내동댕이쳤다. 체이스였다! 체이스의 잘생긴 얼굴은 평소엔 완전 차도남이다. 하지만 지금은 제대로 열이 받은 것 같았다.

"그 앨 놔줘!"

체이스가 소리치자, 브렌든이 반대편 벽에 세게 부딪히면서 풀려났다.

허리케인스 선수들이 조이한테서 체이스를 떼어내고는 이리저리 밀쳐댔다.(밀치기는 풋볼 선수들이 경기 중에 흔히 하는 행동이다.) 스파이크 슈즈를 신고 패드를 착용한 풋볼 선수들 사이에서 체이스는 난쟁이처럼 작아 보였다.

아론과 베어가 싸움판 한가운데로 끼어들었다.

"모두 진정해! 우린 한 팀이야." 아론이 소리쳤다.

"브렌든이 너한테 뭘 어쨌는데 그래, 어?"

체이스가 두 팔을 뿌리치고는 조이를 향해 침을 뱉었다.

"그거라면 네가 할 말이 더 많을 텐데!" 조이가 쏘아붙였다.

"그게 무슨 소리야?"

조이가 비디오 동아리 아이들에 둘러싸여 옷의 먼지를 털고 있는 브렌든을 가리켰다.

"아, 맞다. 넌 브렌든 따윈 성에도 안 찼었지."

나는 그 말에 웃음이 터져 나왔다. 체이스와 아론, 베어만큼 저 샘님들을 괴롭혔던 사람은 없기 때문이다. 하지만 체이스는 정말 혼란스러워하는 것 같았다. 나는 문득 궁금해졌다. 체이스는 정말 아무것도 생각이 안 나는 걸까?

체이스가 풋볼 팀원들을 향해 말했다.

"우린 응원 대회에서 너희들을 최대한 멋있게 찍어줬어. 칭찬은 사양할게."

그러자 선수들이 사색이 된 표정으로 체이스를 쳐다봤다. 자기가 내뱉은 말 때문에 선수들이 얼마나 기분이 나빠졌을지 체이스는 전혀 모르는 것 같았다. 하지만 나는 안다.

체이스는 '우리'라고 했다.(우리, 비디오 동아리. 너희, 풋볼 팀.)

조이가 헬멧을 벗으며 말했다.

"얘들아, 우린 한때 체이스 앰브로즈라는 애랑 아주 친했어. 동료 이상이었지. 우린 형제였으니까. 하지만 요즘 들어선 체이스가 누군지 전혀 모르겠단 말이지."

그러고는 선수들을 이끌고 체육관으로 뛰어가버렸다.

아론과 베어는 잠시 망설였다. 나는 체이스의 절친인 그 애들이 체이스 옆에 남아 있어줄 거라고 생각했다. 하지만 베어가 선수들을 따라 나가자 체이스는 충격을 받은 것 같았다.

아론이 침울한 표정으로 체이스를 쳐다봤다.

"체이스, 그러면 안 되는 거였어. 조이는 네 친구야. 걔가 네 백업을 얼마나 잘해줬는데."

체이스는 아까보다는 화가 누그러진 모습이었다.

"그래서 이유도 없이 자기 몸의 반밖에 안 되는 애를 괴롭히는 걸 보고만 있으라는 거야?"

아론이 고개를 저었다.

"조이더러 그만하라고 말했으면 그렇게 했겠지. 덤빌 것까진 없었잖아. 우리 중에 완벽한 사람은 아무도 없어. 심지어 너도. 다음부턴 누가 네 친구인지 먼저 생각해봤으면 좋겠다."

그러고는 친구들을 따라 체육관으로 향했다.

"고마워, 체이스." 브렌든이 떨리는 목소리로 말했다.

비디오 동아리 아이들도 어색하지만 진심을 담아 체이스한테 고마운 마음을 전했다. 이 학교에서 풋볼 팀에 맞설 수 있는 사람은 없다. 오직 체이스만이 할 수 있는 일이다.

쇼샤나 웨버가 눈알을 굴렸다.

"제발 정신 차려! 왜 모두 쟤한테 고마워하는 건데? 우리 중에 쟤한테 쓰레기 취급 당하지 않은 애 있어?"

브렌든이 놀란 눈으로 쇼샤나를 쳐다봤다.

"방금 전에 일어난 일 못 봤어?"

"체이스가 깡패같이 행동하는 걸 봤지. 항상 그랬잖아. 오늘은 우리 편이 됐지만 내일은 어떨까? 쟤가 내 동생한테 무슨 짓을 했는지 잊었어?"

쇼샤나는 불같이 화를 내고는 사라져버렸다.

맞다, 조엘 웨버. 그 이름을 듣는 것만으로 목이 메는 기분이다. 사실 조엘한테 일어났던 일을 떠올리기 전까지는 이 모든 일들이 장난처럼 느껴졌는데.

체이스는 어쩔 줄 몰라 하는 것 같았다. 체이스는 비디오 동아리를 대표해 풋볼 팀을 맡기로 했다. 하지만 체이스한테 돌아온 건? 동아리 친구한테 비난을 받았을 뿐이다.

남은 아이들이 분위기를 무마하려고 애썼다.

"미안해, 체이스."

"쇼샤나가 일부러 그런 건 아니야."

"그래. 너, 아까 진짜 멋있었어."

마지막으로 브렌든이 말했다. "그럴 필욘 없었는데."

자기를 구해줘서 좋아 죽겠다는 게 빤히 보이는데 말이다.

비디오 동아리 아이들도 모두 떠나자 복도가 텅 비었고, 나와 체이스만 남았다.

체이스는 아직도 갈피를 못 잡는 표정이었다.

"쇼샤나한테 남동생이 있다는 것도 몰랐는데."

"조엘 웨버라고, 조용하고 피아노를 잘 치는 애야. 왕따를 지독하게 당해서 가족들이 기숙학교에 전학 보냈어."

나는 편집되고 축약된 진실을 말해줬다. 체이스가 조엘을 다른 곳으로 보내버릴 마음으로 그랬다고는 생각하지 않는다. 하지만 조엘을 확실히 불행하게 만들 생각은 있었던 것 같다. 나는 웨버 가족이 조엘을 다른 곳으로 보내기로 했다는 소식을 들었을 때 체이스가 죄책감이 들기나 했는지 궁금했다.

그건 아무도 모르겠지. 심지어 체이스 자신조차도.

지금까지의 일들을 곱씹는 듯 생각에 잠겨 있던 체이스가 마침내 입을 열었다.

"내가 그 일에 가담했던 거야, 그렇지? 난 수많은 일에 관련돼 있었어. 모두가 나를 재밌다는 듯이 쳐다보는데 그건 내가 지붕에서 떨어지거나 하는 멍청이라서 그런 게 아니었어."

"너를 멍청이라고 생각하는 사람은 아무도 없어."

"그래. 하지만 아인슈타인이 했을 법한 종류의 일은 아니니까." 여전히 생각에 잠긴 표정으로 체이스가 말을 이었다. "나만 빼고 모두 알고 있는 인생을 사는 게 얼마나 이상한지 넌 짐작도 못할 거야."

"난 킴벌리야. 넌 날 키미라고 불렀지만."

사실이 아니지만, 체이스가 알 리 없잖아? 난 언제나 아이들이, 특히 체이스가 나를 키미라고 불러주길 바랐다.

우리는 사업가들이 처음 만날 때 하는 것처럼 악수를 했다.

"동아리 모임에 늦어서 이만 가봐야 해. 또 만나자, 키미."

나는 할 말을 잃고 멍하니 체이스한테 손을 흔들기만 했다.

오늘은 내 생애 최고의 날이다. 체이스가 기억을 모두 잃었다는 건 나 같은 건 눈길도 안 줬다는 사실도 잊었다는 뜻이다.

어서 빨리 비디오 동아리에 가입해야겠다.

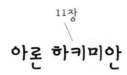

아론 하키미안

11장

아빠는 이런 말을 하곤 했다.

"오리처럼 생긴 게 오리처럼 꽥꽥거리면 오리가 맞다."

하지만 그 말이 언제나 사실인 건 아니다. 체이스처럼 생겼고, 체이스처럼 말하지만, 체이스는 아니다.

거꾸로 떨어졌다고 해서 어떻게 사람이 그리 바뀔 수 있지? 어쨌든 체이스는 이제 경기장 밖으로 빠졌다. 의사가 그렇게 지시했는데 어쩌란 말인가. 기억상실증. 위키피디아에는 분명 존재하는 병이라고 나오는데, 대체 뭐가 뭔지 모르겠다.

변기통에 빠진 핸드폰처럼 기억이 전부 지워진다 한들 나는 여전히 나다. 그렇지 않을까?

하지만 체이스는 아니다. 지금껏 함께 어린 시절을 보내고, 함께 운동하고, 규칙이란 규칙은 다 어기던 그 애가 이젠 아니다.

눈을 보면 알 수 있다. 체이스는 우리를, 허리케인스 친구들을 정말 모르는 눈빛이다. 그래, 이해할 수 있다. 우리가 난생처음 만나는 사람들 같겠지. 그렇더라도 지금쯤이면 원래대로 돌아와야 하는 게 아닐까?

109

마음이 아프다. 체이스가 기억을 잃었다는 건 알겠다. 하지만 우리 우정도 전부 지워진 걸까? 소년 시절을 누군가와 함께 보냈다는 건 단지 과거에 어떤 일을 함께 했다는 의미가 아니다. 그 안에는 수많은 추억들이 존재한다! 그런데 지금은 체이스와 공유할 수 있는 것이 아무것도 없다.

더 나쁜 건 녀석이 루저들한테나 관심이 있다는 사실이다! 비디오 동아리라니, 이거 레알임? 내가 아는 체이스는 우리 중에 누구보다도 그 애들을 괴롭혔다! 그런데 지금은 그 애들이랑 어울려 다니고 싶어 한다. 맙소사, 다음은 뭘까? 인형 동아리? 게다가 그 겁쟁이들은 체이스를 용서한 것 같다. 당연히 쇼샤나는 예외지만. 체이스가 이런 사정을 알고나 있는지 궁금하다.

가장 큰 의문점은 이거다. 자기가 지금 얼마나 얼간이 같은지 깨닫게 된다면 체이스가 예전의 모습으로 돌아올까? 아니면 지금의 체이스가 진짜 체이스고 앞으로도 쭉 그렇게 살게 될까?

진짜 문제는 체이스가 우리 셋만 알고 있는 뭔가를 갖고 있다는 것이다. '중요한' 뭔가를. 자기가 그 물건을 갖고 있다는 것마저 잊었으면 어쩌지?

베어는 생각이 짧은 녀석이다. 늘 행동이 앞선다.

"야, 바보같이 굴지 말고, 그냥 물어보자. 네가 갖고 있는 거 다 아니까 우리한테 넘기라고 말이야."

"기억상실증이라잖아. 자기가 그걸 어디에 뒀는지도 잊어버렸을 수 있지."

베어가 코웃음을 쳤다.

"야, 그걸 진짜 믿냐? 내 말 들어. 체이스는 정상이야. 자기 혼자서 그 좋은 걸 독차지하려고 우리한테 기억상실증이라고 우기는 거라구."

"야, 우린 지금 체이스 얘길 하는 거야!" 나는 화가 나서 베어를 세게 밀었다. "멍청아, 어떻게 그런 생각을 할 수가 있어!"

이번에는 베어가 나를 밀었다.

"너도 멍청이잖아. 나랑 똑같은 생각 했으면서."

천만에. 나는 조금도 그렇게 생각하지 않는다. 솔직히 말해서 체이스가 기억상실증이라는 핑계로 우리를 속이는 거라면 차라리 좋을 것 같다. 내일이라도 체이스가 우리한테 "속았지!" 하고 말한다면 하루 이틀쯤은 화가 날지 모르지만, 결국 체이스를 용서하고 악수를 나눌 것이다. 말할 것도 없이 예전의 체이스로 돌아온 걸 기뻐할 것이다.

"어느 쪽이든 문제야. 우리가 체이스한테 있는 그대로 말했는데 체이스가 정말로 기억하지 못한다면, 우린 더 이상 우리 친구가 아닌 녀석한테 자백한 꼴이 되는 거야."

"그럼 큰일이지."

"그래. 체이스는 이제 범생이니까. 루저들 편에 서질 않나, 안 해도 될 사회봉사활동을 굳이 하는 거 봐. 우리가 한 짓을 체이스가 잊었다면, 굳이 그 기억을 되살려줄 필요는 없어. 녀석은 그게 옳은 일이랍시고 우리를 신고할지도 몰라."

"체이스가 거짓말하는 게 아니라면." 베어가 심각한 표정으로 말했다.

"그러니까 지금은 가만히 기다리면서 지켜보는 수밖에 없어."

내가 상대한테 알아내려 하는 게 뭔지 알려주지 않으면서 진실을 끌어내는 것만큼 답답한 상황은 없다. 난 솔직히 말하는 걸 좋아하지만 이 경우에는 너무 위험하다.

체이스를 구슬리는 데는 포틀랜드 요양원이 딱이다. 하지만 거기서도 그렇게 쉬운 일은 아니다. 도망가도 모자랄 판에 사회봉사활동을 하는 걸 보면 심각한 수준이다. 체이스는 봉사에 왜 그렇게 열심일까? 체이스를 보는 것만으로도 우울해진다. 체이스는 베어와 내가 오후 내내 배달할 간식을 20분 만에 모두 배달한다. 그리고 남는 시간에는 노인들한테 책을 읽어준다. 또 휠체어도 밀어주고 핸드폰 사용법도 알려준다.

"체이스가 일부러 우릴 나쁜 놈으로 만들려고 그러는 게 아닐까?" 베어가 웅얼거리듯 말했다.

"일부러 그러는 건 아닐걸. 정말 여기 오는 걸 좋아하잖아."

노인들은 체이스를 좋아했다. 덤블도어와 덤블도라 들이 걸핏하면 텔레비전을 조정해달라거나 높은 선반 위에 놓인 물건을 가져다달라는 통에 체이스는 복도를 떠나지 못했다.

베어는 그것 때문에 기분이 나쁜 것 같았다.

"우리가 체이스보다 키가 커서 훨씬 팔이 잘 닿는데 왜 우릴 안 부르는 거지?"

"우린 거절할 게 뻔하니까." 나는 베어의 기억을 되살려줬다. "노친네들이 모두 체이스만 좋아해서 짜증나긴 하지만 이상한 일은 아니지."

심지어 뚱한 얼굴의 던컨 간호사조차 체이스를 보면 절로 미소를 짓는다. 우리를 보면 무섭게 노려보는데 말이다. 던컨 간호사는 우리만큼이나 우리의 사회봉사활동이 빨리 끝나기를 바라는 사람이다.

노인들 중에서 체이스가 121호실의 그 짜증 잘 내는 전쟁 영웅과 제일 친해졌다는 것도 이해할 수 없는 일이다. 그 할아버지는 체이스가 가장 멀리해야 하는 사람인데. 어떻게 그럴 수가 있지? 반대로 이 요양원에서 모두의 미움을 받는 동시에 모두를 미워하는 사람이 체이스는 좋다고 하니, 도무지 이해가 안 된다.

그 고리타분한 한국전쟁 이야기가 둘이 친해지는 계기가 되었다. 체이스는 그 얘기를 질리지도 않고 들어줬고, 할아버지는 보청기 배터리를 족히 다섯 번은 갈아야 할 만큼 긴 얘기를 기꺼이 들어주는 사람이 있으니 더 신이 나서 떠들어댔다.

"그 할아버지랑 무슨 할 말이 그렇게 많냐?"

베어가 따지듯 묻자, 체이스가 어깨를 으쓱했다.

"정말 대단한 분이셔. 나라에서 주는 최고의 훈장을 받은 분을 매일 볼 수 있는 건 아니잖아."

체이스는 왜 툭하면 훈장 얘길 하는 걸까? 나나 베어나 미치기 일보 직전이었다.

"위키피디아를 보면 한국전쟁은 3년 만에 끝났다던데, 그 할아버지는 널 볼 때마다 그 얘길 하잖아. 무슨 할 얘기가 그렇게나 많은 거야?"

체이스가 웃었다.

"정말 멋진 분이야."

"멋있기는 개뿔. 여기 있는 사람들한테 물어봐. 삐걱대는 휠체어를 끌고 다니면서 시끄럽게 투덜대기만 하잖아. 영화 보는 날에는 줄거리를 미리 다 말하고 다니지 않나, 우리보다 간호사가 더 싫어하는 노인네라구."

하지만 체이스는 곧 베르그란드 부인의 휠체어를 밀어달라는 부탁을 받고 사라졌다. 부인은 매주 열리는 카드 게임에 가는 날이었는데, 병원 직원이 할 수 있는 일이 아니라는 듯 굳이 체이스를 시켰다.

"그냥 전쟁 얘기가 좋아서 그러는 걸 거야."

하지만 베어는 내 말에 수긍하지 않았다.

"아니, 체이스는 전쟁 얘기 같은 건 좋아하지 않았어."

그게 문제였다. 체이스를 알다가도 모르겠다. 체이스의 머릿속에서 무슨 일이 일어나고 있는지 알아낼 길이 없었다.

대체 일이 어떻게 되어가는 건지, 원.

체이스 앰브로즈

몇 가지 기억이 더 돌아왔다.

어떤 장면이나 느낌 같은 것들이었는데, 그중 하나는 아주 또렷이 기억난다. 엄마는 내가 기억을 떠올릴까 싶어 오래된 사진들을 잔뜩 보여줬다. 담쟁이덩굴에 덮여 있는 건물 사진 한 장이 아주 익숙하게 다가왔는데, 조니 형이 다니는 대학교의 학생회관이라고 엄마가 알려줬다.

그 사진이 내 기억에 방아쇠를 당겼다. 기억을 해냈다기보다는 원래 나한테 있던 기억을 이제야 알아차린 것이다.

엄마와 이제 갓 중학교 1학년이 된 내가 조니 형을 대학교에 데려다주는 장면이었다. 우리는 사진 속 건물 앞의 순환 진입로에 차를 세웠다. 조니 형은 처음으로 집을 떠나 입학하는 날이라 그런지 겁에 질린 것 같았다.

나는 어떤 기분이었을까? 겁먹고 있는 형을 불쌍하다고 생각했을까? 아니면 금방이라도 울음을 터트릴 것 같은 엄마가 불쌍해 보였을까?

사실 나는 어떤 기분도 들지 않았다. 대신 이렇게 생각했다.

쪼다 같으니라구! 내가 저런 사람을 형이라고 존경했다니! 아기만도 못한 겁쟁이!

그때 느꼈던 경멸감이 너무나도 선명하게 떠올라서 나는 정신이 번쩍 들었다. 어떻게 친형한테 그런 가혹한 생각을 품었던 걸까? 내가 병원에 입원해 있는 동안 조니 형은 엄마처럼 거의 내 곁을 떠나지 않았다. 내가 당한 사고에 마음 아파하며 함께 걱정해줬다.

그동안 형이 보여준 멋진 형제애에 그딴 식으로 배은을 하다니.

사람들은 내가 변했다고 말한다. 나는 이제야 겨우 내가 얼마나 변했는지 이해하기 시작했다.

쿠퍼맨 선생님은 내 기억이 돌아오고 있다는 것에 놀라지 않았다. 내 뇌는 지극히 정상이라면서 다음 진료 약속을 잡았다.

어쨌든 나는 혼수상태에서 깨어난 이후에 일어난 일들은 전부 기억하고 있다. 쇼샤나가 내 머리에 요거트 아이스크림을 엎은 일이나 브렌든이 세발자전거를 타고 세차장 안으로 들어간 일은 결코 잊을 수 없다. 또 사물함에 조이를 밀쳤을 때 느낀 기분도 잊을 수 없다. 폭력과 분노, 번개처럼 빠른 동작을. 그때 다른 감정도 느꼈는데, 자랑스럽게 여길 만한 건 아니지만 사실이 그렇다. 그때 나는 만족감을 느꼈다. 나는 그 상황이 너무 싫었고, 내 힘으로 바로잡았다.

아론이 했던 말이 떠올랐다. *"덤빌 것까진 없었잖아."* 쇼샤나의 말도 떠올랐다. *"깡패."* 그 말이 나를 괴롭혔다. 나는 브렌든을 괴롭히는 조이를 막은 것에 대해 후회하지 않는다. 하지만 정말 싸우는 것만이 문제를 해결할 방법이었을까? 나는 조이한테 그만하라고 말할 생각조차 못 했다. 다짜고짜 조이의 멱살을 잡고 거칠게 밀었다. 조이가 브렌든한테 한 것처럼 말이다.

예전의 체이스라면, 사고가 나기 전의 나라면 분명히 그랬으리라고 생각한다. 내 안에 아직도 예전의 체이스가 남아 있는지 궁금하다. 그래서 기억이 조금씩 되살아날 때마다 어둠 속에서 한 발 한 발 나오고 있는 건지 궁금하다.

과거를 잃어버린 게 이상했던 것처럼, 기억이 돌아오는 건 더 이상했다. 기억이 돌아올수록 나 자신이 더 낯설어졌다.

쿠퍼맨 선생님은 내 몸이 이제 완전히 나았다고 알려줬다. 하지만 이어서 폭탄 발언을 했다. 남은 시즌 동안 계속 풋볼을 하지 말라는 것이다.

"그만큼 주의를 해야 한다는 거지. 넌 완전히 나았어. 하지만 뇌진탕을 우습게 봐선 안 돼. 의사들도 매일 장기 기억상실증에 대해 새로운 사실을 배우고 있으니까."

내가 충격 받은 걸 알고 엄마가 나를 위로해줬다.

"실망했다는 거 알아, 체이스. 너한테 풋볼이 얼마나 중요한지 엄마도 잘 안단다."

내 기분을 어떻게 설명해야 할까? 물론 나는 풋볼을 좋아한다.

하지만 나를 진짜 괴롭히는 것은 풋볼이 예전의 내 삶에 가장 밀접하게 연결되어 있다는 사실이다. 아빠와 대화를 나누다 보면 풋볼로 인해 얻은 명성이나 내가 계속 풋볼로 성공하길 바란다는 얘기 말고는 다른 얘기를 한 적이 없는 것 같다. 그리고 조이 사건 이후로 허리케인스 팀원 중에 나한테 말을 거는 사람은 아론과 베어뿐인데, 그 둘과 함께 있을 때도 그 애들의 관심사는 오직 내가 언제쯤 팀의 주장으로 돌아오느냐는 것뿐이다. 그 애들은 1)내가 하지 않아도 되는 사회봉사활동을 한다는 것과 2)내가 그걸 좋아한다는 사실이 절대로 용서가 안 되는 것 같았다.

솔직히 말해서 나는 전혀 싫지 않았다. 병원에 아파서 누워 있으면 하루하루가 얼마나 지루한지 모른다. 그래서 누군가 찾아와 그 지루함을 깨주면 얼마나 고마운지 모른다. 나는 포틀랜드 요양원 노인들한테 그런 사람이 되어주기로 했다. 그렇게 하는 게 나도 기분 좋았다. 특히 내가 얼마나 많은 일들에 동정심을 느끼는 사람인지 깨닫게 될 때 오는 기쁨은 말할 수 없이 컸다.

게다가 얻은 것도 아주 많다. 나는 마작을 하는 법을 배웠고, 식물을 키우는 데 필요한 좋은 팁들도 많이 배웠다. 주로 방을 화원처럼 꾸민 키트리지 부인한테서였다. 덕분에 어쩌면 엄마가 키우는 화분들과 헬렌의 방에 있는 고무나무를 살릴 수 있을지도 모른다. 고무나무는 헬렌이 유치원에서 꽃 판매 행사 때 산 것인데 거의 죽어가고 있다. 화분 가꾸기가 시들해진 코린 아주머니에게도 다가갈 수 있는 좋은 기회다.

솔웨이 할아버지는 정말 멋있는 분이라고 자신 있게 말할 수 있다. 움직이는 적의 탱크에 뛰어올라 해치를 열고 수류탄을 던져 넣는 건 보통 사람이라면 어림도 없다.

하지만 솔웨이 할아버지는 그렇게 생각하지 않았다.

"내가 무슨 대단한 사람이라서 그런 게 아니야. 귀찮았다면 절대로 하지 않았겠지. 난 바보가 아니니까."

정말 안타까운 일은 솔웨이 할아버지가 명예훈장을 잃어버렸다는 것이다. 던컨 간호사는 요양원 건물에 페인트칠을 새로 하느라 정신없는 사이에 훈장이 다른 것들과 섞여버린 것 같다며, 조만간 찾게 될 거라고 했다. 하지만 솔웨이 할아버지는 잃어버린 게 확실하다고 생각했다.

"아내가 죽은 뒤로 난 거의 제정신이 아니었어. 우린 아이가 없었어. 이 세상에 의지할 사람은 우리 둘뿐이었지. 아내가 죽었을 때, 내 인생도 끝난 거야. 지금은 그냥… 숨만 쉬는 거지."

나는 할아버지가 그런 말을 할 때가 가장 싫었다.

"말도 안 돼요. 즐겁게 살고 계시잖아요. 친구들도 많고요."

할아버지가 나를 뚫어지게 쳐다봤다.

"여기 사람들한테 나에 대해 물어본 적 있냐? 할망구들은 내가 다가가면 목발을 짚고도 급히 도망가버려. 식당에 내 전용 식탁이 있을 정도지. 간호사들은 나를 사이코 할배라고 부르는데, 내가 모를 거라고 생각해. 다른 노인네들처럼 나도 귀가 먹었을 거라고 생각하는 거지."

"무슨 말인지 알 거 같아요. 사고를 당하기 전에 저도 학교에서 사이코였거든요."

"너희들이 여기 처음 왔을 때, 너도 아무짝에도 쓸모없는 저 두 녀석 같았다. 사실 셋 중에서 네가 최악이었지. 네 친구들도 한번 머리를 세게 부딪혀야 할 것 같구나."

기억상실증에 걸린 사람한테 그건 정말 잔인한 소리였다. 하지만 솔웨이 할아버지니까 그런 소리를 할 수 있다. 못돼서가 아니라, 솔직한 것이다. 할아버지는 오랜 세월을 살아왔고, 많은 일을 겪었기 때문에 남의 눈치를 보지 않는 것뿐이다. 나는 할아버지의 그런 점이 가장 존경스러웠다.

"머리를 세게 부딪힌 결과, 제 인생의 13년 반을 잃었는걸요."

"기억은 과대평가되기 마련이란다." 할아버지가 단호하게 말했다. "넌 내가 영웅 같은 행동을 해서 훈장을 받았다고 생각하냐? 난 그때의 일은 하나도 생각이 안 난다. 내가 훈장을 받은 건 우리 대대장이 나를 사령부에 추천했기 때문이야."

"나이가 들면 자세한 것까지 기억하기 힘든 법이잖아요."

할아버지가 고개를 저었다.

"나이 때문이 아니야. 수류탄을 T-34 탱크 안에 투하한 다음, 안을 들여다봤다. 보기 좋은 광경은 아니었지. 뭐, 나중에 위생병이 말해줘서 안 거다만. 사람은 자기가 마주하기 힘든 현실을 외면하는 법이야."

"적군이었잖아요. 전쟁 중이었고요."

"얘야, 서로 총질을 할 때는 적이지. 하지만 죽은 사람은 자기가 어떤 군복을 입고 있는지 신경 쓰지 않는단다. 지난 과오는 모두 잊는 게 좋아. 훈장이든 뭐든."

내가 솔웨이 할아버지한테 공감하는 점이 바로 그런 부분이다. 우리는 기억을 잃은 사람들이다. 하지만 내가 할아버지와 같은 상황이라곤 생각하지 않는다. 게다가 내 기억은 돌아오고 있다.

그건 기억의 쓰나미라기보다 물고문에 가까운데, 죄수의 눈을 가리고 머리에 물을 한 방울 한 방울 떨어트리면 죄수는 미칠 지경이 되는 것이다. 게다가 내가 떠올리는 기억들이 진짜인지도 확실치 않다. 촛불을 불어서 끈 것은 내 생일 파티 중에 일어난 일이었을 수 있고, 할리우드 간판은 캘리포니아로 가족 여행을 하다가 본 것일 수 있다. 또 한 무더기의 풋볼 선수들 밑에 깔린 기억은 경기에서 승리한 기억의 단편이 아닐까?

누가 말해줄 수 있을까? 내 마음이 나를 가지고 장난치고 있다. 지난밤에는 피아노 안에 넣은 폭죽이 터지는 바람에 한 아이가 놀라 죽을 뻔한 꿈을 꾸다가 식은땀을 흘리며 깨어났다.

그런데 학년앨범에서 조엘 웨버의 사진을 확인해보니 꿈속의 그 애가 아니었다. 그건 내 죄의식이 만들어낸 허상이었다.

아무래도 내가 기억을 떠올리려는 데 너무 집착한 나머지, 여기저기서 들은 얘기들이 머릿속에서 제멋대로 뒤죽박죽된 것 같았다. 심지어 한국전쟁에 참전하는 악몽을 꾸기까지 했다. 꿈속에서 나는 실제로 솔웨이 할아버지가 그랬던 것처럼 군복을 입고 탱크 위로 기어 올라가고 있었다. 나는 탱크의 해치를 열어젖힌 다음 수류탄의 안전핀을 뽑았다. 하지만 탱크 안에서 나를 올려다보는 적군과 눈이 마주치자 차마 수류탄을 던지지 못했다. 그리고 탱크에 매달린 채 안절부절못하는 사이, 쥐고 있던 수류탄이 터져버렸다.

믿거나 말거나, 사고 전의 기억 중에 가장 생생하게 떠오르는 장면은 바로 그 어린 소녀에 관한 것이다. 가끔은 손을 뻗어 파란색 드레스에 달린 하얀 레이스나, 머리에 매단 빨간 리본을 만져보고 싶을 만큼 너무나 생생해서 더 혼란스러웠다. 그 애는 절대로 움직이는 법이 없었는데, 그 자리에 선 채 내가 아닌 다른 곳을 보고 있었다.

그렇지만 그 애에 대한 기억은 나한테 아주 중요하다. 병원에서 깨어난 이후로 지금까지 계속해서 떠오르는 기억이기 때문이다.

그 애가 누군지 정말 궁금하다.

학교도 기억을 조작하는 데 한몫하고 있다. 대부분 들쭉날쭉하거나 기시감 같은 느낌이다. 어느 것 하나 유용하게 쓰일 만큼 정확한 기억들은 아니다. 나는 아직도 교직원들이나 학생들에 대해 잘 모른다. 이제 겨우 6학년 때부터 다녔던 학교 건물에 대해 알아나가고 있다. 예전에 내가 얼마나 엉망이었는지 정말로 기억이 안 난다. 학교 선생님들조차 지금의 내가 얼마나 잘하고 있는지에만 관심을 주기 때문이다. 선생님들 중에는 내가 수업 과제물을 내면 거의 기절하기 일보 직전이 되는 분들도 있다.

비디오 동아리만 해도 내겐 완전히 새로운 곳인데, 실제로 그렇다. 우리는 학년앨범에 필요한 엄청난 양의 동영상을 찍고 있다. 나는 다른 부원들보다 많이 뒤처지는 편인데, 대부분의 아이들이 내가 다가가기만 하면 벌써 저만큼 달아나기 때문이다. 내가 "브렌든이 보냈어!" 하고 외치면 그제야 비로소 아이들은 내가 문제를 일으키러 온 게 아니라는 사실을 알게 된다.

드레오 선생님은 내가 인터뷰하는 기술이 늘기를 바랐는데, 내가 해오는 과제물들이 전부 부자연스러워 보였기 때문이다. 정말이다. 내가 인터뷰를 하면 아이들은 내가 언제쯤 자기 속옷을 벗기고 사물함에 처넣을지 생각하는 표정이 된다.

그래도 비디오 동아리 아이들은 나와 한 공간에 있는 것에 조금씩 익숙해졌다. 나를 영원히 미워하기로 한 쇼샤나만 빼고. 내가 아론, 베어와 함께 쇼샤나의 동생한테 한 짓을 전혀 기억하지 못한다 하더라도 쇼샤나를 비난할 수는 없다. 하지만 전혀 기억에 없는 일로 누군가한테 미움을 받는다는 것은 정말로 이상한 기분이다.

쇼샤나는 이제 나한테 정면으로 맞서지 않지만 새 부원은 그만 받아야 한다는 식의 뼈가 담긴 말을 한다. 그건 정말 불공평하다. 비디오 동아리에 새로 들어온 부원이 나만은 아니기 때문이다. 나 다음으로 들어온 애가 키미인데, 내가 새내기라면 도대체 키미는 뭐라고 불러야 하는지 모르겠다. 키미는 카메라에 대해서는 완전 초보다. 치어리더 팀의 리더를 인터뷰할 때도 카메라 렌즈 뚜껑을 닫은 채 촬영하는 바람에 오디오만 녹음되고 영상은 녹화되지 않은 적도 있다. 다시 한 번 도전했을 때도, 클로즈업을 너무 많이 해서 입만 보였다.

내가 보기엔 브렌든이 키미한테 푹 빠진 것 같은데, 키미에 대한 부정적인 의견은 전혀 들으려 하지 않기 때문이다. 얼굴 없이 입만 확대해 찍은 것을 표현주의라고 하지 않나, 디지털 시대에 렌즈 뚜껑이 웬 말이냐고 오히려 변호한다.

어쨌거나, 그래도 브렌든이 가장 사랑하는 것은 여전히 유튜브다. 오늘 오후에도 최근에 찍은 영상을 우리한테 보여줬는데, 일렉트릭 기타의 거친 소리를 배경음악으로 해서 욕조 안의 작은 금붕어가 배수구로 흘러 들어가는 물줄기를 역행해 헤엄치는 장면이었다. 사투를 벌이다가 배수구로 빨려 들어가려는 순간, 브렌든이 뚫어뻥으로 구멍을 막아 금붕어의 생명을 구했다.

브렌든은 아이들한테 박수갈채를 받기 위해 영상을 멈추고는 자랑스럽게 말했다.

"제목은 뚫어뻥 엑스 마키나."('데우스 엑스 마키나'를 패러디한 것으로, 연극에서 가망 없어 보이는 상황을 해결하기 위해 초자연적인 힘을 동원하는 수법:옮긴이)

쇼샤나는 시큰둥한 반응을 보였다.

"이건 시간낭비야. 차라리 그 시간에 내가 전국 비디오 저널리즘 대회에 참가할 수 있도록 도와줘. 우리가 이기면 비디오 동아리의 위상도 높아질 거야."

브렌든은 쇼샤나의 말을 무시했다.

"내가 시도하고 있는 건 좋았던 시절이나 회상하는 노인들을 찍는 것과는 차원이 달라."

"어떤 사람을 찍느냐에 따라 다르지." 쇼샤나가 반박했다. "노인들은 놀라운 시대를 살아왔고 굉장한 일들을 해냈어. 대회 주제에 딱 맞는 이야기만 찾으면 되지 않을까?"

상대가 누구라는 것도 생각 않고 내 입에서 불쑥 말이 튀어나왔다.

"포틀랜드 요양원에 계시는 솔웨이 할아버지한테 가봐."

쇼샤나가 화가 난 눈으로 나를 째려봤다. 내가 쇼샤나의 고귀한 과제물을 내 목소리로 더럽힌 것이다. 쇼샤나의 남동생을 괴롭히고, 지붕에서 떨어지고도 죽지 않은 것처럼, 또 다른 반인륜적 범죄를 지금 막 저지른 것이다.

"솔웨이 할아버지가 누군데?" 키미가 물었다.

"한국전쟁 영웅이셔. 명예훈장도 받으셨는데… 군인들이 받을 수 있는 최고의 상이야."

"그런 사람을 네가 어떻게 알아?" 쇼샤나가 날카롭게 말했다.

"거기서 일하거든. 아론, 베어랑 셋이서. 사회봉사활동 말이야…."

내 목소리가 점점 기어들어갔다. 쇼샤나는 우리가 무엇 때문에 사회봉사활동을 하고 있는지 누구보다 잘 알기 때문이다.

"정말 좋은 생각이야." 브렌든이 거들었다.

"그래, 그 할아버지가 세발자전거를 타고 세차장에 들어가면 되겠다." 쇼샤나가 차갑게 되받아쳤다.

"할아버지한테 물어보기라도 해봐." 휴고가 거들었다.

드레오 선생님이 중재자 역할을 하러 끼어들었다.

"우리 학교를 자랑스럽게 빛내기 위해 너희들 모두 노력하는 모습이 보기 좋구나. 그리고 체이스, 좋은 제안을 해줘서 정말 고맙다."

쇼샤나의 볼이 발개지더니 점점 새빨갛게 달아올랐다.

쇼샤나가 나를 증오하는 것만큼 내가 누군가를 증오하는 일이 없기를 바랄 뿐이다.

13장

쇼샤나 웨버

　나도 안다. 우리는 괴짜다. 비디오 동아리 아이들 말이다.

　우리가 자초한 일이긴 하다. 그 말을 모욕으로 받아들이면서도 자랑스럽게 생각하기도 하니까. 한마디로 괴짜 파워랄까. 무엇보다 우리한테 딱 맞는 신발이다. 소위 말하는 멋진 사람들이 하는 일을 우리가 한다면, 우리는 그렇게 행복하지 않을 것이다.

　나는 항상 그렇게 생각했다. 우리는 우리고 그 모습이 가장 자연스럽다. 나는 동아리 아이들도 나랑 똑같이 느낀다고 생각했다. 학교에서 잘나가는 아이들이 우리를 어떻게 생각하는지 알게 뭐람?

　그런데 내 생각이 틀렸다! 학교 최고의 '핵인싸'가 우리 동아리에 관심을 주자, 모두가 무릎에 힘이 빠져서 그 애를 떠받들어주려고 줄을 섰다.

　브렌든은 조엘 못지않게 체이스한테 괴롭힘을 당했던 녀석인데, 이젠 아예 체이스의 광팬이 되어버렸다. 그리고 어떤 녀석도 내가 참가할 전국 비디오 저널리즘 대회에 대해 체이스가 내놓은 그 '놀라운' 제안에 반대하지 않는다.

나보고 체이스에 대해 묘사하라면 할 말이 정말 많은데, 그중에 '놀라운'이라는 말은 없다. 그 애가 감옥에 들어가지 않은 게 '놀라운' 것만 빼고 말이다.

반면… 음, 이번 대회는 나한테 아주 중요하고 그보다 더 좋은 아이디어는 없는 것 같다. 자료를 찾아보니 체이스가 말한 명예 훈장이 굉장히 특별한 것이라는 사실을 알게 되었다. 고장 난 시계도 하루에 두 번은 맞는다는 말이 여기에 해당하는 건가.

결국 솔웨이 할아버지를 만나서 얘기해봐야겠다는 생각이 들었다. 할아버지가 정말 명예훈장을 받았는지 두 눈으로 직접 확인해야 하니까.

포틀랜드 거리로 걸어가고 있는데, 핸드폰 알림음이 울렸다.

조엘이 보낸 메시지였다.

JW피아노맨 어디야?
쇼시466 시내.
JW피아노맨 뜨거운 데이트?

그래, 그래. 최소 여든 살은 됐을 사람이랑 데이트하러 간다.

쇼시466 동아리 과제 하러.
JW피아노맨 ???
쇼시466 비디오 저널리즘 대회 주제에 맞는지 만나보려고. 한국전쟁 영웅이래.
JW피아노맨 와우, 어떻게 알게 됐는데?

128

나는 망설였다. 조엘이 멜턴에 적응 못 해 힘들어하는 동안 체이스가 비디오 동아리에 들어와 자기 자리를 차지했다는 사실을 조엘한테 말하지 못했다. 상황을 더 악화시킬 뿐이니까. 게다가 난 체이스 덕에 솔웨이 할아버지를 만날 생각은 조금도 없다. 동생한테 숨기는 게 있다는 게 싫었지만, 때로는 말할 수 없는 일도 있는 법이다. 몇 달이 지나 조엘이 기숙학교에 적응하고 친구가 생기면, 아니면 적어도 그곳이 싫지 않을 때 말할 생각이다. 그땐 조엘도 크게 신경 쓰지 않을지 모른다.

나는 조엘한테 다시 메시지를 보냈다.

쇼시466 친구의 친구 소개로.

나는 핸드폰을 눈앞에서 치우고 제발 조엘이 더 자세히 묻지 않기를 기도했다. 만일 내가 뭔가를 숨기고 있다는 사실을 눈치 챘다면 조엘은 검사와 사냥개를 합해놓은 것 같은 집요함으로 파고들 것이다. 특히 지금처럼 조엘이 외롭고 따분한 시기에 집에 대한 생각만큼 좋은 도피처는 없다.

포틀랜드 요양원에 도착해서 안내 데스크에 물어보니 곧장 121호실로 가는 길을 알려줬다. 복도를 따라 걸어가면서 나는 이곳에서 지내는 사람들이 얼마나 나이가 많은지 알아차렸다. 우리 할아버지가 73세인데, 할아버지는 아침마다 여전히 인라인스케이트를 타신다. 그런데 이곳에 있는 분들은 그보다 훨씬 나이가 많았다. 100세가 넘은 분도 있는 것 같았다.

121호실은 문이 살짝 열려 있었다. 노크하니 문이 홱 열렸다.

"솔웨이 씨인가요?"

내가 머뭇머뭇 묻자 거친 목소리가 들렸다.

"아무것도 필요 없소."

"저, 그게, 뭘 팔려고 온 건 아니에요."

방 안으로 들어간 나는 솔베이 씨와 첫 대면을 했다. 솔웨이 씨가 고개를 돌린 채 텔레비전 뉴스를 보고 있었기 때문에 정확히 말하면 얼굴을 본 건 아니었다. 솔웨이 씨는 체구가 왜소했지만 숱이 많은 백발에 정정해 보였다.

"솔웨이 씨와 얘기를 하고 싶어서 찾아왔어요. 저는 학교 비디오 동아리 학생인데…."

"저런 것도 정치인이라고!" 솔웨이 씨가 텔레비전을 향해 소리쳤다. "핫도그 장사도 제대로 못 할 인간이! 멍청한 녀석!"

그래도 나는 계속해서 말했다. 긴장을 하면 나오는 버릇이다.

"이번 전국 비디오 저널리즘 대회는 흥미로운 인생을 산 노인들을 인터뷰해서…."

솔웨이 씨가 의자를 돌리더니 나를 뚫어져라 쳐다봤다.

"내가 학생을 알던가?"

나는 계속해서 횡설수설했다.

"한국전쟁에서 명예훈장을 받으셨다는 소리를 듣고…."

솔웨이 씨의 얼굴이 누르락붉으락했다.

"그래서 찾아온 거라고? 그곳에 있었던 수많은 사람들에 비하면 그 훈장은 나한테 아무 의미가 없어. 그 사람들을 인터뷰하고 난 그냥 내버려둬."

나는 애써 침착하게 설명했다.

"사람들이 솔웨이 씨의 이야기를 알았으면 하지 않으세요?"

"아니. 그건 내 얘기야. 혼자 알고만 있어도 충분하다고."

그 순간, 트루먼 대통령이 젊은 솔웨이 씨의 목에 훈장을 걸어주는 사진이 눈에 들어왔다. 나는 솔웨이 씨가 내 과제에 딱 필요한 인물이라는 사실을 확신했다.

"제 또래의 많은 학생들이 할아버지처럼 나라를 위해 희생한 사람들을 모르고 있어요."

"얘야, 나를 속일 생각 마라. 난 여든여섯 살이야. 입에 발린 말에 속을 나이는 아니지. 난 인터뷰할 생각이 전혀 없어. 감사 인사를 받을 생각도 전혀 없고. 내가 바라는 건 저녁 식단에 시금치 요리가 나오지 않는 것뿐이란다."

나의 완패다. 이 할아버지는 자신의 불행을 끌어안고 살기로 결심한 사람이다. 할아버지를 보니 문득 조엘이 떠올랐다. 조엘도 상황을 더 나아지게 만들 생각은 않고 자기가 처한 상황에 화만 내고 있다. 그러면 불평만이 삶의 원동력이 될 뿐이다.

조엘이 이 할아버지와 다른 점이 있다면 자기 인생의 행로를 바꾼 커브볼에 화를 낼 정당한 이유가 있다는 사실이다. 이 괴짜 할아버지는 단지 성질이 고약한 것뿐이고.

완패했다는 생각에 발을 돌려 문밖으로 나가려 하는데, 익숙한 목소리가 들려왔다.

"솔웨이 할아버지, 좋은 소식이 있어요. 제가 마지막 남은 자두 빵을 낚아채 왔어요."

그 녀석이다. 우리 가족에겐 악몽 같은 알파 쥐.

빵이 담긴 종이 접시를 들고 그 녀석이 들어왔다. 명찰에는 '체이스-자원봉사자'라고 쓰여 있었다.

놀랍게도 솔베이 씨의 태도가 급변했다. 괴팍한 눈빛은 온데간데없고 온 방 안을 밝힐 듯 얼굴에 환한 미소가 번졌다. 생각해 보면 전혀 이상할 것도 없다. 먹다 남은 포도 알 하나도 안 나눠 줄 그런 끔찍한 노인을 누가 기쁘게 할 수 있을까? 딱 한 사람, 자기만큼 끔찍하고 형편없고 이기적인 사람만이 할 수 있다. 둘은 천생연분인 거다.

체이스가 나를 알아봤다.

"어, 쇼샤나 안녕."

내가 쳐다보자 체이스의 얼굴에서 웃음기가 사라졌다.

"잠깐, 체이스. 저 애가 네 친구냐?"

솔웨이 씨가 묻자 체이스가 고개를 끄덕였다.

"우린 같은 비디오 동아리예요. 이 친구한테 제가 할아버지를 추천했어요."

솔웨이 씨가 잠시 생각에 잠기더니 알았다는 듯 무뚝뚝하게 고개를 끄덕였다.

"그럼 얘기가 달라지지. 너희한테 도움이 된다면 나도 기쁠 것 같구나."

나는 그 말이 달갑지 않았다. 이번 대회에 파트너는 필요 없다. 설사 필요하다 해도, 체이스 앰브로즈는 절대로 선택하지 않을 것이다.

하지만 이 얘기를 솔웨이 씨한테 한다면 난 다시 쫓겨나고 말겠지.

나는 화난 눈으로 체이스를 쳐다봤다. 체이스는 순진한 표정으로 나를 봤지만, 마음속 깊은 곳에서는 나를 비웃고 있을 게 분명하다.

지금은 내가 원하든 원치 않든 파트너를 둬야 하는 분위기다.

그런데 그러긴 정말 싫다.

이 일을 조엘한테 어떻게 설명해야 할까?

14장

체이스 앰브로즈

최근에 아빠가 400마력짜리 머스탱을 샀다. 바퀴는 엄청 크고 머플러에서는 불도저처럼 찢어지는 폭음이 들린다. 아빠는 앰브로즈 일렉트릭 트럭에서 일하지 않는 날이면 이 차를 몰고 다니는데, 내가 열여섯 살이 되면 이 애마로 운전을 가르쳐주겠다고 약속했다.

"엔진 소음 때문에 한 마디도 못 할 것 같아서 싫어요."

아빠가 흐뭇하게 웃었다.

"경찰차 사이렌 소리도 안 들리니 더 좋지. 경찰차도 따돌릴 수 있어."

아빠가 집 앞에 차를 세우고 시동을 끄고 나서야 우리는 서로의 목소리를 제대로 들을 수 있었다.

"저녁 잘 먹었어요. 코린 아주머니 음식은 정말 맛있어요."

"최고지."

"헬렌도 재밌었나 봐요. 우린 꽤 좋은 친구가 된 것 같아요."

아빠가 얼굴을 찡그렸다.

"네가 공주 놀이를 해주니까 그렇지."

"사실 이종격투기도 하려고 했는데 링이 없어서 못 했어요."

내 말에 아빠는 아무 반응도 보이지 않았다.

"네가 네 살짜리 애랑 잘 놀건 말건, 아빠 관심 없다."

나는 어깨를 으쓱했다.

"헬렌은 저를 무서워했잖아요. 잘된 거 아녜요?"

"헬렌은 널 무서워했던 게 아니야. 네가 좀 남다르긴 했지. 터프하달까. 아무도 널 건드리지 못했으니까. 아론과 베어를 생각해봐. 딱 그거야."

터프했던 예전의 내 모습이 머릿속을 스쳐 갔다. 아이들을 때리고 밀치고, 복도를 지나가는 아이들의 발꿈치를 걷어차는 모습. 하지만 전부 다 그렇게 나쁜 것만은 아니었다. 어깨를 쫙 펴고 고개를 빳빳이 들고 학교를 향해 걸어가는 모습도 떠올랐다. 자신감과 힘이 넘쳤던 그때의 기분이 생각났다. 그런 감정들 중에는 내가 머저리라서 느꼈던 것도 있겠지만 그게 전부는 아닐 것이다. 나는 스타 선수였고 주 대표 선수였다. 우리 지역에서 알아주는 사람이었다. 그러니 그것을 자랑스럽게 생각한다고 해서 잘못된 것은 아니다.

"어쨌든, 고마워요 아빠."

"한 가지 더 있다, 챔피언." 아빠가 불쑥 말을 꺼냈다. "어떤 의사가 있는데, 스포츠의학 전문가라서 돌팔이 쿠퍼맨 선생님보다 훨씬 경험이 많아. 그 선생님 사무실에 얘기했더니 널 만나서 자기 소견을 알려주고 싶다고 하는구나."

"소견요? 소견이 왜 또 필요해요?"

"네가 있어야 할 경기장에 돌아가야 할 것 아냐!" 아빠가 망설임 없이 대답했다. "쿠퍼맨 선생님도 네가 다 나았다고 인정했어. 남은 시즌을 이대로 낭비할 순 없다!"

"다 나았어도 당분간 조심해야 한다고 쿠퍼맨 선생님이 그랬잖아요."

"그 선생님 말이 다 맞는다면, 응우옌 선생님도 똑같이 말씀하시겠지. 하지만 만일 아니라면 넌 이번 시즌은 물론이고 주 선수권 대회까지 날려버리는 거야! 아직까지 둘 다 우승한 선수는 아무도 없다. 나조차도 말이야!"

아빠의 얼굴이 열정으로 달아올랐다.

아빠가 진심으로 나를 위하는 마음에 한 말이라는 건 의심의 여지가 없다. 놀라운 건 아빠가 허리케인스에서 성취한 것을 내가 넘어설 거라고 했다는 것이다!

이쯤 되면 응우옌 선생님을 어떻게 안 만나볼 수가 있을까? 누구보다도 운동하며 생긴 부상에 대해 잘 아는 전문의가 경기에 뛰어도 된다고 허락한다면 나를 막을 사람은 아무도 없다.

"엄마한테 말해볼게요."

"맙소사, 그건 안 돼!"

아빠가 노발대발했다가 내가 멍한 표정으로 쳐다보자 다시 입을 열었다.

"엄마를 걱정시킬 게 뭐 있어. 안 그래도 신경 쓸 일 많은데. 응우옌 선생님한테는 아빠가 데려다줄게. 모든 게 분명해지면 그때 엄마한테 말할 기회를 찾아보자."

나는 너무 큰 기대는 걸고 싶지 않았다.

"모든 게 분명해지면요."

"어쨌든 아빠는 예감이 좋아. 넌 눈 깜짝할 사이, 다시 예전의 삶으로 돌아가게 될 거다."

예전의 삶이라. 나는 그 말을 곰곰이 생각해봤다. 풋볼을 하는 건 너무나도 좋지만 내가 정말 원하는 건 나를 다시 찾는 것이다. 가장 친했던 친구들과 화해하고 풋볼 팀원들과도 사이좋게 지내고 싶다. 자신감과 자부심을 갖기 위해 애써 옛날 기억을 떠올리지 않아도 되면 좋겠다.

조금만 있으면 이 모든 게 가능할지도 모른다.

베어가 공중에서 공을 휙 낚아채고는 몸에 바짝 끌어안더니, 유모차를 밀며 걸어가는 아주머니 주위를 번개처럼 빙글빙글 돌았다.

"조심해!"

아기가 놀라 울음을 터트리자 아주머니가 소리를 질렀다.

"죄송해요!"

나는 어깨 너머로 소리치고는 친구들과 계속 공을 주고받으며 포틀랜드 거리로 향했다. 나는 아직 팀에 합류하지 않았지만, 친구들과 사이좋게 캐치볼을 하면 안 된다고 말한 사람은 없다.

"야, 꺼져!"

"두 눈 좀 똑바로 뜨고 다녀!"

"너 때문에 목이 부러질 뻔했잖아!"

열 살쯤 된 남자애가 자전거를 타고 가다 우리 때문에 넘어지자 온갖 욕설을 퍼부었다.

"넌 그 입으로 엄마한테 뽀뽀하냐?" 아론이 키득거렸다.

그 애와 자전거를 일으켜 세워주고 돌아보는데 공이 내 얼굴을 향해 정면으로 날아왔다. 아찔한 순간 나는 팔을 뻗어 공중에서 공을 잡았다. *제법인데?* 나는 속으로 생각했다. 모두가 말한 것처럼 나는 진짜 스타 선수였나 보다.

아론과 베어는 힘은 있지만 기술이 없다. 심지어 아론은 공을 잘 놓친다. 튕겨나간 공을 쫓아 차도로 뛰어 들어갔다가 격분한 운전자들이 눌러대는 경적 소리와 브레이크 소리를 듣기 일쑤다. 하지만 내겐 아빠가 손재주라고 말했던 그런 진짜 기술이 있다.

"나이스 캐치, 체이스! 거봐, 허리케인스에서 널 얼마나 필요로 하는지 알겠지?" 아론이 소리쳤다.

나는 싱긋 웃었지만 아빠가 응우옌 선생님과 잡은 약속에 대해서는 친구들한테 말하지 않았다. 새 의사 선생님도 아직은 경기를 뛰면 안 된다고 할지 모르는데, 일어나지도 않은 일을 가지고 축하를 받고 싶지는 않았다. 하지만 왠지 새 의사 선생님은 된다고 할 것 같았다. 예감이 좋았다.

포틀랜드 요양원에 막 도착했을 때, 쇼샤나가 출입문으로 들어가는 모습이 보였다. 다행히 아론은 다른 곳을 보고 있었고, 베어한테는 공을 힘껏 패스해서 쇼샤나를 보지 못하도록 주의를 돌렸다. 쇼샤나와 내가 같이 과제를 하게 됐다고 둘한테 설명하기란 쉬운 일이 아니다.

나는 출석부에 이름을 적지 않아도 되기 때문에 둘이 사무실로 가는 동안 곧장 솔웨이 할아버지의 방으로 갔다. 나중에 기회를 봐서 합류하면 된다. 아론과 베어는 과자를 몰래 먹으며 빈둥댈 게 뻔하기 때문에 시간은 아직 많다.

친구들 몰래 뒤에서 딴짓을 한다는 게 마음이 편치 않았지만, 이렇게 하는 편이 훨씬 낫다. 그러지 않아도 되는 일을 굳이 어렵게 만들 필요는 없지 않을까?

"…대령이 우리한테 물자를 아끼라고 지시하고 있는데 바로 뒤 착륙장에서 일등병들이 샌프란시스코에서 공수해 온 냉동 파스트라미(양념한 소고기를 훈제해서 차게 식힌 것:옮긴이) 샌드위치 여섯 상자를 내리고 있지 않겠어. 우린 대령이 뒤돌아보지 않기를 열렬히 기도했지. 대령이 코를 킁킁대면서 그러더군. '미친 소리 같겠지만 어디선가 파스트라미 냄새가 난단 말이야!' 우린 뒤에서 서로 팔을 움켜잡고 어깨를 두드리고 난리도 아니었지."

나는 웃느라고 영상이 흔들리지 않도록 캠코더를 꼭 잡았다.

인터뷰를 진행하는 쇼샤나도 웃음을 참느라고 입술을 꽉 깨무는 모습이 보였다. 솔웨이 할아버지가 얘기를 시작했다 하면 꼬리에 꼬리를 물고 이어지는데, 흐름이 끊기면 안 되니까.

이번이 솔웨이 할아버지와의 세 번째 만남이었다. 쇼샤나는 이곳에서 두어 시간 이상 보낼 생각이 전혀 없었다. 애초부터 솔웨이 할아버지한테 많은 얘기를 기대하지 않았기 때문이다. 할아버지는 입만 열면 빈정대서 정상적인 대화를 하기가 힘들었다.

하지만 쇼샤나는 의외로 타고난 진행자였다. 쇼샤나는 솔웨이 할아버지의 마음 깊은 곳에 있는 얘기들을 꺼내기 위해 진심으로 흥미를 보였다.

전투에서 전우를 잃었다거나, 전쟁으로 고아가 된 한국 아이를 구한 얘기는 슬펐다. 군의관과 간호사의 헌신, 평범한 군인들의 용감한 행동 같은 희망적인 얘기도 있었다. 놀라운 건 그런 고통과 폭력 속에서도 재미있는 일이 아주 많았다는 사실이다. 파스트라미 샌드위치에 관한 것도 그렇고, 잘못 배달되어 온 맥아더 장군의 실크 사각팬티를 머리에 뒤집어쓰고 새해 축하 파티를 즐긴 것도 그렇고.

솔웨이 할아버지가 군대에서 감초 역할을 한 건 인상적이었다. 지금의 괴짜 노인 모습과 전혀 연결이 안 되기 때문이다. 그런데 할아버지가 의사나 행정가같이 권위적인 인물들에 반감을 갖고 있는 걸 보면, 그랬을지도 모르겠다는 생각이 든다. 할아버지는 전쟁 중에 그런 사람들을 많이 봤고, 지금 지내고 있는 요양원에도 그런 사람들이 있다. 할아버지는 탱크를 폭파한 뒤 5주 동안 병원에 있었다. 명령을 어기고 개인행동을 했다는 이유로 군법회의에 넘겨질 뻔했다. 다 쓴 링거 주머니에 헬륨 가스를 채우고 풍선 날리기 경주를 했다. 그런 얘기를 쇼샤나한테 들려주면서 할아버지는 큰 소리로 웃어댔다. 즐거웠던 시절을 회상할 때면 할아버지 얼굴이 발그레해진다.

"내가 보온병에 50달러를 모아뒀는데 말이야. 그 당시만 해도 아주 큰돈이었어. 그런데 정신 나간 텍사스 놈 하나가 피하주사기를 다트 던지듯이 던지는 바람에, 내 풍선이 결승선에서 1미터쯤 떨어진 데서 터져버렸어. 내 인생에서 그렇게 화가 난 적은 없었지! 하지만 그래도 난 판돈을 냈어. 의원들이 와서 파티 분위기를 깨기 전까지 내기를 계속할 생각이었거든!"

나는 할아버지 얘기에 푹 빠져서 복도에서 들려오는 한숨 소리를 듣지 못할 뻔했다. 흘끗 고개만 돌리니, 아론과 베어가 문가에서서 어리둥절한 표정으로 우리 쪽을 쳐다보고 있었다.

망했다.

"잠깐 쉬었다 해요. 괜찮으시죠?"

나는 캠코더를 내려놓고 복도에 있는 친구들한테 갔다.

"뭐냐?" 베어가 따졌다. "처음엔 안 해도 되는 사회봉사활동을 굳이 하겠다고 우릴 따라오더니, 그것도 모자라 이젠 촬영까지 하려고?"

"비디오 동아리 과제야—"

"쇼샤나 웨버랑 같이?" 아론이 내 말을 끊고 들어왔다. "우릴 이 포틀랜드 요양원에 보낸 게 쇼샤나 가족이라고!"

"쇼샤나랑 꼬인 관계를 어떻게 좀 풀어보려고. 내가 과제를 도와주다 보면 쇼샤나 가족이 우릴 용서할지도 모르잖아."

"그래, 잘도 그러겠다." 아론이 코웃음을 쳤다. "잘 들어, 체이스. 넌 웨버 가족이 우릴 얼마나 증오하는지 잊었겠지만, 난 아니야. 만일 웨버 가족한테 결정권이 있었다면, 우린 사회봉사활동으로 끝나지 않았을 거야. 지금쯤 사형 선고를 받았을걸? 하지만, 뭐 그렇다고 쳐. 네가 우리 대신 네가 태어난 걸 저주하는 사람들과 어울리겠다면 그렇게 해. 우리가 널 막을 수 있는 것도 아닌데 뭐."

가슴이 아팠다. 딱히 내가 잘못한 건 아니지만, 쇼샤나와 같이 과제를 한다는 사실을 숨겼기 때문에 이 일을 자초했다. 아론은 나한테 뒤통수를 맞기라도 한 것처럼 상처를 받은 것 같았다.

"게다가 그 많은 덤블도어들 중에 왜 하필 저 할아버지랑 어울리는 거야?" 베어가 끼어들었다. "여기 널리고 깔린 게 고대 유물 같은 노친네들뿐인데 그중에 아무나 하나 고르면 되잖아. 왜 하필 저 사람이야?"

"이곳에서 가장 흥미로운 분이니까. 솔웨이 할아버지는 전쟁 영웅이셔!"

길고 어색한 침묵이 흐르는 동안, 둘은 내가 머리에 양배추를 얹어놓기라도 한 것처럼 쳐다봤다.

마침내 아론이 중얼거렸다. "그래, 네가 사진을 보여줬어."

"너희들이 이곳 사람들을 무시하니까 혹시 잊었을까 봐 말해준 거야."

"그래, 어쨌든 우리도 알고 있어." 베어가 받아쳤다. "스타인웨이 씨에 대해 알 건 다 알아."

"솔웨이 씨야."

"야, 저런 노친네들 이름을 어떻게 일일이 기억하냐?" 아론이 짜증을 냈다. "베어, 그만 가자."

"누가 누구더러 기억을 못 한다는 거야?" 베어가 쏘아붙였다.

둘은 곧바로 복도로 사라졌다.

잘한다, 체이스. 나는 두 친구가 모퉁이를 돌아가는 모습을 보며 자책했다. 이렇게 될 줄 알고 애써 피하려 했건만, 결국 둘한테 원망을 듣고 말았다. 정말 최악인 건 두 친구가 나를 더 이상 못 믿는다는 것이다. 다음은 뭘까?

방으로 돌아가자 벽에 기대놓은 보행기가 가장 먼저 눈에 들어왔다. 혼자 힘으로 일어선 솔웨이 할아버지가 옷장에서 무거운 상자를 꺼내고 있는 쇼샤나한테 지시를 하고 있었다.

"군대에 갔다 오면 정리 정돈을 칼같이 하는 줄 알았어요."

쇼샤나의 말에 할아버지가 호탕하게 웃었다.

"나한테 그런 규칙은 해당이 안 된단다. 내 친구들 중에 몇몇은 지금도 침대를 어찌나 반듯하게 정돈하는지 몰라. 나야 뭐, 광내고 닦는 건 질색이지."

옷장 안에는 셔츠와 바지 몇 개, 그리고 정장 한 벌이 구석의 옷걸이에 걸려 있었다. 남은 공간에는 잡동사니라고밖에 할 수 없는 물건들이 90퍼센트 이상을 차지하고 있었다. 정사각형의 작은 공간에 집 안의 온갖 물건이 다 들어 있다고 생각해보라. 책꾸러미, 탁구채, 빗자루, 볼링 트로피 2개, 장화 한 켤레, 낚싯대, 액자들, 예초기, 스케이트, 금이 간 동양식 꽃병, 골프 우산, 정원 장식용 요정 석상, 여행 가방 등등.

나는 방을 가로질러 가면서 쇼샤나가 꺼낸 상자를 곁눈질로 살펴봤다. 상자 안에는 교체용 난로 필터, 자동차 점퍼 케이블, 순은으로 된 호두까기 세트가 들어 있었다.

한 사람이 86년에 걸쳐 모은 물건들을 가지고 작은 옷장 하나뿐인 이곳으로 이사 왔으니, 옷장 안이 꽉 찰 수밖에.

"할아버지가 얘기하는 장면이 담긴 멋진 영상을 많이 건졌어." 쇼샤나가 잡동사니에 파묻힌 채 나한테 설명했다. "그런데 기념품이나 오래된 사진을 찍은 영상들은 아무래도 편집해야 할 것 같아. 네 생각은 어때?"

쇼샤나가 대회 과제에 대해 얘기할 때면 가끔 실수로 나를 다른 아이들처럼 대한다.

"좋은 생각이야."

솔웨이 할아버지는 또 다른 상자 안을 들여다보고 있었다.

"세상에! 내가 32피스짜리 공구 세트를 가지고 대체 뭘 했던 거지?"

나는 자리에서 일어나 혼자 힘으로 걸어가서 허리를 숙이고 상자 안을 들여다보는 할아버지를 물끄러미 지켜봤다. 처음 만났을 때는 늘 보행기에 의지하고 빛도 들어오지 않는 음침한 방에서 절대 블라인드를 걷을 생각을 않던 분이었는데.

아내가 죽은 뒤 요양원으로 왔을 때, 그동안 모든 걸 아내가 알아서 해줬기 때문에 할아버지는 삶의 초점을 잃어버렸을 것이다. 하지만 나랑 쇼샤나가 비디오 동아리 과제 때문에 이곳을 찾아온 이후로 할아버지는 완전히 달라졌다. 카메라 앞에서 멋있어 보이려고 면도도 하고, 옷도 제대로 차려입고, 똑바로 서서 바르게 걸었다. 게다가 식욕도 좋아졌다고 간호사가 알려줬다.

우리는 옷장 안을 더 뒤져보기로 했다. 어느새 바닥이 잡동사니들로 가득 찼다. 촬영에 쓰일 만한 물건을 몇 가지 더 발견했는데, 한국의 병영에서 찍은 흑백사진들과 금혼식 기념사진 두 컷이 담긴 액자였다. 또 오래된 군인 인식표와 전쟁에서 전사한 동료의 인식표도 있었다.

이 정도면 충분한데도, 쇼샤나는 옷장 안에 기어들어갈 태세로 무릎까지 꿇은 채 바닥을 더듬더듬 뒤졌다.

"그 안에서 뭐 하는 거야?" 할아버지가 물었다. "석유라도 캐려고?"

쇼샤나가 골프 가방 뒤로 손을 쑥 집어넣더니, 특이한 삼각형 모양의 감청색 벨벳 보석함을 꺼냈다. 뚜껑에는 미국 국가 휘장이 은으로 세공되어 있었다.

"네가 훈장을 찾아냈구나!" 할아버지가 놀라서 소리쳤다.

쇼샤나가 너무 기쁜 나머지 뚜껑을 휙 열어젖혔다.

상자 안은 텅 비어 있었다.

할아버지가 눈살을 찌푸렸다.

"어디 흘린 모양이구나."

쇼샤나와 나는 옷장 바닥을 샅샅이 뒤져봤지만, 어디에도 훈장은 없었다.

"할아버지, 훈장을 마지막으로 보신 게 언제예요?" 쇼샤나가 물었다.

"여기서 말이냐?" 할아버지가 빈정대듯 답했다. "여긴 행사가 아주 많아. 휠체어 경주에 카드 게임에 대장 내시경에…."

"그럼 그전에는요? 할아버지가 여기 오시기 전에 말이에요."

할아버지가 쇼샤나를 보며 쓴웃음을 지었다.

"무슨 말을 하려는지 알겠구나. 저 미친 노인네가 20년 전에 훈장을 잃어버려놓고는 그것도 모르고 빈 보석함을 가져온 게 아닐까 생각하는 거지? 미안해하지 않아도 된다. 타당한 질문이야. 그런데 내 대답은, 내가 한 번도 그 훈장을 목에 건 적이 없다는 거야. 부끄러워서가 아니라 옳은 일이 아닌 것 같아서 말이야. '내가 얼마나 위대한지 보라구. 내 훈장은 너희들 것하곤 비교도 안되는 거야. 보통 훈장은 어떤 얼간이라도 받을 수 있지.' 하고 뻐기는 것 같았거든. 아내는 1년에 한 번, 재향군인의 날에 그 훈장을 꺼내곤 했어. 그런데 내가 끝까지 걸지 않겠다고 하면, 반짝반짝 닦아서 다시 보석함 안에 넣었지. 어쩌면 아내가 실수로 다른 곳에 넣었을지도 몰라. 죽기 전에 정신이 오락가락했거든."

그러고는 안락의자에 앉더니 입을 다물어버렸다.

아내 얘기만 나오면 할아버지는 슬픈 표정이 된다. 우리는 할아버지가 혼자 추억에 잠길 수 있도록 일찌감치 촬영을 마쳤다.

"난 솔웨이 할아버지가 참 좋은데 가끔은 좀 이상해. 나라에서 주는 최고 훈장을 받았으면서 그걸 무시하고 있잖아."

로비를 가로질러 출구로 가면서 쇼샤나가 말했다.

"그 시절엔 지금과 다르게 사람들이 좀 겸손했잖아."

"그래, 겸손 좋아. 하지만 훈장이 잘 있는지 확인도 못 해보니? 그런 다음 옷장 안에 숨겨버리면 되잖아. 너도 좀 이상해."

마침 우리가 현관문을 통과하고 있었기 때문에, 쇼샤나는 내가 충격을 받고 비틀거리는 모습을 보지 못했다.

잃어버린 훈장. 엄청난 잡동사니 밑에 묻힌 빈 보석함. 솔웨이 할아버지는 훈장을 잃어버린 게 아니다. 누군가 훔쳐 갔다. 누군가 그걸 챙기고 보석함을 찾기 힘든 곳에 쑤셔 넣은 것이다.

누가 그런 짓을 했을까? 수많은 가능성이 있다. 포틀랜드 요양원은 의사와 간호사에 직원과 간병인 들로 아주 번잡한 곳이다. 최근에는 건물에 새로 페인트칠을 하느라 칠장이들도 드나들었다. 아니면 요양원 거주자일 수도 있고, 방문객일 수도 있다.

하지만 용의자가 될 수 있는 사람들을 꼽을 때마다 마음속에 강렬하게 떠오르는 기억이 있었다. 스완슨 여사가 20달러 지폐를 손에 들고 흔드는 모습과 탐욕스러운 손이 그걸 재빨리 낚아채는 모습이 머릿속을 맴돌았다.

베어. 그리고 아론이 그 돈으로 산 피자를 보며 좋아하던 모습이 떠올랐다.

물론 주어진 임무 이상의 용맹함을 보인 전쟁 영웅에게 수여하는 훈장은 고작 20달러에 비할 바가 아니다. 정신이 오락가락하는 할머니의 돈을 탐욕스럽게 낚아챌 수 있는 사람이라면, 그보다 더 가치 있는 물건을 가질 기회를 그냥 지나칠까?

내 얼굴이 하얗게 질렸는지 쇼샤나가 걱정스러운 눈으로 나를 쳐다봤다.

"야, 너 괜찮아? 금방이라도 주저앉을 것처럼 보여."

"괜찮아."

전혀 괜찮지 않았지만 나는 입을 다물기로 했다. 도대체 나는 어떤 친구이기에 솔웨이 할아버지의 훈장을 도둑질한 사람이 아론과 베어라고 의심하는 걸까? 아론과 베어는 어떤 친구들이기에 내가 이토록 쉽게 그 둘이 벌인 짓이라고 믿는 걸까?

두 가지 골치 아픈 의문에 이어 세 번째 의문이 떠올랐다.

이제 어떻게 해야 하지?

15장

브렌든 에스피노자

전국 중학교 비디오 동아리 중에서도 내가 있는 곳으로 그녀가 왔다! 드레오 선생님의 교실에 킴벌리 툴리가 나타났을 때 나는 이성을 잃었다. 첫눈에 반해버렸다.

불행하게도 킴벌리는 아니었다.

아니, 킴벌리도 사랑에 빠진 건 맞다. 체이스와.

몇 달 전만 해도, 체이스를 싫어하는 건 어려운 일이 아니었다. 하지만 사고가 난 뒤로 체이스는 딴사람이 되었다. 그리고 체이스를 알게 될수록 나는 체이스가 더 좋아졌다.

이제 어떡해야 할까? 질투 때문에 내가 좋아하는 사람을 미워해야 할까? 그건 체이스가 나를 괴롭혔을 때만큼이나 불공정한 일이다. 아니, 그보다 더한 것일 수도 있다. 체이스는 킴벌리가 자기를 좋아한다는 사실을 전혀 모르고 있기 때문이다. 뭐 이런 경우가 다 있지? 나는 어떻게든 킴벌리의 관심을 끌기 위해 철로 위에 누워 있는데, 체이스는 킴벌리가 군침을 흘리며 자길 쳐다보고 있다는 사실조차 눈치채지 못하고 있다! 도대체 지붕에서 떨어지면서 머리를 얼마나 세게 박았기에 그러지?

어쨌든, 그래서 킴벌리를 비디오 동아리에 들어오게 했다. 물론 나는 선생님이 아니지만 동아리 회장이니까 괜찮다. 킴벌리한테 좋은 인상을 남길 절호의 기회다. 게다가 비디오 동아리의 공기를 확 바꿔버린 사람이 누구지? 떠오르는 샛별, 체이스다.

내가 누굴 비난할 처지는 못 된다. 체이스를 부원으로 받아들인 사람이 바로 나니까. 체이스의 촬영 기술을 극찬한 것도 나다. 모두가 체이스를 배척하려고 할 때, 나는 오히려 두둔했다. 그리고 서서히 모두가 체이스를 받아들이고 좋아하기 시작했다. 심지어 쇼샤나마저 이젠 체이스를 그렇게 싫어하는 것 같지 않다. 둘이서 공동으로 작업하는 솔웨이 씨에 대한 과제도 아주 훌륭하게 해내고 있다. 둘이서 찍은 영상을 본 적이 있는데, 심사위원들의 마음을 만장일치로 사로잡을 것 같았다. 둘의 가장 큰 문제는 좋은 이야깃거리를 너무 많이 찍어서 어느 것을 편집할지 고르지 못한다는 것이다.

나는 그 틈을 타서 기회를 잡았다. 쇼샤나와 체이스는 전쟁 영웅에 빠져 있고 다른 부원들은 학년앨범에 온 신경을 쏟고 있으니 킴벌리는 나와 함께 유튜브에 올릴 새 영상을 찍기만 하면 된다. 그러면 킴벌리는 나를 체이스보다 매력이 팍 떨어지는 괴짜 중딩이 아니라 타고난 스타 유튜버로 보게 될 것이다.

이 얼마나 완벽한 계획인가!

"싫어." 킴벌리가 말했다.

"왜? 너한테도 카메라를 다룰 좋은 기회인데."

"학년앨범에 들어가는 거야?"

"그것보다 훨씬 좋지. 유튜브에 올릴 거야. 공동 제작에 네 이름도 올라갈 거고!"

"싫어."

나는 결국 절박한 마음에 아무렇게나 내뱉고 말았다.

"체이스도 올 건데."

즉시 효과가 나타났다.

"정말?"

어떻게 됐냐고? 킴벌리가 수락했다. 이제 내가 할 일은 체이스를 설득하는 것뿐이다. 그런데 이번 일의 목적은 킴벌리의 관심을 체이스에서 최대한 나한테 돌리는 것인데, 어쩐지 내가 제대로 하고 있다는 생각이 들지 않는다. 나의 연애 사업이 예상했던 것보다 훨씬 복잡하게 흘러가고 있다.

체이스를 찾아가니, 체이스도 반응이 시큰둥했다.

"저기, 나도 시간이 많지 않아. 쇼샤나랑 솔웨이 할아버지를 촬영하느라 너무 바쁘거든."

"네가 도와주지 않으면 안 된단 말이야." 나는 거의 빌다시피 했다. "킴벌리가 자기도 데려가달라고 하는데, 너도 알다시피 킴벌리는 카메라 다루는 기술이 꽝이잖아. 네가 도와주지 않으면 완전 망해버린다구!"

체이스가 한숨을 쉬었다.

"알았어, 브렌든. 같이 갈게."

이쯤 되니 내가 계획한 일인데도 뭔가 씁쓸한 기분이 들었다. 다행인 건 나한테 놀라운 생각이 있다는 것이다. 일명 '낙엽맨 프로젝트'. 킴벌리도 영상에 나오는 내 모습을 보면 분명 감동받을 것이다. 내 매력을 보여주는 데는 동영상만 한 게 없으니까.

우리는 다음 날 하교 후에 만났다. 나는 모프수트(머리부터 발끝까지 한 벌로 몸에 착 달라붙는 타이즈:옮긴이)며 인라인스케이트, 팬케이크 시럽 열한 병까지 필요한 장비를 모두 챙겨 왔다. 물론 제대로 된 영상은 체이스한테서 나오겠지만 나는 캠코더를 킴벌리한테 한 대, 체이스한테 두 대 건넸다. 킴벌리가 찍은 영상 중에 건질 만한 게 하나라도 있다면 다행이다.

나는 나무 뒤에 숨어서 모프수트를 꺼냈다. 그런데 맙소사! 수트가 하얀색이다. 분명히 엄마한테 검은색을 부탁했는데! 킴벌리 앞에서 볼링 핀이 될 판이다. 하지만 문제를 바로잡기엔 너무 늦어버렸다.

나는 수트와 인라인스케이트를 착용한 뒤, 체이스와 킴벌리 앞으로 미끄러져 갔다.

"좋아, 얘들아. 시럽을 내 몸에 전부 부어."

킴벌리가 나를 알아차리도록 하는 게 목표라면 나는 이미 그 목표를 달성한 셈이다.

"왜?" 킴벌리가 눈을 동그랗게 뜬 채 물었다.

나는 저 멀리 공원 한쪽 끝에 관리인이 쓸어 모은 산처럼 쌓인 낙엽 더미를 가리켰다.

"몸을 시럽으로 도배한 다음 인라인스케이트를 타고 언덕을 내려가 낙엽 더미로 돌진할 거야. 그런 다음 짠! 하고 나타나면 낙엽맨이 되는 거지!"

"낙엽맨이 누군데?" 킴벌리가 당황해서 물었다.

"당연히 나지! 낙엽들이 죄다 시럽에 엉겨 붙을 거 아냐. 그러니까 유튜브 제목도 낙엽맨이 되는 거고, 그러니까…."

체이스가 나를 불쌍하다는 듯 쳐다봤다.

"굉장하겠다."

그러고는 시럽 병 하나를 열어서 내 머리 위에 걸쭉한 시럽을 쏟아 부었다.

모프수트 천을 통해 걸쭉하고 끈적한 느낌이 그대로 전해졌다. 이 모든 계획이 내 예술혼을 불태우기 위한 것이다. 물론 생각대로 되고 있는 것 같진 않지만 킴벌리를 위한 일이기도 하다.

열한 병을 모두 붓고 나자 나는 완전히 시럽에 빠진 꼴이 되었고, 파리가 꼬이기 시작했다.

"좋아. 해보는 거야."

사실대로 말하자면, 나는 세계 최고는 고사하고 인라인스케이트를 전혀 탈 줄 모르기 때문에 언덕 위로 올라갈 수가 없었다. 앞으로 나아가기는커녕 뒤로 밀리기만 해서 결국 체이스와 킴벌리가 나를 언덕 위까지 끌고 갔다. 우리를 이상한 눈으로 쳐다보는 사람들도 있었지만 일단 동영상을 찍기 시작하면 모두의 시선을 사로잡을 것이다.

카메라를 맡은 두 친구가 끈적끈적한 손을 씻고 낙엽 더미 옆에 자리 잡을 때까지 촬영은 잠시 중단됐다. 마침내 체이스가 나한테 녹화 신호를 보냈고, 나는 브레이크를 잡기 위해 발에 실었던 체중을 줄이고 서서히 경사진 언덕길을 내려가기 시작했다.

그런데 얼마 안 가 속도가 빨라지기 시작했다. 몇 초 후, 나는 아찔한 속도로 언덕길을 질주하고 있었다. 인라인스케이트 사용 설명서에 자세를 낮춰 균형을 잡으라고 돼 있지만 나는 너무 겁이 났고, 다리까지 굳어서 무릎을 구부릴 수가 없었다. 가슴이 철렁 내려앉으면서 이번 영상이 생각했던 것보다 파급 효과가 훨씬 클 거라는 사실을 직감했다. '낙엽맨'이라는 제목이 아니라 '끈적끈적한 시럽을 뒤집어쓰고 인라인스케이트 곡예를 하다 온몸의 뼈가 부러진 아이'라는 제목으로 말이다.

흘러내리는 시럽 때문에 눈앞의 것들이 갈색으로 보이는 가운데, 킴벌리와 체이스가 낙엽 더미 옆에 서서 나를 향해 캠코더를 들고 있는 모습이 보였다. 그리고 잠시 후 눈앞이 캄캄해지면서 어마어마한 양의 낙엽이 나를 덮쳤다.

나는 퍽 소리와 함께 낙엽 더미에 곤두박질쳐서 그 속에 파묻히고 말았다. 반쯤 기절한 채로 낙엽 더미 속에 누워 있는데, 바깥에서 어렴풋이 체이스의 웃음소리가 들렸다.

시럽에 전 모프수트에 낙엽이 덕지덕지 붙어 딸려 나오는 바람에 그 난장판에서 빠져나오기까지 오랜 시간이 걸렸다. 얼굴에 붙은 나뭇잎을 떼어내니 처음에 본 것보다 낙엽 더미가 세 배는 더 커 보였고, 하늘 가득 흩어진 낙엽들이 날아다니고 있었다.

마침내 숨을 쉴 수 있게 되자, 나는 허공을 향해 주먹을 날리고 대사를 외쳤다.

"낙엽맨!"

하지만 두 번째 대사는 외칠 수가 없었는데, 어마어마하게 큰 골든 레트리버가 나를 덮쳐 넘어트리고는 올라타 시럽을 핥았기 때문이다. 곧이어 다른 개들이 짖는 소리가 들렸고 공원에 있는 개들이 죄다 내 쪽으로 달려왔다.

나는 가까스로 일어나 인라인스케이트를 타고 도망치려 했지만, 바퀴에 시럽과 낙엽이 뒤엉킨 바람에 발목을 잡히고 말았다. 어기적어기적 세 걸음 뗐다가 바닥에 그대로 곤두박질쳤는데, 하필 개들이 모여 있는 곳이어서 이번에는 개 떼에 파묻히고 말았다. 그 와중에도 열심히 촬영을 하는 체이스의 모습이 보였다. 체이스는 배꼽을 잡고 웃어대면서도 캠코더를 꽉 붙잡고 있었다.

"이해가 안 돼. 이런 게 재밌다고?"

개들이 할짝거리는 소리 너머로 킴벌리의 목소리가 들렸다.

정말 놀라운 것은 이런 일을 겪고 나서도 내가 킴벌리를 예전보다 더 좋아하게 됐다는 사실이다. 말도 못하게 더 많이.

사랑을 하면 장님이 된다고 한다. 그런데 나는 아예 바보가 된 것 같았다.

16장

쇼샤나 웨버

조엘은 멜턴 기숙학교에서 그 어느 때보다 더 비참했다. 나는 조엘이 점점 적응해서 나아지길 바랐지만, 그런 일은 일어나지 않았다.

조엘은 매일 밤 집으로 전화를 걸어 몇 시간이고 통화했다. 기숙학교에 대한 불평은 거의 없었다. 대신 자기가 없는 히아와시에서 일어나는 일들에 대해 일일이 꼬투리를 잡고 짜증을 냈다. 조엘이 향수병 때문에 마음을 다잡지 못하는 게 느껴졌다.

지난밤에는 내가 우리 집 코커스패니얼 미치를 씻기는 장면을 본다며 스카이프로 통화했다. 미치는 낮에 잠시 사라졌다가 돌아왔는데, 꿀인지 시럽인지가 잔뜩 묻은 낙엽 부스러기를 뒤집어쓰고 있었다. 샴푸를 세 번씩이나 하고 한 시간 반 동안 빗질을 하고 나서야 미치는 다시 깨끗해졌다. 그사이 조엘은 영상통화로 모든 과정을 지켜보며 미치한테 말을 걸고 나를 도왔다. 조엘은 심지어 저녁 먹으러 구내식당으로 내려가지도 않았다. 예전엔 미치를 보면 재채기가 난다면서 절대로 한 방에 같이 있으려 하지 않았던 애가 말이다.

나는 조엘한테 솔웨이 할아버지에 대해 말할 엄두가 나지 않았다. 프로젝트를 누구랑 하고 있는지 물어보면 어쩌지? 거짓말을 하진 않겠지만, 조엘한테 어떻게 얘기를 해야 할까? "아, 새로 들어온 친구야…" 하고 대충 얼버무리면 조엘이 단번에 내 마음을 꿰뚫어볼 게 뻔했다. 쌍둥이는 아무리 멀리 떨어져 있어도 서로의 마음을 읽을 수 있다.

조엘은 특히 비디오 동아리 얘기를 꼬치꼬치 캐물었다. 나는 조엘한테 동영상 학년앨범이 만들어지는 과정과 브렌든이 킴벌리한테 자기 존재감을 나타내기 위해 한심하게 애쓰는 모습을 실황중계로 알려줬다. 요즘 조엘이 웃을 일이란 그것밖에 없다. 나는 조엘이 내가 대답하기 곤란한 일에 질문하지 않도록 각별한 주의를 기울였다.

그런데 몇 번인가는 정말 아슬아슬했다.

JW피아노맨 전국 비디오 저널리즘 대회 응모 방법 알아봤어?
쇼시466 2학년이 되니까 숙제가 산더미야.

이게 우리 둘 사이에 오가는 대화다. 나는 거짓말을 하지 않지만, 솔직하게 얘기하지도 못한다.

그건 정말 슬픈 일인데, 솔웨이 할아버지와 하고 있는 작업이 요즘 내 인생에서 가장 큰 부분을 차지하고 있기 때문이다. 우리는 이 일을 이미 2주 전에 끝냈어야 했다. 인터뷰를 그만해도 될 만큼 이미 모아놓은 자료가 너무 많고, 지금도 다 쓸 수 없을 만큼 영상을 찍고 있다.

하지만 할아버지를 만나러 가는 일은 훌륭한 인터뷰를 따기 위한 것 이상으로 큰 의미가 있다. 우리는 할아버지와 진짜 친구가 되었다. 대부분의 경우, 우린 더 이상 일을 하지 않는다. 할아버지와 산책을 나가고 할아버지는 우리한테 점심을 대접한다. 한번은 소풍을 간 적도 있다. 체이스와 나는 할아버지와 정말 가까운 사이가 되었다.

맞다. '체이스와 나'라고 했다.

솔웨이 할아버지가 내 삶의 한 부분이 된 것처럼 조엘과 내가 알파 쥐라고 부르는 그 애도 그렇다. 솔직히 말해서 나는 이제 체이스를 그 별명으로 거의 생각하지 않는다. 물론 그러고 싶다. 그게 웨버 가족의 명예를 지키는 일이니까. 나는 계속 그렇게 해왔다. 체이스가 시궁창 쥐들 중에서도 왜 가장 쥐새끼 같은 녀석인지 대학 수준의 토론회를 열 수도 있다.

하지만 그건 중요하지 않다. 과거의 체이스가 쥐새끼 같은 녀석이었다는 사실은 의문의 여지가 없다. 문제는 체이스가 더 이상 쥐새끼 같지 않다는 사실이다. 체이스는 오류가 모두 제거되고 업그레이드된 2.0 버전의 프로그램 같다.

심지어 베타와 감마 쥐와 함께 있을 때조차 그렇게 나쁘지 않다. 그 셋은 포틀랜드 요양원에서 사회봉사활동을 하기 때문에 여기저기서 자주 마주친다. 여전히 친구처럼 지내지만, 녀석들 사이에는 알 수 없는 긴장감이 흐른다. 아론과 베어가 체이스를 경계하는 것인지, 아니면 체이스가 그 둘을 경계하는 것인지는 잘 모르겠다. 어쩌면 그보다 더 간단한 문제일지도 모른다. 몸집만 큰 얼간이들이 모여 패거리를 만들었는데, 그중 하나가 더 이상 얼간이가 아니면 모든 것이 무너진다.

체이스는 좋은 아이다. 나는 체이스가 풋볼 팀 애들한테서 브렌든을 구해냈을 때 자기 안에 숨어 있던 못된 성질이 무의식중에 나온 거라고 생각했다. 하지만 내 생각이 틀렸다. 나는 그때 체이스한테 어떤 다른 낌새는 없었다고 확신한다.

체이스가 얼마나 많이 변했는지 가장 잘 보여주는 지표는 솔웨이 할아버지를 대하는 방식이다. 솔웨이 할아버지 부부는 아이가 없었다. 체이스는 그런 할아버지한테 한 번도 가져본 적 없는 손자 역할을 해주고 있다. 처음엔 체이스가 명예훈장에만 감동한 줄 알았는데 이젠 그게 아니라는 걸 안다. 둘 사이에는 할아버지가 나를 좋아하는 것 이상으로 강한 유대감이 자리 잡고 있다. 할아버지는 나를 언제나 "네 친구" 또는 가끔 잊고 "네 여자친구"라고 체이스한테 말한다.

솔웨이 할아버지가 처음으로 나를 그렇게 불렀을 때, 체이스의 얼굴색은 푹 삶은 가지 같았다. 장담하는데, 나는 그보다 더 심했다.

"쇼샤나는 제 여자친구가 아니에요." 당황한 체이스가 중얼거렸다. "쟨 그냥…."

체이스는 말하다 말고 입을 꼭 다물었는데, 친구라고 했다가 내가 화를 낼까 봐 걱정하는 눈치였다. 그땐 정말로 화를 냈을지도 모른다. 하지만 지금은 나도 잘 모르겠다.

"우린 같은 동아리 부원일 뿐이에요."

내가 그렇게 대답하자 할아버지가 눈을 깜빡였다.

"계속 그렇게 말할지 두고 보자꾸나."

솔웨이 할아버지는 이제 포틀랜드 요양원에서 더 이상 은둔자가 아니지만, 그렇다고 해서 사람이 사근사근해졌다는 뜻은 아니다. 할아버지는 여전히 자기 생각을 직설적으로 말하는 까칠한 노인이고, 누가 자기 의견에 동조를 하건 말건 전혀 개의치 않는다. 텔레비전 뉴스 해설자를 멍청이라고 부르며 일일이 토를 달고, 허블 우주망원경은 가짜이며 지구로 보내온 사진들은 모두 할리우드 영화 스튜디오에서 조작한 것이라고 생각한다. 할아버지는 먹지 않고 모아둔 통풍 약으로 목걸이를 만들었는데 그 목걸이를 던컨 간호사의 송별회 선물로 줄 거라고 했다. 던컨 간호사는 할아버지 때문에 견딜 수가 없어서 일을 그만둔다고 한다.

"왜 또 그러세요." 체이스가 핀잔을 줬다. "할아버지도 던컨 간호사를 좋아하시잖아요. 던컨 간호사가 할아버지한테 얼마나 잘 해주는데요."

"너무 무능해. 난 통풍이 없다구. 가끔 발이 아픈 것뿐이지. 그 여편네가 내 나이 때 탭댄스를 얼마나 잘 추는지 두고 보자구."

할아버지는 재미있는 분이지만 가끔은 피곤하게 굴 때도 있다.

그럴 때는 할아버지도 지치는지 우리 앞에서 곯아떨어진다. 그러면 우리는 이불을 덮어드리고 까치발로 방을 나간다.

할아버지가 그렇게 곯아떨어진 날, 우리는 간식을 먹으며 그동안 찍은 영상을 살펴보기로 했다. 나는 체이스한테 얼음천국에서 요거트 아이스크림을 먹자고 했다. 우리가 지난번 그 아이스크림 가게에서 만났을 때 어땠는지 생각났을 때는 이미 말을 뱉고 난 후였다.

체이스가 걱정스러운 표정을 짓길래 나는 바로 덧붙였다.

"약속해. 머리에 아무것도 안 엎을게."

얼음천국은 그리 멀지 않은 곳에 있었다. 우리는 용기에 아이스크림을 담고, 구석 자리에 가서 그날 캠코더에 담은 영상들을 되감아 보기 시작했다.

솔웨이 할아버지가 지명타자가 야구를 얼마나 망쳤는지 열변을 토하는 영상을 보는 내내, 우리는 웃음을 참느라 애먹었다. 이미 다섯 편 분량의 영상을 갖고 있는데도 이번 일을 끝내기가 못내 아쉬웠다. 계속 할아버지를 찾아가 영상을 찍고 싶었다.

체이스도 나와 같은 생각이었다.

"이번 일이 끝나도 난 할아버지를 계속 찾아뵐 거야."

"나도 같이 가."

순식간에 나온 말이었다. 내 입에서 그런 말이 나올 줄이야.

"쇼시?"

고개를 들어 보니, 엄마가 작은 요거트 아이스크림 케이크를 들고 계산대 줄에 서 있었다.

바로 그 순간, 엄마의 얼굴이 공포에 질렸다.

"엄마? 왜 그래요—"

그러다가 나랑 함께 있는 사람이 누구인지 엄마가 알아봤다는 사실을 깨달았다. 나는 우리 가족 중 누구에게도 대회에 함께 나가게 된 친구가 누군지 말해주지 않았다. 지금 이 장면이 엄마한테 어떻게 비쳐질지는 너무나 잘 알았다. 나는 지금 조엘의 삶을 불행하게 만든 것도 모자라 이 동네에서 쫓아내기까지 한 끔찍한 불량소년과 얼굴을 맞댄 채 시시덕거리고 있었다.

"엄마가 생각하는 그런 거 아니에요."

엄마의 얼굴 표정이 석상처럼 굳었다.

"차, 밖에 있어. 엄마가 집에 태워줄게."

"하지만 엄마—"

"엄마가 차에 타라고 했어."

체이스가 자리에서 일어났다.

"웨버 아주머니—"

그때까지 엄마는 침착함을 잃지 않았다. 하지만 체이스가 끼어들자, 더 이상 참지 못했다.

"감히 네가 나한테 말을 걸어?" 엄마는 너무 화가 나서 온몸을 부들부들 떨었다. "우리 가족은 모두 너라면 치가 떨려! 만일 내 맘대로 할 수 있었다면, 너랑 네 쓰레기 같은 친구들은 모두 소년원에 갔을 거야!"

"엄마, 모두 제 잘못이에요. 체이스는 상관없다고요! 누굴 비난해야 한다면, 절 비난하세요!"

"너한테 하고 있어!" 엄마가 나를 문밖으로 떠밀면서 체이스를 향해 소리쳤다. "내 딸 근처에 얼씬도 마!"

"엄마, 제 얘기 좀 들어보면 안 돼요?"

"그래, 해보자꾸나. 귀가 짓무르도록 얘기하게 될 거다."

엄마가 아빠한테 전화했고, 아빠는 나와 얘기하기 위해 일찌감치 일을 접고 집으로 돌아왔다. 두 분은 내가 몰래 몹쓸 이중생활을 했다가 들켰다는 식으로 나를 대했다. 내가 지하실에서 100달러짜리 위조지폐를 만들기라도 한 것처럼.

아빠는 최대한 이성적으로 말하려고 애썼다.

"아빠와 엄마는 뭐든 네가 스스로 알아서 하길 원했다. 일절 간섭한 적이 없었지…."

"지금까지는 말이에요."

내가 비꼬듯이 대꾸하자 엄마가 폭발했다.

"우리도 이렇게 될 줄 알았겠니! 쇼시, 잘 들어. 너도 엄마, 아빠를 잘 알잖아. 우린 네 친구가 누구든 간섭하지 않았어. 하지만 하필 그 애라니! 걘 악질 중에 악질이야. 남의 인생을 송두리째 망가트리는 애잖아! 조엘이 바로 그 증거고!"

"체이스는 이제 우리 동아리 부원이에요. 비디오 대회 출품작으로 솔웨이 할아버지를 찍자고 제안한 게 체이스고요. 저도 싫었지만, 그 할아버지는 정말 완벽한 소재란 말이에요!"

"조엘을 괴롭히던 녀석이 갑자기 너한테 관심 갖는 게 이상하다고 생각해본 적 없니?" 아빠가 의문을 제기했다.

"물론 해봤죠! 저도 체이스를 싫어해요! 그러니까 예전의 체이스는 싫다고요. 하지만 체이스는 이제 완전히 달라졌어요! 더 이상 불량소년이 아니라고요. 체이스는 사고 이전에 있었던 일을 아무것도 기억 못 해요."

"그거 참 간편하구나." 아빠가 냉소적으로 말했다.

"저도 똑같이 생각했어요. 체이스가 거짓말로 기억상실증에 걸렸다고 하는 줄 알았죠. 그런데 말이 안 되잖아요. 아무도 그렇게 완벽하게 연기를 할 순 없어요. 그리고 그거 아세요?"

두 분은 내 얘기를 들으려 하지 않았지만, 그래도 알아야 했다.

"처음엔 친구가 아니었어요. 하지만 지금은 친구가 된 것 같아요. 저는 새사람이 된 체이스가 마음에 들어요."

엄마가 나한테 한 대 맞기라도 한 것처럼 움찔했다.

"네 동생은 지금 불행해." 엄마가 떨리는 목소리로 말을 이었다. "자기가 마땅히 살아야 할 집 대신 싫어하는 학교에 전학 갔잖니. 그것도 네가 지금 편들어주고 있는 그 애 때문에 말이야. 그 애가 변했든 아니든 엄마는 상관없어. 어쨌든 우리 가정을 깨트린 애야. 우린 그 애를 절대로 용서할 수 없어."

아빠가 나를 뚫어지게 쳐다봤다.

"네가 요새 누구랑 다니는지는 조엘한테 얘기하지 않았을 거라고 믿는다. 대체 조엘한테 어떻게 설명하려고?"

아빠가 정확히 정곡을 찔렀기 때문에 나는 마음이 아팠다.

"맞아요. 조엘한테 아무것도 말하지 않았어요. 그런데 이제 해야 할까 봐요."

"너 지금 그걸 말이라고 해!" 엄마가 소리 질렀다. "무슨 좋은 꼴을 보려고 그걸 얘기해?"

문득 머릿속에서 어떤 생각이 떠올랐다. 무모한 생각이긴 하지만 가만히 생각해볼수록 말이 되는 것 같았다.

"엄마도 말했잖아요. 조엘이 기숙학교에 적응을 못 하는 것 같다고요. 제 생각엔 조엘이 이곳에서 괴롭힘 당하던 때보다 지금이 더 불행한 것 같아요."

"그게 다 누구 때문인데? 네가 말하는 그 새 친구 때문이야!"

"다른 사람들은 다 빼고 조엘 얘기만 하면 안 돼요? 조엘은 지금 새 학교 때문에 스트레스를 받고 있어요. 그럴 필요가 전혀 없는데도 말이에요."

"그게 무슨 말이야?" 아빠가 물었다.

"조엘이 우리 동네를 떠나야 할 만큼 체이스가 심하게 괴롭힌 건 맞아요. 하지만 그때의 체이스는 이제 없어요. 우리가 아무 이유 없이 조엘을 기숙학교에 그냥 두는 거라면요?"

엄마와 아빠가 동시에 나를 쳐다봤다.

"조엘을 다시 집으로 돌아오게 하자는 거니?"

"조엘이 다른 곳에 가 있을 이유가 더 이상 없잖아요. 체이스는 변했어요. 아론과 베어는 여전히 나쁜 놈들이지만 그중에 최악은 체이스였어요. 조엘은 이곳에 있어야 해요. 조엘도 그러길 바랄 거예요! 이젠 조엘도 여기서 잘 지낼 거라고 확신해요."

나는 두 분이 나한테 화를 낼 거라고 예상하고 마음을 단단히 먹었다. 나는 미쳤다. 꿈을 꾸고 있다. 내 동생의 인생을 가지고 도박을 하는 거나 마찬가지니까.

그런데 뜻밖의 침묵이 이어졌다.

마침내 아빠가 입을 열었다.

"네 생각이 틀린 거면?"

나는 대답할 말이 없었다. 내가 아는 건 동생이 돌아오길 바란다는 것뿐이다. 조엘이 멜턴으로 떠날 때부터 줄곧 그러기를 바랐다.

쇼시466 조엘, 우리 얘기 좀 해.

17장

조엘 웨버

피아노 음정이 불안정하다.

사실 내 삶 전체가 불안정하지만, 피아노 상태가 더 나쁘다.

나는 멜턴 기숙학교를 견딜 수가 없었다. 그곳에 있는 것들은 항상 조율이 잘 되어 있다. 그건 필수다. 모든 학생들이 완벽한 음정을 내야 하고, 악기는 모두 최상의 상태를 유지해야 한다. 심지어 학교 건물 밖에 있는 철제 대문조차 완벽한 B 플랫 음으로 삐걱댄다. 나는 절대음감을 갖고 있다. 그래서 안다.

나는 음악원에 갈 자격이 있는 사람이라고 해서 꼭 음악원에 가야 하는 건 아니라는 사실을 증명했다. 난 피아노를 사랑하지만 멜턴에 다니는 아이들처럼 목숨을 걸 정도는 아니다. 난 피아노로 음악을 만들고 싶지 피아노와 한 몸이 되고 싶은 건 아니다. 거기서는 악기를 연주하는 것으로 충분치 않다. 악기에 죽고 악기에 살아야 하며 함께 숨 쉬고 맛보고 이해해야 한다. 심지어 다른 사람한테 공감하듯 악기한테 공감해야 한다. 진짜다.

나는 그게 너무나도 싫었다. 또 기숙사에서 살아야 하는 것도 싫고, 욕실 하나를 열한 명과 같이 써야 하는 것도 싫었다. 내 룸

메이트도 싫고 그 애의 바이올린도, 그 애의 천식도, 잘 때 하이C보다도 높은 음으로 쌕쌕거리는 것도 싫었다.

하지만 가장 견디기 힘들었던 것은 내가 멜턴에 가야 했던 이유다. 그 세 멍청이가 비행청소년이라는 사실을 모두가 알고 있었지만, 그 때문에 고통을 받는 것은 고스란히 내 몫이었다.

그리고 지금 나는, 그 셋 중에서 우두머리였던 알파 쥐가 지붕에서 떨어져 머리를 다친 뒤로 착해졌다는 말을 믿어야 한다.

좋다. 어찌 됐든 일은 벌어졌다. 나는 집으로 돌아왔고, 음정이 맞지 않는 피아노는 집으로 돌아오기 위해 내가 치러야 할 작은 대가였다.

나는 내가 있어야 할 곳으로 돌아왔다. 행복하다. 하지만….

소원은 신중하게 빌어야 한다. 멜턴에 있을 때, 나는 미치가 너무 보고 싶어서 병이 날 정도였다. 하지만 지금 미치는 나를 미치게 한다. 미치가 나를 다시 만나서 기쁜 건 알겠는데, 나만 졸졸 따라다닌다. 몸에 언제나 개털이 붙어 있어서 재채기가 끊이지 않는다. 그래서 방 밖으로 쫓아내면 미치는 방문 앞에 납작 엎드려서 올림 바 음으로 콧김을 내뿜는다.

엄마와 아빠는 그동안의 일들로 나한테 미안한지 너무 눈치를 봐서 내가 숨이 다 막힐 지경이다. 두 분은 내가 의지할 곳 없는 아이라도 되는 양 시중을 들어준다. 게다가 쇼샤나의 행동도 나를 불편하게 만든다. 예를 들어, 쇼샤나는 새사람이 된 알파 쥐에 대해 쉴 새 없이 얘기를 늘어놓는다.

"체이스가 그러는데, 브렌든이 유튜브 동영상을 찍다가 목이 부러질지도 모른대…."

"솔웨이 할아버지가 체이스랑 팔씨름을 하는데 어떻게든 이기려고 체이스한테 젤리를 던지는 거 있지."

"스쿨버스 운전사를 인터뷰하는데 체이스는 꼼짝 않고 캠코더를 들고 있더라. 철길을 지날 때도 손을 안 떨더라니까…."

나는 참지 못하고 불만을 터트렸다.

"체이스가 이러는데, 체이스가 저러는데! 그 녀석 참 말이 많네!"

쇼샤나는 참을성 있게 이해해줬다. 하지만 그런 행동까지 나를 짜증나게 했다. 왜 모두가 그렇게까지 참고 이해하는 거지? 집에서 살면서 누리는 특권 중 하나가 바로 가족들과 토닥토닥 다툴 수 있다는 건데.

"월요일에 보게 될 테니까 기다려봐. 얼마나 변했는지 보고도 믿지 못할 거야."

"걔가 얼마나 변했든 난 관심 없어. 걔랑 같이 뭘 하게 될 일은 없으니까."

"하지만 곧 체이스를 만나게 될 텐데. 너, 비디오 동아리에 다시 들어올 거지? 체이스도 이제 우리 동아리 부원이야."

"잘됐네."

쇼샤나가 동정 어린 표정으로 나를 쳐다봤다.

"알겠다. 너, 불안하구나?"

뭐, 솔직히 말해서 불안한 건 사실이다. 학교를 떠난 지 벌써 몇 달이 지났고, 그때의 기억이 좋지 않기 때문이다. 괴롭힘을 당하는 건 당해보지 않은 사람에겐 결코 설명할 수 없는 뭔가가 있다. 나쁜 일에 휘말리는 것 이상으로 더 나쁘다. 나를 괴롭히는 사람이 없을 때도 언제 어디서 또 어떤 일을 당할지 모르기 때문에 항상 불안하다. 극심한 피해망상에 사로잡혀서 계단이 입을 벌리고 통째로 나를 삼켜버릴지도 모른다는 상상을 하게 된다. 그런 지경에까지 이르자 나는 피아노 앞이 유일하게 안전한 장소처럼 느껴졌다. 피아노가 코앞에서 산산조각 나던 그날 밤까지는 말이다. 그날 이후 내게 안전한 곳은 어디에도 없었다.

그땐 내 인생 최악의 시간이었기 때문에 나를 멜턴 기숙학교에 보내는 것만이 해답이라고 생각했던 엄마와 아빠를 용서하기로 했다. 지금은 조금 나아졌다. 하지만 그건 멜턴 기숙학교가 더 형편없었기 때문에 상대적으로 돌아온 게 더 나아 보이는 것뿐이다. 나를 희생자로 만든 건 분명 그 녀석들이다. 하지만 그 상태가 너무 오래 지속되다 보면 나 스스로도 내가 희생자로만 느껴지고 그 구덩이에서 빠져나오기는 점점 힘들어진다.

월요일 아침, 쇼샤나와 내가 차에서 내릴 때는 그 구덩이가 더 깊어져 있었다. 히아와시 중학교가 바로 앞에 있었다. 벽돌과 콘크리트가 사악한 의도를 갖고 있을 리 없지만, 나는 건물이 나를 집어삼킬지도 모른다는 생각을 떨쳐버릴 수가 없었다.

지난주, 피츠 교장선생님이 부모님께 전화를 했다. 오늘 아침

학급회의 전에 만나자고 했지만, 나는 거절했다. 교장선생님은 내 뒤에서 단단한 버팀목이 되어주겠다며 안심시키려고 했다. 다 쓸데없다. 예전에도 교장선생님이 내 버팀목이 되어줬지만 그게 다 무슨 소용이지? 비밀 보디가드 말고는 누군가를 백 퍼센트 보호할 방법은 없다. 결국 쓸쓸한 복도에든, 황량한 사물함에든 혼자 남게 된다.

쇼샤나가 나를 돌아봤다.

"준비됐어?"

준비는 되지 않았지만 나는 고개를 끄덕였다.

학교에 들어가자 우리는 순식간에 아이들한테 둘러싸였다. 나는 학교에서 나는 소리가 얼마나 무시무시한지 잊고 있었다. 너무 많아서 도저히 한 음표로는, 아니 어떤 악상으로도 표현할 수 없는 혼돈의 소음들.

아는 얼굴 몇몇이 내 쪽을 돌아보며 내가 돌아온 걸 놀라워했다. *"걔야!"*, *"조엘이 돌아왔어!"*, *"있잖아, 피아노 폭발한 애."* 하고 속삭이는 소리가 들렸다. 나를 동정 어린 표정으로 보는 아이들도 있었고 풋볼 팀인 게 확실한 덩치 큰 애는 적대적인 표정으로 쳐다봤다. 하지만 대부분은 나를 그냥 지나치거나 더 나쁘게는 내가 전학 갔다는 사실조차 모르는 아이들이었다. 그 사실이 무엇보다 나를 더 화나게 만들었다. 나는 내 인생에서 최악의 경험을 했다. 그 때문에 내가 살던 곳을 떠나기까지 해야 했는데, 대다수 사람들의 레이더에는 그 일이 전혀 포착되지 않았다.

우리가 어떻게 '공동체'가 되어야 하는지에 대해 말하는 상담교사들의 말은 허튼소리다. 전부 다. 괴롭히던 희생자가 눈앞에서 사라진 덕분에 체이스 앰브로즈 같은 불량배들은 자기들이 한 짓을 모면하게 되는 것이다.

보디가드에 대한 얘기가 나와서 하는 말인데, 쇼샤나는 내 보디가드인 양 꼭 옆에 붙어 다닌다. 안 그래도 창피한데 한 술 더 떠 쇼샤나는 나를 위해 싸워야 한다고까지 생각한다.

"교실에 가봐야 하는 거 아냐?" 나는 짜증나는 걸 꾹 참으며 말했다.

"아니, 오늘만이라도 너랑 같이 있으려고. 오툴 선생님을 오랫동안 못 보기도 했고…."

"그만 가."

쇼샤나가 걱정스러운 눈으로 쳐다봤다.

"정말 괜찮겠어?"

"아니." 나는 솔직하게 대답했다. "하지만 언제까지 같이 다닐 순 없잖아. 내가 화장실에 가도 따라올 거야?"

"글쎄, 밖에서 기다리면 되지."

"가라고."

수업은 괜찮았다. 멜턴과 다르지 않았다. 학교가 어디든 수학은 그저 수학일 뿐이다.

몇몇 아이들이 그동안 어디 있었냐고 물었고, 내 사정을 아는 아이들은 기숙학교가 어떤 곳인지 물었다. 브렌든 에스피노자는 그동안의 유튜브 활동에 대해 최신 정보를 알려줬고, 나는 '낙엽맨'이 4천 뷰를 달성한 걸 축하해줬다. 아직 대박은 아니지만 지금까지 얻은 가장 많은 뷰였다. 브렌든은 비디오 동아리 얘기를 하면서 킴벌리가 새로 가입했다고 알려줬는데, 킴벌리 얘기를 많이 해서 브렌든이 킴벌리한테 푹 빠졌나 하는 생각이 들었다.

"가장 큰 뉴스는 쇼샤나가 전국 비디오 저널리즘 대회에 참가한다는 거야." 브렌든이 흥분하며 말했다. "부원들 모두 모여서 함께 찍은 영상을 봤는데 정말 끝내주더라. 이제 편집만 하면 되는데, 쇼샤나랑…."

그러다 갑자기 입을 다물고 침묵을 지켰다.

"쇼샤나 파트너가 누군지는 나도 알아."

"너, 체이스가 얼마나 변했는지 보면 깜짝 놀랄걸? 지붕에서 떨어졌을 때 머리가 쪼개져서 누가 새 뇌를 집어넣은 것 같다니까!"

"나도 그렇게 들었어."

누나가 알파 쥐를 칭찬하는 것만큼이나 최악이다. 비디오 동아리 부원들도 체이스의 팬이 되었다니, 생각지도 못한 일이다.

복도에서 체이스를 지나쳤는데, 나는 그 애 얼굴을 본 순간 소스라치게 놀랐다. 그런데 체이스는 내가 투명인간이라도 되는 양 그냥 지나쳤다. 체이스가 정말로 기억상실증에 걸려서 나를 알아보지 못하는 것인지도 모른다.

하지만 베타와 감마 쥐를 피할 방법은 없었다. 7교시 스페인어 시간에 그 둘을 만났다.

"누가 엄마 치마폭으로 기어들어왔는지 봐봐." 베어가 나를 보며 조롱했다.

나는 온몸이 굳었다. 변한 건 아무것도 없다는 게 증명되는 순간이다. 복도에서 체이스를 지나쳤을 때보다 최악이다. 멜턴이냐, 히아와시냐. 내가 택할 수 있는 선택지는 이 둘뿐일까?

아론이 베어의 팔을 잡고 뒤쪽 자리로 끌고 갔다.

"내버려둬. 저런 루저 때문에 더 곤란해질 필욘 없잖아?"

둘은 피아노 안에 폭죽을 넣어 터트린 벌로 사회봉사활동을 하고 있다. 그나마 조금이라도 위안이 된다.

내가 가장 두려운 것은 비디오 동아리다. 멜턴에 있을 때 나는 비디오 동아리가 너무 그리웠다. 도망쳐 나온 것이나 다름없었던 내게 비디오 동아리는 내가 잃어버린 모든 것을 상징했다. 하지만 지금 머릿속에 떠오르는 생각은 오직 그 애를 마주해야 한다는 것뿐이다.

드레오 선생님의 교실에 들어갔을 때, 아이들은 불을 끈 채 영상을 보고 있었다. 쇼샤나의 그 유명한 작품 영상을 보는 모양인데, 스크린에 비친 노인은 익히 들어 알고 있는 솔웨이 씨 같았다. 솔웨이 씨는 전쟁에 대한 이야기를 하고 있었다.

드레오 선생님이 나를 알아보고 영상을 잠시 멈췄다. 그리고 문 앞에 다가와 나를 환영했다.

"조엘, 다시 돌아와서 정말 기쁘구나."

동아리 부원들이 내 주위에 몰려들었다. 킴벌리처럼 처음 보는 얼굴도 있지만, 대부분은 오랜 친구들이었다. 환영받는 건 기분 좋은 일이다. 하지만 마냥 좋아할 수는 없었는데, 체이스가 자기 차례를 기다리며 뒤에서 망설이고 있었기 때문이다.

쇼샤나는 마치 내가 내 인생을 호러 쇼로 만든 녀석을 몰라볼 거라는 듯이 형식적으로 소개했다. 물론 나를 위한 소개가 아니라 체이스를 위한 것이었다.

"체이스, 내 동생 조엘인데 아마 넌 기억 못 할 거야."

체이스는 예전보다 열 배는 더 끔찍해 보였다.

"무슨 말을 해야 할지 모르겠다."

체이스가 입을 뗐다. 그런데 그 목소리는 허세 부리며 오만하게 말하던 알파 쥐의 목소리가 아니었다.

"내가 너한테 무슨 짓을 저질렀는지 사실 하나도 기억이 안 나. 지난 일을 되돌릴 수는 없겠지. 하지만 너한테 정말, 진심으로 미안하다고 말하고 싶어."

그 순간, 나는 깨달았다. 체이스가 정말로 기억상실증에 걸렸고, 이제 우리 사이에 있었던 일을 굳이 끄집어낼 필요가 없다는 사실을. 체이스가 변했고, 자기가 한 일에 진심으로 후회하고 있다는 것을.

물론 그렇다고 변하는 것은 아무것도 없다. 하나도, 절대로. 영원히. 나는 여전히 체이스가 싫다.

18장

체이스 앰브로즈

…체이스 매튜 앰브로즈, 아론 조슈아 하키미안, 그리고 스티븐 베레스퍼드 브랏스키, 이 세 명의 청소년이 악의를 가지고 무모하게 행동함으로써 단순한 공공 시설물 파괴뿐 아니라 공공의 안전을 위태롭게 할 수도 있는 혼란스러운 상황을 야기했다는 것이 당 법원의 판단입니다. 이는 독립적으로 떼어놓고 생각할 수 없는 사건으로 앞으로도 다른 사람들에게 잘못된 행동으로 위협을 줄 가능성이 있습니다. 그러므로 앞서 언급한 청소년들은 담당 사회복지사가 이들의 파괴적인 행동이 시정되었다고 결론 내릴 때까지 사회봉사활동을 하는 것으로 당 법원은 판결합니다…

"안녕, 체이스!"

누군가 내 어깨를 잡자, 나는 펄쩍 뛸 정도로 깜짝 놀랐다. 그 바람에 내 뒤에 와서 줄 선 브렌든이 잔뜩 겁에 질렸다.

나는 아침 먹으러 구내식당에 와서도 머릿속이 복잡했다. 아빠가 응우옌 선생님의 진료 예약에 필요한 출생증명서를 가져오라고 했는데, 엄마의 협탁에서 그걸 찾아냈다. 그런데 내가 찾은 것은 그것만이 아니었다. 아론과 베어, 그리고 나한테 사회봉사활동 명령을 내린 법원 서류 한 통을 보게 되었다.

"왜 그래?" 브렌든이 걱정스럽게 물어봤다. "좀비 떼가 몰려오기라도 할 것 같은 표정이잖아."

이걸 어떻게 설명해야 할까? 좀비 종말론까지는 아니더라도 그것만큼 소름끼치는 일인데. 판사가 한 말이 뇌리에서 떠나질 않았다. *악의를 가지고 무모하게 행동…반성하지 않는 태도…계속 관찰하지 않으면 범죄를 일으킬 가능성이 있음….*

나는 그것이 얼마나 나쁜 짓이었는지 깨닫지 못했다.

아, 물론 조금씩 기억이 나긴 한다. 사고를 당한 뒤 다시 학교에 갔을 때 얼마나 많은 아이들이 나를 피해 다녔고, 지금도 그러고 있는지 기억난다. 나는 이곳에서 요주의 인물이다. 새로운 나로 살면서 예전의 평판과 거리가 멀어지게 된 이유는 오직 하나. 지붕에서 떨어지기 전까지의 13년이라는 시간을 고스란히 잊게 한 기억상실증 덕분이라고 해도 될 것 같다.

몇 주 전까지만 해도 네 살짜리 이복동생은 나를 사스콰치(미국 북서부 산속에 산다고 전해지는, 사람같이 생긴 털북숭이 짐승:옮긴이)처럼 대했다. 예측할 수 없고 위험한 짐승 말이다. 그리고 새엄마는 내가 옆에 있는 게 편해 보이지 않았다.

"브렌든, 내가 얼마나 형편없었어?"

브렌든의 식판에 있던 잉글리시 머핀이 데굴데굴 구르더니 바닥으로 떨어졌다.

"그게 무슨 말이야?" 브렌든이 말을 더듬었다. "네가 없었다면 낙엽맨은 탄생하지 못했을 거야."

"예전에 말이야. 옛날 체이스."

"그게 무슨 상관이야? 그때랑은 전혀 딴사람이 됐는데."

"다른 사람이 됐다는 건 나도 알아. 어떻게 달라졌는데? 내가 너도 괴롭혔었어?"

긴 침묵 뒤에 브렌든이 손가락으로 오른쪽 눈썹을 가리켰다. 살펴보니 1센티미터 길이의 흉터가 눈썹에 가려져 있었다.

내 심장이 튀어나올 듯이 요동치기 시작했다.

"내가 그런 거야?"

"식수대에 고개 숙이고 물을 마시는데, 네가 지나가다 내 뒤통수를 친 거지. 세 바늘 꿰맸어."

"브렌든…" 목이 메어서 소리가 제대로 나오지 않았다. "정말 미안해."

"정말 최악이었던 건, 네가 그냥 가더라는 거야. 넌 뒤돌아볼 생각도 안 했어. 아무것도 안 했지. 너한테는 아무 일도 아니었던 거야. 내가 아무것도 아니었던 거야."

나는 아무 말도 할 수 없었다.

"어쨌든, 넌 이제 달라졌어. 이따가 동아리 교실에서 보자."

나는 브렌든이 멀어져가는 모습을 지켜봤다. 무엇 때문에 마음이 이렇게 어지러운지 모르겠다. 오늘은 전혀 새로울 게 없는 하루인데. 법원 서류에 적힌 내용 때문이다. 오래전의 일들. 나는 학교 곳곳에서 오래전의 그 일들을 마주하고 있다. 굳이 그때의 일을 확인하고 싶다면 조엘 웨버의 눈을 보면 알 수 있다.

두려움. 진정한 두려움이 그 눈 안에 있으니까.

내가 얼마나 달라졌든, 비디오 동아리에서 나를 얼마나 받아주고 쇼샤나가 나를 얼마나 받아주든, 결국은 내가 순진한 아이들을 공포에 떨게 했던 체이스 앰브로즈라는 사실을 지울 수 없다는 걸 깨달았다.

아론과 베어, 그리고 내가 조엘의 삶을 완전히 망가트렸을 때, 우리는 아무 죄책감도 느끼지 않았을 거라는 생각이 든다. 우린 다른 아이들을 괴롭히면서 우월감을 느꼈던 것 같다.

믿거나 말거나 나는 지금, 조엘이 나를 두려워했던 것 이상으로 조엘이 두렵다. 조엘의 눈에서 그 두려움을 다시 보게 된다면 그걸 감당할 수 있을까.

그럼에도 불구하고 쇼샤나와 나의 관계는 날이 갈수록 더 좋아지고 있다. 쇼샤나는 동생이 나를 악마라고 생각한다고 해서 나한테 똑같은 반감을 갖지는 않는다. 얼음천국에 갔던 게 전환점이 됐을까. 그때 쇼샤나는 내 머리에 더 이상 아이스크림을 엎지 않아도 되겠다고 생각했던 것 같다. 중요한 것은 우리가 잘 지낸다는 사실이다. 쇼샤나는 솔웨이 할아버지의 동영상 프로젝트에 나를 공동 제작자로 올렸는데, 무사히 편집 단계까지 왔고 아주

환상적이다. 편집 작업은 힘들었는데 좋은 영상이 너무 많아서였다. 추려야 할 영상을 선택하는 일은 고통스러웠다. 우리는 때론 논쟁을 벌이면서 의견을 나눴다. 진짜 파트너다웠다.

촬영을 마무리한 뒤에도 우리는 솔웨이 할아버지를 자주 찾아갔다. 할아버지한테 가는 길에 쇼샤나는 편집한 영상을 자기네 집 컴퓨터에 백업해놓으려고 집에 들렀다. 쇼샤나는 학교 컴퓨터에 혹시나 문제가 생겨서 편집 영상이 날아갈까 봐 편집증 환자처럼 굴었다.

말할 필요도 없이 나는 웨버네 집에 발을 들여놓을 수 없었다. 쇼샤나가 집으로 들어가 데이터를 옮기는 동안 나는 바깥에서 기다려야 했다.

어느 날 오후, 웨버 아주머니가 창밖을 힐끗 보다가 나를 발견하고 스프링클러를 트는 일이 없길 바라며 서 있는데, 집 안에서 피아노 소리가 흘러나왔다. 나는 히아와시의 음악 영재인 조엘이 치는 거라고 직감했다. 조엘의 연주를 들은 게 이번이 처음은 아니었다. 아론, 베어와 함께 폭죽이 터지는 걸 보려고 강당에 있었을 때 조금 듣긴 했다. 하지만 이 새로운 삶에서는 처음이었다.

조엘은 대단했다. 음악이 마치 강물처럼 흘렀다. 빨라졌다가 다시 느려지고 음색과 결이 바뀌면서 말이다. 피아노가 노래를 부르는 것 같았다. 내가 음악을 조금 더 잘 안다면 이 순간에 더 감사했을지도 모른다.

나는 내가 걷고 있다는 것도 의식하지 못한 채 잔디밭을 가로질러 갔다. 소리를 따라 음악이 흘러나올 법한 건물 측면의 창가로 갔다. 그리고 어느 순간 나도 모르게 덤불 사이에 숨어 창문 안을 들여다보고 있었다. 조엘이 그랜드피아노 앞에 앉아 연주에 빠져 있었다. 순간 나 자신이 부끄러워졌다. 우리는 조엘이 가진 재능 때문에 그 애를 표적으로 삼았던 것이다.

그때 갑자기 누군가가 나타나 나를 공격했다. 나는 완전히 방심해 있었다. 금발 뭉치가 번개처럼 나를 제압하더니 발바닥으로 내 다리를 찍어 누르고 청바지를 물고 늘어졌다. 나는 놀라서 비명을 지르며 뒷걸음질 치다 커다란 나무 덤불 위로 나자빠졌다. 뻣뻣한 나뭇가지와 작은 가시들에 얼굴과 팔이 사정없이 긁혔다. 내가 덤불 위로 넘어지는 순간, 개는 똑똑하게도 몸을 재빨리 피했다. 그리고 꽃밭 가장자리에 서서 사납게 짖어댔다.

음악 소리가 멈추고 조엘이 창가에 나타났다. 울타리에 자빠져 있는 나를 발견하고 조엘의 눈이 공포로 동그래졌다.

"그런 게 아니야!"

창문이 닫혀 있어서 조엘이 내 목소리를 듣지 못할 걸 알면서도 나는 반사적으로 소리쳤다. 조엘한테는 이 상황이 예전에 자길 괴롭히던 인간이 이젠 집까지 찾아와 또 괴롭히려는 것으로 보일 게 분명했다. 나는 왜 이렇게 바보 같을까?

나는 울타리 밖으로 나오려고 안간힘 썼지만 그때마다 몸이 나뭇가지에 긁히고 엉켰다. 게다가 그런 행동이 개를 더 자극해서 개가 맹렬히 짖어댔다.

잠시 뒤, 웨버 아주머니가 잔디밭을 가로질러 오더니 조엘을 향해 말하는 소리가 들렸다.

"조엘, 네가 잘못 본 거야. 체이스 앰브로즈가 여기 있을 리가…."

하지만 나를 발견하고는 입을 다물고 말았다.

"맞죠?" 조엘이 말했다. "제가 말했잖아요! 걔라니까요!"

"저는 쇼샤나를 기다리고 있는 거예요. 솔웨이 할아버지를 만나러 가기로 했거든요."

"그래서 우리 집 울타리에 몰래 숨어 있었다고?" 아주머니가 차갑게 쏘아붙였다.

"음악 소리를 듣고 있었는데 갑자기 개가 덤벼들어서…."

"엄마?" 쇼샤나의 목소리가 들렸다. "무슨 일이에요?"

웨버 아주머니가 경찰을 부르지 않은 건 쇼샤나가 내 말을 증명해줬기 때문이다. 둘은 울타리 밖으로 나를 끌어냈는데, 넘어졌을 때보다 더 아팠다.

"잘했어, 미치." 조엘이 말했다.

"방해해서 죄송합니다." 나는 아주머니를 향해 말했다. "음악을 들으려고 가까이 갔는데, 개가 갑자기 덤벼드는 바람에 넘어졌어요." 이어 조엘한테 덧붙였다. "너, 피아노 정말 잘 친다."

조엘은 아무 대답도 하지 않았다.

웨버 아주머니가 나를 의심스러운 눈으로 쳐다봤다.

"피가 나는구나. 그런 상태로 보내선 안 되겠지."

아주머니는 나를 부엌으로 데려가서 긁히고 상처 난 곳에 소독약을 발라줬다. 좋은 소식은 미치의 이빨이 살가죽까지 파고들진 않았다는 것이다. 나쁜 소식은 가시와 나뭇가지에 사정없이 긁혔다는 것이다. 지붕에서 떨어진 이후 이렇게 아프긴 처음인데, 어쩐지 아주머니는 이 상황을 즐기고 있는 것 같았다.

조엘이 웃는 모습은 처음 봤다. 쇼샤나조차 미소를 띠고 있었다. 안됐다는 표정으로 감추려 애썼지만.

다음에 웨버네 집에 갔을 때, 나는 멀찌감치 서서 쇼샤나가 자료를 백업하고 나오길 기다렸다. 이번에도 조엘은 피아노를 치고 있었다. 옆 창문을 통해 조엘이 건반 앞에 앉아 있는 모습을 볼 수 있었다.

조엘이 문득 고개를 들었다가 나를 발견하고는 일어섰다. 순간 내 머릿속에 떠오른 생각은 이거였다. *아, 이런. 큰일 났네. 조엘이 개를 불러 나를 또 공격하라고 할 거야. 웨버 아주머니를 부르면 더 큰일인데.*

그런데 조엘은 내가 전혀 예상치 못한 행동을 했다. 팔을 뻗어 창문을 열고는 자리로 돌아가 다시 연습을 시작한 것이다.

모르긴 몰라도 조엘은 내가 자기 연주를 들어주길 바라는 것 같았다.

학교에서는 점심시간이 하루 중에 스트레스를 가장 많이 받는 때가 되어버렸다. 나는 번갈아가며 하루는 허리케인스 풋볼 팀과, 그리고 다음 날은 비디오 동아리와 점심을 먹었다. 풋볼 팀 아이들은 나한테 비난을 퍼부어댔는데, '얼간이 집단'이라 불리는 아이들과 어울리는 게 못마땅했기 때문이다. 풋볼 팀 아이들이 농담을 잘하는 건 알겠는데 나는 그 애들이 하는 말이 점점 농담으로 들리지 않았다.

비디오 동아리와 어울릴 때도 조엘이 있어서 어색했다. 내가 식탁 한쪽 구석에 앉으면 조엘이 반대편에 앉았다. 하루는 조엘이 점심시간에 늦어서 남은 자리가 내 옆자리밖에 없었다. 나는 조엘이 내 옆자리에 앉으니 전혀 모르는 아이들과 먹겠다며 저쪽 끝자리로 가버릴 줄 알았다. 실제로 조엘은 조금 망설였다. 하지만 결국 포기하고 내 옆자리에 식판을 내려놓았다.

다들 전쟁이라도 일어날 것처럼 우리를 쳐다봤지만 아무 일도 일어나지 않았다. 그래도 며칠 뒤 아이들은 조엘을 위해 나와 최대한 멀리 떨어진 자리를 맡아줬다.

아론과 베어는 이 모든 일을 주의 깊게 지켜봤다.

"네가 비디오 동아리 샌님들하고 어울리는 건 이해하겠어." 아론이 말했다. "하지만 조엘 웨버라니? 우리가 사회봉사활동 하는 건 다 개 때문이라고!"

"그래," 나는 비꼬는 말투로 받아쳤다. "우린 그 애한테 아무 짓도 하지 않았지."

"오케이, 좋아." 베어가 거들었다. "그런데 걔가 자기 엄마한테 달려가 일러바친 건지도 모르잖아."

"우린 사람들로 붐비는 강당에서 그 애 피아노에 폭죽을 설치했어!" 나는 버럭 소리쳤다. "조엘이 안 이른다고 웨버 아주머니가 눈치 못 챘을 것 같아?"

"그래, 물론 잘한 일은 아니지." 아론이 나를 진정시켰다. "그래서 이렇게 벌을 받고 있잖아, 그렇지? 다 끝난 일이야. 그러니까 그 일은 그만 잊어!"

"왜 조엘인데? 너희가 풋볼을 안 하는 애들은 죄다 얼간이에 찌질이, 루저라고 생각하는 거 알아. 그렇다면 조엘이 다른 애들하고 다를 게 뭐야? 키가 작아서? 재능이 있어서?"

"그걸 왜 우리한테 물어?" 베어가 폭발했다. "걔를 선택한 건 너야! 넌 옛날에 되게 재밌는 애였잖아. 설마 그것도 잊은 거야? 우린 재밌어서 한 것뿐이야. 조엘이 당황하면 당황할수록 특히 네가 더 재밌어했잖아. 조엘이 다른 학교로 갔다는 말을 듣고 우리 마음은 편했던 줄 알아? 하지만 뭐, 우리도 포틀랜드 요양원에 가게 됐으니, 그 녀석이 어디로 갔든 무슨 상관이야?"

내 얼굴에서 핏기가 사라지는 게 느껴졌다. 사고가 있기 전에 내가 무슨 생각을 하면서 살았는지 여실히 보여주는 순간이었다.

인정하기 싫지만 그게 나였다.

그날 오후 쇼샤나와 나는 대회에 출품할 동영상의 마지막 편집 작업을 했다. 제목은 '전사'로 정했다. 솔웨이 할아버지한테 빨리 보여드리고 싶었지만, 평소 하던 대로 작업한 것을 먼저 백업하기 위해 쇼샤나의 집으로 향했다.

여느 때처럼 나는 잔디밭에서 기다렸다. 쇼샤나가 문 앞에 멈춰 서더니 어깨 너머로 나를 쳐다봤다.

"안 들어올 거야?"

머릿속에 오만 가지 생각이 소용돌이쳤다. 내가 잘못 들은 건가? 쇼샤나가 농담하는 거겠지? 웨버 아주머니가 나를 죽이려 들지 않을까? 조엘은? 걔는 어떻고?

그런데 어쩐지 그런 질문을 하나라도 했다가는 모든 게 엉망이 돼서 영영 기회를 잃을 것만 같은 생각이 들었다. 그래서 나는 잠 자코 쇼샤나를 따라 집 안으로 들어갔다.

웨버 아주머니가 잠시 나를 쳐다봤다가 읽고 있던 책으로 눈을 돌렸다. 거실에서는 평소처럼 조엘이 피아노를 치고 있었다.

조엘은 한참 동안 나를 물끄러미 바라보더니 다시 협주곡을 연 주하기 시작했다.

이유는 잘 모르겠지만, 묘한 감정이 밀려오는 걸 몇 번이나 억 눌러야 했다.

19장

베어 브랏스키

조회를 한다는 안내 방송이 나오자 우리는 모두 흥분했다. 왜 아니겠어? 오전 수업에서 해방된다는 말인데. 그런데 왜 모이는 거지? 알 게 뭐야? 상관없잖아?

강당에 가보니 큰 스크린이 설치되어 있었다. 그건 강당의 불을 모두 끈다는 뜻이다. 새벽 3시까지 비디오 게임을 한 누구에겐 쪽잠을 잘 수 있는 절호의 기회다.

아론이 내 옆에 털썩 앉더니 앞좌석 등받이에 다리를 척 올리고 양옆에 두 팔을 걸쳤다. 우리는 티격태격 몸싸움 장난을 하며 자리 쟁탈전을 벌였다.

"야!"

우리 앞에 앉아 있던 루저가 소리를 질렀다. 하지만 자기가 누구한테 소리 질렀는지 알아챈 녀석은 언제 그랬냐는 듯 입을 다물어버렸다. 그리고 친구들과 함께 재빨리 다른 자리를 찾으러 꽁무니를 뺐다.

나는 아론 옆자리에서 졸기 시작했다.

"야, 끝나면 깨워." 아론이 벌써 잠에 취한 채 중얼거렸다.

"네가 날 깨워야 할걸."

우리는 한숨 자기 전에 장난삼아 서로 뒤통수를 때렸다.

바로 그때 깜짝 발표가 있었다. 체이스 앰브로즈와 쇼샤나 웨버가 어떤 바보 같은 대회에 내려고 굉장한 동영상을 만들었는데 그걸 축하하기 위해 모인 것이었다. 나는 교장선생님과 모든 선생님들이 일어나서, 한때 나와 똑같은 녀석이었지만 머리를 다치는 바람에 갑자기 똑똑해진 체이스한테 박수갈채를 보내는 모습을 멍하니 지켜볼 수밖에 없었다.

그런데 갈수록 가관이었다. 단지 축하만 하는 게 아니라 그 동영상도 봐야 했다. 그것도 40분이나 되는 것을. 나는 짜증이 났다. 아론도 허리를 꼿꼿이 세우고 화가 잔뜩 난 얼굴로 무대 위의 체이스와 쇼샤나를 노려봤다.

상영이 시작되자 나는 머리가 터지는 줄 알았다. 제목이 '전사'인데, 포틀랜드 요양원에서 성질이 가장 더러운 덤블도어 영감에 관한 내용이었다! 둘이서 그 영감이랑 많은 시간을 보낸 이유가 있었다.

옆자리의 아론은 귀에서 수증기가 나올 정도였다.

"저 자식, 굳이 봉사활동에 끼어들어 우릴 바보로 만든 걸로는 부족했던 거야." 아론이 끓어오르는 목소리로 말했다. "우리가 봉사활동을 하게 만든 장본인이 바로 쇼샤나 가족이잖아! 저런 녀석이 내 친구라니!"

"왜 하필 솔웨이 씨야? 왜 그러는 거래?"

"그러게. 요양원에 고대 화석이 그렇게나 많은데 하필 성질 더러운 영감을 선택할 게 뭐야."

"그런 말이 아니잖아." 나는 주위를 살피며 속삭였다. "그냥 우연일 리가 없어."

"체이스는 그 일에 대해 아무것도 몰라. 기억상실증에 걸렸잖아."

"진짜로 기억상실증에 걸렸다고 하기엔 뭔가 수상해. 체이스는 풋볼 팀에 곧 복귀할 거라고 얘기하지만 그건 그냥 우릴 속이려고 하는 말 같아. 쇼샤나랑 같이 다니질 않나, 심지어 조엘한테 친절하게 대하질 않나. 일부러 우리랑 어울리지 않으려고 그러는 것 같아."

스크린에 반짝반짝 빛나는 명예훈장을 크게 확대해 찍은 사진이 나왔다. 영상과 함께 쇼샤나의 목소리가 흘러나왔는데, 사진 속 훈장은 솔웨이 씨가 받은 진짜 훈장이 아니라고 했다. 솔웨이 씨는 영웅이지만 겸손해서, 훈장을 받지 못한 전우들의 마음이 상할까 봐 한 번도 그 바보 같은 물건을 목에 건 적이 없다고 했다. 그리고 지금은 훈장을 어디에 뒀는지조차 잊었다고 했다.

"그건 맞아." 내가 중얼거렸다.

"쉿!" 아론이 속삭였다.

마침내 비디오 상영이 끝나자, 체이스와 쇼샤나는 5분 동안이나 기립 박수를 받았다. 나는 그래서 더 화가 났다.

드레오 선생님이 포틀랜드 요양원의 총책임자가 보내온 감사

편지를 읽었다. 동영상을 제작한 학생들의 놀라운 솜씨와 이렇게 훌륭한 학생들을 보내준 학교 측에 감사하다는 내용이 담겨 있었다. 우엑.

아론과 나는 일주일에 3일이나 그곳에 간다. 너무 오래 다녀서 우리도 그곳에 입원할 만큼 나이가 들어버린 것 같다. 그런데도 우리가 그곳에서 얻는 건 뭐지? 간호사들과 덤블도어들의 야유뿐이다. 우리보다 훨씬 나쁜 녀석이었던 체이스는 감사 편지까지 받았는데 말이다.

교실로 돌아가는 게 이렇게 행복했던 적은 없었다.

"이대로 가만히 손 놓고 있을 순 없어." 아론이 옆자리에 앉자 나는 아론한테 말했다. "저 녀석이 우릴 깔아뭉개는데 그냥 보고만 있을 거야?"

아론이 나를 미친놈 취급 안 한 건 생전 처음이었다.

"체이스의 기억을 되살려놓을 좋은 방법이 있어. 진짜 친구가 누구인지 보여주자고."

20장

브렌든 에스피노자

'낙엽맨'은 유튜브 조회 수가 많았지만 기대한 만큼 히트를 치지는 못했다. 내 동영상이 바이러스처럼 퍼져나가려면 사람들이 너도나도 동영상에 대한 얘기를 해야 하는데, 그러려면 일종의 임계치에 도달해야 한다. 안타깝게도 '낙엽맨'이 그렇게 되기엔 역부족이었다.

그 와중에 더 실망스러운 건 '낙엽맨'이 유명해진 만큼 나와 킴벌리의 관계가 더 벌어졌다는 것이다. 킴벌리는 여전히 나를 친절하게 대하지만 그건 내가 미쳤다고 생각하기 때문에 동정심을 보이는 것뿐이다. 나는 우리의 유머 감각이 서로 접점을 찾을 수 없다는 결론을 내렸다. 하지만 책이나 텔레비전 쇼, 영화에 대한 취향이 다르다고 해서 사귈 수 없다는 뜻은 아니다.

킴벌리는 여전히 체이스만 바라보고 있기 때문에 지금 당장은 사귀고 말고가 문제가 아닌 것 같다. 킴벌리가 나를 거들떠보지도 않는다는 사실이 문제다.

어쨌든 새 동영상에 대한 아이디어가 떠올랐다. 이번에는 확실히 킴벌리를 감동시킬 수 있을 것 같다. 특수효과나 기발하게 웃기는 것과는 차원이 다른 영상이다.

이름하여 '원 맨 밴드'. 상상해보라. 장소는 히아와시 중학교 음악실. 녹색 스크린 앞에서 내가 오케스트라 악기들을 연주하는 시늉을 하고 그 모습을 캠코더에 담는다. 그런 다음 편집 프로그램을 이용해서 한 컷씩 찍은 영상들을 각각의 악기 파트에 맞는 자리에 겹쳐서 배치하면 하나의 오케스트라가 탄생한다. 물론 연주자는 모두 나다. 와우!

조엘이 나를 도와 화요일 방과 후에 음악실을 빌렸다. 요즘 음악 동아리는 스타의 귀환으로 흥분에 휩싸여 있다. 지도교사인 길브라이드 선생님이 조엘을 후계자로 삼을 지경이다.

안타깝게도 체이스는 이번에 촬영에서 빠지게 됐다. 의사 선생님을 만나러 다니느라 그동안 치르지 못했던 사회 시험을 봐야 하기 때문이다. 어떻게 보면 나한테는 잘된 일인지도 모르는데, 왜냐하면 1)조엘이 대신 도와주겠다고 나섰는데 조엘 역시 카메라를 잘 다루고, 2)체이스가 기억상실증에 걸렸든 아니든 길브라이드 선생님은 체이스를 절대로 악기 근처에 못 오게 할 것이기 때문이다. 선생님은 산산조각 난 그 피아노를 늘 애도했는데, 누가 보면 베토벤이 그걸 학교에 기증이라도 한 줄 알 것이다. 또 3)킴벌리는 체이스가 있으면 항상 주의가 산만하다. 이번에는 체이스가 없으니까 킴벌리의 관심이 나한테 집중될지도 모른다.

오케스트라를 하는 사람들은 화려한 옷차림을 하기 때문에 나는 턱시도를 빌리고 싶었다. 그렇지만 엄마는 그런 일로 돈을 쓰지 않을 게 뻔하다. 그래서 나는 바르미츠바(유대교에서 13세가 되면 치르는 성인식:옮긴이)에서 입었던 밝은 회색 정장을 꺼내 구두약을 칠했다. 그리고 아빠한테 나비넥타이를 빌려서 턱시도 느낌이 확실히 나도록 연출했다.

화요일에 복장을 모두 갖춰 입고 화장실에서 나오자, 킴벌리가 콧등을 찡그렸다. 그런 모습조차 너무 귀여웠다.

"야, 너 냄새나! 매직잉크를 통째로 뒤집어쓰기라도 한 거야, 뭐야?"

"구두약이야. 급히 옷을 준비하느라 어쩔 수 없었어."

"그냥 평소 입는 거 입으면 안 돼?"

"턱시도가 더 멋있잖아."

"넌 오케스트라 단원도 아니잖아."

뭐, 킴벌리는 나한테 통 관심이 없기 때문에 내가 보낸 문자 메시지를 킴벌리가 읽지 않은 것도 놀랄 일은 아니다. 음악실로 가는 길에 '원 맨 밴드'에 대한 내용을 킴벌리한테 보냈었는데.

킴벌리의 반응은 이랬다.

"시커먼 게 바닥에 뚝뚝 떨어지잖아."

"정말?"

어, 이건 아닌데. 복도를 따라서 줄줄이 구두약의 검은 얼룩이 나 있었다. 하지만 걱정해봤자 너무 늦었다. 일단 촬영을 마친 뒤에 깨끗이 닦아놓으면 된다. 알코올이나 네일 리무버로 문지르면 지워지겠지.

조엘이 음악실에서 우리를 기다리고 있었다. 조엘은 벌써 비디오 동아리에서 사용하는 녹색 스크린을 설치하고 우리한테 필요한 악기들을 모두 배치해놓았다. 체이스의 든든한 손이 없어도 아쉽지 않게 캠코더는 삼각대 위에 장착했고, 가느다란 전원 코드에 연결해 여분의 조명도 설치했다. 촬영을 위한 만반의 준비가 다 된 것이다.

배경음악은 오케스트라 버전의 〈사랑스러운 친구를 위하여〉를 선택했다. 그 곡은 편집 단계에서 삽입하게 되는데, 촬영하는 동안에는 핸드폰으로 곡을 재생해놓고 박자에 맞춰 자연스럽게 악기를 연주할 생각이었다. 트럼펫이나 클라리넷, 색소폰, 플루트, 피콜로 같은 작은 악기들은 어렵지 않다. 하지만 바이올린 같은 현악기들은 박자에 맞춰 활을 켜는 게 중요하다. 트롬본, 팀파니, 특히 심벌즈는 그보다 배로 어렵다. 까딱 실수했다가는 차라리 집어치우는 게 나을지도 모른다.

"나, 이 노래 알아." 촬영에 들어가 20분 동안 같은 곡이 계속 돌아가자 킴벌리가 말했다. "왜 이런 노래를 고른 거야?"

우리는 곡의 종반부에 등장하는 바순, 프렌치호른, 튜바 파트에 있었다. 튜바가 마지막이다. 튜바는 행진곡에 쓰이는 악기인데, 연주하다 보면 비단뱀이 온몸을 감싼 듯한 전율이 흐른다.

"잠깐만. 좀 더 작은 걸로 없어?"

"누가 계단에서 떨어트려서 고치는 중이야." 조엘이 대답했다. "이것 말고는 없어."

그래, 튜바가 빠진 오케스트라는 없지. 나는 비틀거리며 겨우 일어섰다. 튜바는 내 몸보다 더 무겁다. 음악 동아리에서 이 악기를 다루는 6학년 애는 키가 고작 142센티미터 정도다. 그 애는 대체 이걸 어떻게 드는 걸까? 숨이 차서 불기도 힘들 텐데.

킴벌리가 미심쩍어하는 것 같아서 나는 자신감 넘치는 눈빛으로 말했다.

"이 정돈 껌이지."

그런데 실제로는 몸 밖으로 신장결석이 배출될 때 느껴지는 고통이 뒤따랐다. 기대한 결과는 아니었다.

나는 마우스피스에 입술을 대고 마지막 장면을 찍자는 신호로 조엘을 향해 고개를 끄덕였다. 캠코더가 돌아가기 시작했다.

그때, 음악실 문이 쾅 하고 열리더니 갑자기 하얀 거품 줄기가 쏟아졌다. 거품이 얼굴 전체를 덮어서 눈앞이 보이지 않았다. 나는 무거운 튜바 때문에 중심을 잃고 돌기둥처럼 그대로 쓰러졌다. 튜바가 철제 받침대를 치면서 요란한 소리가 났다.

공포에 질린 조엘의 비명 소리가 들렸다. 나는 곧 무슨 일인지 알아차렸다. 튜바와 뒤엉킨 채 교실을 뒤덮은 흰 거품 밖으로 굴러 나오는데, 아론과 베어가 커다란 은색 소화기를 들고 음악실 안을 향해 마구 살포하는 모습이 보였다.

"그만해!" 조엘이 떨리는 목소리로 애원했다.

"글쎄." 아론이 잔인하게 비웃었다. "네가 돌아온 걸 우리가 반겨준 적이 없는 것 같아서 말이야. 그렇게 무례해서야 쓰나!"

"돌아온 걸 환영해, 루저!"

뒤이어 베어가 비아냥대며 거품을 마구 살포했고, 조엘은 머리에서 발끝까지 거품으로 뒤덮였다.

뒤돌아보니, 킴벌리는 가만히 서서 킥킥대고 있었다. 세상에, 우리가 괴롭힘을 당하는 줄도 모르고 동영상 제작 과정의 일부라고 생각하는 것 같았다.

"가서 도움을 청해!"

내가 킴벌리한테 소리치자 베어가 코웃음을 쳤다.

"그래, 도움 좋지. 네 친구 체이스를 부르지 그래?"

일리 있는 말이다. 이 둘을 상대할 사람은 체이스밖에 없다.

"체이스를 데려와!"

내가 다시 킴벌리한테 소리치자 아론이 잔인하게 웃었다.

"야, 머리를 좀 써봐! 우릴 여기로 보낸 게 누구일 것 같냐?"

"자길 사회봉사활동에 보낸 루저가 누군지 체이스가 기억 못할 줄 알았냐?" 베어가 거들었다.

"어서!" 나는 다시 소리쳤다. "체이스는 솔로몬 선생님 교실에 있어—"

거센 거품 세례가 내 입을 틀어막았고, 나는 여전히 튜바와 뒤엉킨 채 뒤로 넘어갔다. 팔이 옆구리에 끼여서 제대로 움직이기 힘들었다. 내가 이 정도로 화가 나는데, 조엘의 심정은 어떨지 충분히 짐작이 갔다. 기껏 어렵게 돌아왔는데 악몽이 다시 시작되는 걸 두 눈으로 지켜보고 있으니.

킴벌리가 쏜살같이 두 네안데르탈인을 지나 문밖으로 뛰쳐나갔다. 아론과 베어는 킴벌리를 막지 않았다. 둘의 관심사는 오직 나, 그리고 조엘뿐이었다.

"야, 악기들 하나하나 살펴봐." 베어가 낄낄거렸다. "나도 열심히 연습하면 위대한 조엘 웨버 같은 음악가가 될 수 있을까?"

베어가 발로 차자, 프렌치호른이 거품으로 반쯤 뒤덮인 교실 바닥을 데굴데굴 굴러가면서 소화기를 쳤다.

"제발 악기는 건드리지 마." 조엘이 흐느꼈다. "길브라이드 선생님께 책임지고 악기를 잘 쓰겠다고 약속했단 말이야."

하지만 그 말이 화근이 되었다. 조엘을 확실히 약 올릴 수 있는 방법을 알아내자, 두 얼간이는 고삐 풀린 망아지처럼 플루트를 작살인 양 던지고 심벌즈를 프리스비처럼 날렸다. 트럼펫과 트럼본을 거품 속에서 굴리고 팀파니를 거꾸로 뒤집었다. 보면대는 사방팔방 내던져졌다. 악보들이 낙엽처럼 여기저기 날렸다.

나는 여전히 튜바와 씨름하면서도 아론과 베어를 향해 꼴사납게 달려들었다. 그러다 젖은 악보를 밟고 미끄러져서 바닥에 쿵 하고 넘어졌다. 조엘이 아론의 어깨를 잡고 악기에서 떼어내려 했지만 아론은 코웃음을 치면서 조엘을 내동댕이쳤다.

바로 그때 체이스가 음악실로 무섭게 달려 들어왔고, 킴벌리가 뒤따라 들어왔다.

"대체 무슨 일이야?" 체이스가 고함을 질렀다.

"야, 왜 이렇게 오래 걸린 거야?" 아론이 사악하게 웃었다.

"지금까지 네가 생각한 것 중에 최고야! 다 네 덕이다, 대장!"

그러면서 베어가 소화기를 들어 체이스한테 건넸다.

체이스는 완전히 넋이 나간 표정이었다.

"다 네 계획이잖아." 아론이 체이스한테 일깨워주려는 듯 다시 말했다. "소화기는 네가 가져!"

체이스는 두 눈을 크게 뜬 채 조각상처럼 서 있었다.

베어의 인내심이 바닥을 드러냈다.

"좋아, 다 널 위해 내가 계획한 일이야."

그러면서 베어가 소화기를 다시 **뺏**으려 했지만 체이스는 소화기 손잡이를 꼭 쥔 채 놓지 않았다.

소화기를 두고 격렬한 몸싸움이 벌어졌다. 체이스가 어마어마한 힘으로 베어의 손아귀에서 소화기를 비틀어 잡아 **뺐**다. 소화기는 체이스의 손에서 위태롭게 휘둘렸고, 조엘은 아론한테 내동댕이쳐졌던 자리에서 막 일어서려 하고 있었다.

퍽 소리와 함께 무거운 금속 소화기가 조엘의 얼굴을 때렸다. 조엘은 다시 거품이 가득한 바닥에 쓰러졌다.

복도에서 웅성거리는 소리가 나더니 선생님 여섯 명이 음악실로 달려 들어왔다. 길브라이드 선생님이 맨 앞에 있었다.

"이게 대체 다 무슨 일이야? 조엘 웨버는 어디 있지?"

조엘이 앓는 소리를 내며 일어나 앉았다. 얼굴이 거품으로 범벅돼 있었지만 왼쪽 눈가가 시퍼렇게 멍든 게 보였다.

그 순간 나는 이 상황이 선생님들 눈에 어떻게 비쳐질지 생각했다. 음악실은 재난 수준이었다. 온갖 악기와 보면대, 책, 악보가 사방으로 흩어진 채 온통 거품으로 뒤덮여 있다. 학교에서 가장 악명 높은 불량소년 셋이 바로 이 자리에 있는데, 그중 체이스는 소화기를 들고 있다. 그리고 조엘의 얼굴은 끔찍하게 부어올랐다. 누가 봐도 폭행을 당한 피해자로 보인다.

"선생님이 보시는 것과는 달라요!"

나는 숨을 헐떡이며 말하다가 입을 다물었다. 만약 보이는 그대로가 맞다면? 아론과 베어는 체이스를 불러오라고 말했다. 두 녀석이 말한 것처럼 체이스가 이 모든 일의 주동자라면?

선생님들은 내 말을 듣지 않았다. 선생님들은 오직 이 위기를 어떻게 넘길지에만 관심이 있었다. 길브라이드 선생님은 조엘을 서둘러 양호실로 보냈고, 다른 선생님들은 아론과 베어, 체이스를 교장실로 데려갔다. 킴벌리도 따라갔는데, 이 순간에도 킴벌리는 체이스만 걱정하고 있었다.

모든 일이 순식간에 마무리되었다. 나는 여전히 튜바에 뒤엉킨 채 발버둥 치고 있었다. 무거운 한숨과 함께 이 금관악기의 거추장스러운 촉수에서 빠져나오려고 온몸을 비틀고 흔들어댔다. 하지만 겨우 3센티미터 정도나 빠졌을까. 이대로라면 여기서 밤을 새야 할 것 같았다.

구두약 때문에 회색이 된 거품을 뚝뚝 흘리면서 튜바에서 빠져나오려고 꿈틀대는 사이, 나는 이번 일에서 가장 끔찍한 게 내가 튜바에 갇혔다는 사실이 아니라는 걸 알았다. '원 맨 밴드'가 세상의 빛을 보지 못하게 되리라는 것도 슬프지 않았다. 정말 슬픈 건 킴벌리가 이런 끔찍한 상황에 나를 내버려둔 채, 체이스를 따라간 것이었다.

생각이 거기까지 미치자, 진정한 현실충은 바로 나 자신이라는 사실을 깨달았다. 아론도 베어도 아닌 바로 내가 진정한 현실충이었다. 나는 내 친구 체이스가 실은 내 친구가 아닐지도 모른다는 사실보다 내 연애생활에 더 신경 쓰고 있었다.

아니야, 그렇지 않아! 나는 자책했다. *예전에는 체이스가 그랬을지 몰라도 이젠 절대로 아니야!*

하지만 내 눈과 귀가 그 증거다. 쓰레기장이 된 음악실도, 또다시 폭행을 당한 불쌍한 조엘도 그 증거다. 체이스는 예전의 형편없는 친구들을 앞에 두고 마지막 일격을 가했다.

나는 악기를 놓는 계단 끝에 앉아서 고개를 떨궜다. 너무 우울해서 더 이상 튜바와 사투를 벌일 힘조차 없었다.

물에 젖은 운동화가 찰박찰박 다가오는 소리에 울적한 기분이 달아났다. 고개를 들어 보니 킴벌리가 내 앞에 서 있었다.

"튜바에서 끄집어내줘야 할 것 같아서." 킴벌리가 말했다.

심장이 마구 뛰기 시작했다.

희망이 보인다.

21장

체이스 앰브로즈

아론, 베어와 함께 교장실에 앉아 처벌이 내려지길 기다리는 게 예전의 나에겐 익숙했을지 모른다. 아론은 의자에 우리 엉덩이 자국이 남아 있을 거라고 장담했다. 나는 아무 기억도 나지 않지만, 우리가 이곳에서 많은 시간을 보냈으리라는 사실은 인정했다.

아론이 의자에 편안하게 앉아서 나를 향해 싱긋 웃었다.

"집만큼 좋은 데가 없지."

나는 웃어줄 기분이 아니었다.

"너희 둘 다 미쳤어? 대체 왜 그러는 거야?"

베어가 눈을 굴렸다.

"오, 징징대지 마. 불쌍한 범생이들 같으니라구."

"그 애들은 그렇다 치고, 난 어쩌라는 거야? 너희 때문에 나까지 엄청난 일에 휘말렸잖아! 너흰 또 어떻고? 이번 일로 풋볼 팀에서 쫓겨날지도 몰라! 대체 왜?"

베어는 계속 싱글거렸다.

"그래도 우린 조엘의 얼굴을 그 지경으로 만들진 않았어."

"그건 사고였어!"

"과연 교장선생님이 그 말을 믿을까? 누가 네 편을 들어줄까? 비디오 동아리 범생이들이? 내 생각엔 이젠 걔들이 널 친구로 생각 안 할 것 같은데."

나는 너무 화가 나서 간신히 대꾸할 말을 생각해냈다.

"그래서 나를 함정에 빠트리려고 이런 일을 벌인 거야? 우린 친구인 줄 알았는데! 내 인생 하나 망가트리려고 너희 인생이 어떻게 될지는 신경도 안 쓰다니!"

아론이 침착하게 말했다. "아무도 망하지 않아."

"지금 제정신이야? 우린 이제 사회봉사활동은커녕 퇴학당할지도 모른다고! 교장선생님이 지금 경찰과 통화하고 있지 않기만을 바라야지."

"진정해." 아론이 목소리를 낮춰 말했다. "우린 친구 맞아. 너한테 나쁜 일이 생기도록 놔두진 않을 테니 걱정 마. 우리만 믿어. 내가 하는 말에 무조건 맞장구만 치면 아무 일 없을 거야."

"음악실이 엉망이 된 건 어떻게 설명할 건데?"

그때 방아쇠를 당길 때처럼 딸각 소리가 나면서 교장실 문이 열렸다. 이어 교장선생님이 우리 앞에 나타났다. 화가 났다기보다는 얼음처럼 차가운 표정이었는데, 오히려 그게 더 무서웠다. 이번 일은 어떤 변명을 한다 해도 교장선생님이 화를 내는 게 당연하다.

교장선생님이 우리를 교장실 안으로 안내한 다음, 의자에 앉았다. 우리는 책상 앞에 나란히 섰다.

"또 너희 셋이구나. 교장실에서 더는 볼 일 없길 바랐는데…."

교장선생님이 나를 보더니 슬픈 표정으로 고개를 저었다.

"좋아. 무슨 일인지 들어보자."

내가 입을 열려는 순간, 아론이 끼어들었다.

"우린 잘못한 게 없어요. 베어랑 제가 음악실을 지나가는데 문틈에서 연기가 나왔어요. 그래서 소화기를 들고 들어가 뿌렸죠. 비디오 동아리 애들이 동영상을 찍고 있는 것 같았는데, 불빛이 엄청 많았어요. 어디서 합선이 돼서 불이 났던 것 같아요. 체이스가 비명 소리를 듣고 달려와 도와주려는데, 비디오 동아리 애들이 자기네 작품을 망쳤다고 우리한테 막 달려들더라고요. 그러다가 조엘이 소화기로 맞게 된 거고요."

교장선생님이 눈살을 찌푸렸다.

"그 자리에 있었던 애들 말은 그게 아니던데."

베어가 이해한다는 듯 고개를 끄덕였다.

"비디오 동아리 애들을 너무 나무라지 않으시면 좋겠어요. 자기들 때문에 불이 났다고 걱정하고 있을 테니까요."

교장선생님 눈가의 주름이 더 깊어졌다.

"연기 냄새를 맡았다는 선생님은 아무도 없었다."

아론이 다행이라는 듯 한숨을 내쉬었다.

"우리가 제때 발견해서 정말 다행이에요."

교장선생님이 눈을 돌려 나를 쳐다봤다.

"일이 그렇게 된 거라고?"

바로 지금이다. 아론의 이 말도 안 되는 거짓말을 폭로하고 나의 결백을 증명할 때. 물론 교장선생님은 내가 함정에 빠졌다는 말을 절대로 믿지 않을 것이다. 하지만 적어도 두 친구를 질주하는 버스에서 내리게 할 수 있다면 그것만으로도 만족이다.

"말해볼래?"

교장선생님이 재촉했다. 그런데 놀랍게도 교장선생님은 전혀 화난 표정이 아니었다. 그저 잠자코 내 대답을 기다렸다. 나는 교장선생님이 듣길 바라는 대답이 뭔지 알 것 같았다. 교장선생님은 내가 아론과 베어의 말에 동의하기를 바라고 있는 것이다.

왜 교장선생님은 우리 같은 비행청소년들이 이런 어마어마한 사건을 일으키고도 처벌을 면하길 바라는 걸까? 나는 경험을 되살려 추측해봤다. 아마 우리 셋을 혹독하게 처벌하는 일이 교장선생님에겐 엄청나게 귀찮은 일이 될 수도 있다. 세 쌍의 불행한 부모를 만나야 하고 서류 작업도 세 배로 해야 한다. 학교 운영위원회를 소집해야 하고 법정에 서야 할 수도 있으며 모든 것이 세 배로 복잡해진다.

그러다가 벽에 걸린 사진들이 눈에 들어왔다. 두 장의 주 선수권 대회 사진에 나와 아빠가 있다. 아론과 베어까지 없으면 허리케인스는 무너질 것이고 그렇게 되면 내가 복귀할 기회도 사라지게 된다.

그래서 나는 중얼거렸다.

"네."

"뭐라고 했지?"

아주 간단한 대답인데도 쉽게 말이 떨어지지 않았다.

"네, 아론이 말한 그대로예요."

교장선생님이 안도의 표정을 짓자 나는 내가 시기적절한 대답을 했다는 걸 알았다. 아론과 베어는 둘 다 웃고 있었는데, 축하 세리머니를 하고 싶은 걸 간신히 참고 있는 게 다 보였다. 둘은 곤란한 상황을 모면했고, 나도 그렇다.

하지만 처벌을 아예 안 받는 건 아니었다. 우리는 스스로 문제를 해결하려 하기 전에 다른 사람한테 도움을 요청하는 방법이라든지, 화재경보기를 울리는 방법에 대해 일장 연설을 들어야 했다. 교장선생님은 우리가 혼자서 집에 가는 걸 허락하지 않았다. 부모님들을 불러 우리를 데려가라고 했다.

대기실에서 부모님을 기다리는 동안, 아론과 베어는 서로 등을 토닥이며 이 '놀라운 위기 탈출 작전'의 성공을 자축했다.

"체이스가 마지막에 일을 망칠까 봐 걱정했는데." 아론이 말했다. "하지만 역시 잘해냈어. 체이스는 우리 편이라고 했지?"

나는 아무 대꾸도 하지 않았지만 속으로 이렇게 생각했다.

맞아. 난 이 두 녀석의 방패막이가 되어줬어. 살길이 보이자 난 덥석 붙잡았어.

결국 나는 예전의 나로 다시 돌아갔다. 늘 이런 식이었다. 문제를 일으키고, 거짓말을 하고, 그 짓을 되풀이하고.

다행히 두 친구는 자축하느라 정신없어서 내가 대화에 끼지 않는다는 사실을 알아채지 못했다.

베어가 먼저 갔고, 그다음에 아론이 떠났다. 잠시 후 앰브로즈 일렉트릭 트럭이 주차장으로 들어왔다. 나는 엄마가 평소보다 일을 빨리 마치고 내 문제를 해결하러 오는 걸 별로 달가워하지 않는다는 사실을 직감했다.

예상대로 엄마가 아니라 아빠였다.

아빠가 나를 보고 활짝 웃었다.

나는 조수석에 올라탔다.

"왜요?"

아빠가 주먹으로 내 어깨를 장난스럽게 쳤다.

"교장선생님께 다 들었다. 무슨 말씀인지 감 잡았지. 잘했다, 챔피언."

"자랑할 일이 아니에요, 아빠."

아빠가 웃었다.

"너랑 아론, 베어 때문에 아빠가 학교에 불려오는 게 처음인 줄 아니? 당연히 기분이 좋진 않지. 하지만 일이 잘 해결됐으니, 결국 잘된 거야."

나는 "그렇지 않아요." 하고 말할 뻔했지만, 그건 사실이 아니었다. 내가 고통의 늪에 빠져 헤어 나오지 못할 수도 있었는데, 그렇지 않으니까.

내가 후회하는 건 이 일에서 벗어나고 결백해진 방법에 있었다.

다음 날 아침 학교에 도착하니, 드레오 선생님이 사물함 앞에서 나를 기다리고 있었다.

"무슨 일인지 다 들으셨죠? 비디오 동아리에 가면 브렌든이랑 조엘, 킴벌리한테 사과할게요."

내가 망설임 없이 말하자, 선생님이 슬픈 표정을 지었다.

"미안하구나, 체이스. 넌 이제 비디오 동아리 부원이 아니야."

내가 눈치 없는 바보라서 그런 건지 모르겠지만 나는 그 말을 듣고 정말 놀랐다.

"아무도 제 잘못이 아니었다고 말하지 않았나요?"

목구멍에 볼링공이 걸린 것 같았다. 나도 내가 한 말을 확신할 수 없었기 때문이다.

"어젯밤 조엘 부모님과 통화했다. 조엘은 괜찮다는데, 가족들이 정말 화가 많이 났어. 너 때문에 다쳤다고 생각하시거든."

"브렌든은요? 브렌든은 제가 결백하다는 걸 알고 있어요."

"브렌든하고도 얘기해봤어. 네가 관여된 일인지 확실히 얘기 못하겠다고 하더구나. 하지만 네가 결백하다곤 말하지 않았어."

드레오 선생님이 속을 꿰뚫어보듯 나를 쳐다봤다.

"게다가 네 친구들이 전기 누전으로 화재가 났다고 꾸며낸 걸 네가 눈감아줬기 때문에 어쩔 수가 없단다."

가슴이 철렁 내려앉았다. 선생님 말이 맞다. 나는 위기를 모면

하려고 그 녀석들이 한 거짓말에 동조했고, 그게 비디오 동아리 친구들한테 어떻게 비쳐질지는 생각하지 못했다. 동아리 친구들은 불이 나지 않았다는 걸 알고 있다.

그 녀석들은 예전의 내가 다시 나타나기를 기다리고 있었다. 결국 나는 녀석들의 기대대로 그렇게 됐고.

"부원들이 저를 퇴출시킨 거군요."

드레오 선생님이 고개를 저었다.

"그 결정은 내가 한 거야. 정말 미안하구나, 체이스. 넌 정말 잘해왔어. '전사'는 선생님이 본 중등부 작품 중에 최고였어."

나는 쇼샤나가 얼마나 화나 있을지, 그 생각만 났다.

"괜찮아요, 드레오 선생님." 목소리를 차분히 내는 게 이토록 어려운 일인지 새삼 놀랐다. "비디오 동아리 근처엔 얼씬도 하지 않을게요."

괴로웠다. 하지만 정말 괴로운 건 지금 내가 괴롭다는 사실이었다. 비디오 동아리 범생이들이 이제 나를 필요로 하지 않는다는데 내가 뭐가 아쉽다고 이러는 걸까?

순간 나는 움찔했다. 비디오 동아리 범생이들이라니, 아론과 베어가 그 애들을 부르는 방식인데. 아무리 화가 났다지만 녀석들이 하는 말을 쓸 만큼 비열해져서는 안 된다. 나는 형편없이 망가진 내가 원망스러웠지만 아론과 베어가 더 원망스러웠다.

두 녀석은 우리 사이가 아주 대단한 것이라도 되는 양 휘젓고 다녔다. 우스운 건 내가 두 녀석이 저지른 수많은 범죄 행동을 그냥 지나칠 수 있는 방법을 찾아냈다는 것이다. 거기엔 어쩌면 전쟁 영웅의 훈장을 훔친 것도 포함될지 모른다. 하지만 두 녀석을 정말 용서할 수 없는 건 모든 일을 마치 나 혼자 계획한 것인 양 말했다는 것이다. 나는 나 자신을 보호하기 위해 녀석들한테 동조한 것이다.

나는 두 녀석과 마주치지 않으려고 일부러 복도를 돌아서 다니기 시작했다.

그나마 한 가지 위안이 있다면 오늘 조퇴를 한다는 것이다. 아빠가 11시에 나를 데리러 오면 스포츠의학 전문의인 응우옌 선생님을 만나러 간다. 그럼 점심시간에 풋볼 팀 아이들과 앉지 않아도 된다. 비디오 동아리 아이들과도 앞으로 점심을 같이 먹게 될 일은 없을 것이다.

남은 학년 내내 식욕을 잃을 수는 없을까?

나는 브렌든과 여러 번 눈이 마주쳤지만 그때마다 브렌든은 재빨리 돌아서 가버렸다. 쇼샤나는 내가 보일 때마다 티타늄이라도 녹일 것처럼 불타는 눈빛으로 쏘아봤다.

조엘은 아예 학교에 오지 않는 것 같았다.

진료실에 다시 들어온 응우옌 선생님이 밝게 웃었다.

"자, 너한테 전해줄 좋은 소식과 더 좋은 소식이 있다. 우선 좋은 소식은 뇌진탕 증상이 사라졌고 네가 모든 면에서 아주 건강

하다는 거야. 더 좋은 소식은 이제 아무 걱정 없이 풋볼 팀에 복귀할 수 있도록 내가 방금 서류에 서명했다는 거야. 축하해."

허, 대박! 아빠가 해냈다. 그렇게 찾고 또 찾더니 드디어 사형 선고를 받은 사람을 끝끝내 저 필드로 내보낼 수 있도록 손써주는 의사를 만났다. 그것도 100킬로미터나 떨어진 곳에서.

머스탱을 타고 집으로 돌아오는 길에, 아빠는 특별한 이유 없이 경기 출전을 하지 못하게 한 쿠퍼맨 선생님을 "꼴통"이라고 욕했다.

"쿠퍼맨 선생님 진료실엔 하버드 의대 졸업장이 있는데, 응우옌 선생님 진료실엔 아무것도 없던걸요."

아빠가 운전대에 얼굴을 묻고 웃었다.

"아이비리그 속물 출신이 아니라고 해서 합법적인 의료인이 아닌 건 아니다. 챔피언, 얼마나 기쁜 소식이냐! 넌 팀에 복귀하는 거야! 네가 뛰면 그 머저리들도 다시 승리를 거둘 수 있겠지."

"3주 뒤에나 가능해요. 학교 규정이 그래요. 처음 일주일은 체력 단련만 하고 2주일은 실전 투입되기 전에 장비를 갖추고 연습하죠."

"마지막 시즌 플레이오프 경기에 딱 맞출 수 있겠구나."

아빠가 득의만만하게 웃으며 말했다.

나는 내가 다시 풋볼을 할 수 있다는 게 그리 기쁘지 않았다. 응우옌 선생님은 아빠가 돈을 두둑이 쥐여주기만 하면 내가 세쌍둥이를 임신했다는 증명 서류에도 서명할 사람이다. 하지만 내가 께름칙한 건 의학적인 문제 때문이 아니다. 나도 내가 괜찮다는 걸 안다. 쿠퍼맨 선생님도 이미 수차례 그렇게 말했다.

물론 나도 경기에 관심이 있고, 다른 사람들이 얘기하는 것처럼 정말로 내가 예전만큼 잘할 수 있을지 알고 싶다.

문제는 풋볼을 했던 내가 예전의 나라는 것이다. 나는 예전의 그 체이스로 돌아가고 싶지 않다. 얼마 전 아론과 베어가 나를 곤경에 몰아넣었을 때, 기억을 잃기 전에 했던 행동들이 나한테 얼마나 빨리 나타났는지 보면 알 수 있다.

하지만 허리케인스가 아니라면 내가 선택할 수 있는 또 다른 길이 있을까? 비디오 동아리에서 쫓겨났고, 거기서 사귀었던 친구들은 모두 나를 떠나갔다.

"결국 모든 게 다 제자리로 돌아왔어, 챔피언."

"하지만 제가 원한 게 이런 게 아니라면요."

"무슨 말이야? 계집애 같은 애들이 널 쫓아냈다고 이러는 거야?"

아빠는 왜 내가 비디오 동아리 일로 이렇게 마음이 아픈지를 전혀 이해 못 한다. 사실 나도 내가 왜 이런지 잘 모르겠다.

"아이들이 아니에요. 저를 쫓아낸 건 드레오 선생님이에요."

"선생님이라." 아빠가 콧방귀를 뀌었다. "그 사람들은 자기가 책임을 다하고 있다는 걸 보여줘야 하니까 널 처벌할 수밖에 없지. 하지만 풋볼 팀에선 넌 물론이고 네 친구 베어와 아론도 절대 쫓아내지 못해. 내가 경기를 뛸 때는 선생님들이 다 내 손아귀에 있었어. 물론 때론 정학을 당하기도 했지만 명분상일 뿐이고, 주선수권 대회를 치르고 나니 모두 내 맘대로 할 수 있었지."

나는 처음으로 마음에 담아뒀던 말을 소리 내어 크게 말했다.

"아론과 베어는 이제 제 친구가 아니에요."

"오, 제발 챔피언, 그렇게 굴면 안 돼." 아빠가 웃으면서 말했다. "이번에도 조엘이란 애랑 얽혀서 사고가 났어. 예전의 너로 돌아가는 게 평생 걸릴 것처럼 보일 수도 있겠지. 지금 이 말은 엄마한테 하지 마라. 아빤 네가 자랑스러워. 네 입장을 아주 확실히 보여준 거니까."

나는 내가 뭔가를 확실히 보여주려고 한 일이 아니라는 걸 아빠한테 굳이 설명하지 않았다. 내가 보기엔 아론과 베어가 나한테 확실히 뭔가를 보여주려고 했던 것 같다. 그 과정에서 끔찍한 기억과 소화기 거품만이 남았다.

아빠는 나를 집 앞에 내려주면서, 학교에 가면 새로 서명 받은 서류를 제출해서 풋볼 팀 합류를 허락받으라고 당부했다. 나는 분명히 그렇게 할 것이다. 내가 원해서가 아니라, 이젠 싫다고 말하기도 지쳤기 때문이다. 불행은 인간 삶의 원동력을 모두 앗아 가버린다.

나는 위층 내 방으로 올라가 창밖의 경사진 지붕을 바라봤다. 그런데 이상하게도 바로 그때, 예전의 기억이 떠올랐다. 혼자 생각하고 싶은 일이 있을 때 지붕으로 나갔던 기억.

나는 충동적으로 창문을 위로 밀어 올렸다. 그리고 창밖으로 다리를 내밀었다. 조심조심 지붕 위로 기어 올라갔다. 지붕 위로 올라가면 공포에 휩싸일 줄 알았는데, 사실 경사가 완만한 지붕 널 위에 있으니 꽤나 편안했다. 심지어 익숙하기까지 했다. 사고 이후 이곳에 올라온 적은 한 번도 없는데 말이다.

놀랍게도 나는 본능적으로 익숙한 자세로 균형을 잡았다. 엉덩이를 낮추고 무릎을 구부리고 발바닥이 떨어지지 않도록 쫙 폈다. 머리는 기억상실증에 걸렸지만 몸의 근육은 여전히 기억하고 있는 것이다.

내가 왜 예전에 지붕 위에 올라가는 걸 좋아했는지 알 것 같았다. 여긴 평화롭고 혼자만의 공간이다. 동네 전체가 훤히 보이는 이 위에서는 아무것도 나를 건드리지 못한다.

학교가 보이고, 풋볼 경기장이 보인다. 멀지 않은 시내에 솔웨이 할아버지가 사는 포틀랜드 요양원도 보이고, '낙엽맨'을 찍었던 공원도 보인다. 그 생각만으로도 다시 목구멍에 볼링공을 삼킨 기분이 됐다. '낙엽맨'은 브렌든의 정신 나간 동영상 작품 중에 내가 마지막으로 함께 만든 것이다.

아빠는 내가 예전의 체이스로 돌아왔다고 했다. 사실 나도 언젠가는 그리 되기를 바랐다.

하지만 지금은 새로운 체이스가 내 삶의 전부가 되었는데…

이젠 그것마저 잃었다.

22장

쇼샤나 웨버

나는 인류 역사를 통틀어 세상에서 가장 멍청한 인간이다.

학교에서 전 과목 A학점을 받지만 그건 아무 소용이 없다. 학점이 증명하는 것은 내가 지리 시험을 위해 어떻게 공부해야 할지 안다는 것뿐이다. 사람을 파악하는 데 나는 F학점이다.

나는 그 머저리가, 알파 쥐가 나를 부추겨서 자기가 달라졌으며 좋은 사람이 되었다고 믿게 만들도록 내버려뒀다. 표범은 절대로 자기 무늬를 바꾸지 않는 법이다. 체이스 앰브로즈 같은 인간은 타락한 인생을 계획하면서 그 무늬를 더 늘려간다. 지붕에서 떨어지고 기억상실증에 걸리는 건 분명 심각한 일이다. 그렇지만 어제의 일을 기억하지 못한다고 해서 오늘의 내가 썩어빠진 사람이 아니라는 뜻은 아니다.

이젠 불쌍한 조엘을 쳐다볼 수조차 없다. 조엘의 눈이 대포에 맞은 것처럼 보여서만은 아니다. 모두 내 잘못이다. 부모님께 문제가 될 일은 아무것도 없고 조엘이 집으로 돌아와도 안전하다고 설득한 사람이 나니까. 결국 나는 조엘을 다시 같은 곳으로 끌어들였다. 작년에 조엘의 영혼을 거의 산산조각 냈던 그 불길 속으로. 나 자신을 원망하면 될 일인데, 문제는 원망이 다른 곳을 향하고 있다는 것이다. 나는 뭐 하나 제대로 하는 게 없다!

체이스는 단지 왕따를 시키던 예전의 체이스로 돌아간 것만이 아니었다. 체이스는 자기가 새사람이 되었다는 걸 모든 사람이 믿도록 만들었다. 우리는 체이스를 믿었고, 완전히 넘어갔다. 틀림없이 모두 체이스가 계획한 것이다. 우리를 또 충격에 빠트리려고. 정말 굉장한 계획이다. 브렌든의 동영상을 망치고, 음악실을 폐허로 만들고, 조엘을 다치게 하고는 불이 난 줄 알았다는 핑계를 댔다. 체이스는 처음부터 그 모든 계획 뒤에 있었다. 그리고 대성공을 거두었다. 조엘의 멍든 눈이 그걸 증명하고 있다.

우리가 만든 동영상 작품을 변기에 내려보내고 싶은 기분이다. 내 이름이 체이스와 연관되느니, 지금까지 보낸 시간과 내가 만든 최고의 작품을 포기하는 게 낫다. 나는 형편없는 대회에서 우승하려는 야망에 눈이 멀었다. 브렌든과 드레오 선생님이 뭐라고 말하든 간에 절대로 체이스와 같이해서는 안 되는 거였다.

학교에서 가장 똑똑하다는 브렌든도 실은 나보다 멍청하다. 그 멍청한 머리로 체이스가 결백할지도 모른다고 생각하고 있다.

"솔직히 잘 모르겠어." 브렌든이 말했다. "촬영을 망친 건 아론과 베어였어. 체이스는 그 애들을 말리려고 했던 걸 거야."

"물론 그럴 수도 있지. 근데 어쩜 그렇게 딱 맞춰 나타났을까?"

"내가 체이스를 데려오라고 킴벌리를 보냈어."

"조엘은 그 녀석들이 체이스를 데려오라고 했다던데?"

"그게 얘기가 좀 복잡해. 정확히 기억나는 건 아니지만, 걔들이 먼저 킴벌리더러 데려오라고 했고 그다음에 나도 그렇게 말했거든."

"왜 네가 직접 가지 않았는데?"

"왜냐면 난 튜바 때문에 꼼짝할 수가 없었거든."

브렌든은 이보다 더 당연한 대답은 없다는 투였다.

"잘 들어." 나는 브렌든을 똑바로 보며 말했다. "불쌍한 내 동생은 지금 얼굴이 총천연색으로 멍들었어. 네가 결백할지도 모른다고 말하는 그 애 덕분에."

"그건 사고였어. 소화기를 사이에 두고 몸싸움이 있었거든. 체이스가 조엘을 보호하려고 그랬던 건지도 모르잖아."

"보호할 거면 다른 애들이나 보호하라고 그래. 처벌을 피하려고 거짓말할 때도 체이스는 아론, 베어랑 함께 있었어. 그보다 더 완벽한 증거가 어딨어?"

"그렇게 보이겠지." 브렌든이 마지못해 동의하며 말했다. "그렇지만 체이스를 한번 믿어볼 순 없을까?"

"네 말이 맞다고 치자. 그럼 체이스는 아론과 베어의 함정에 빠져 퇴학을 당할 뻔한 거잖아. 그런데 체이스는 지금 어디 있지? 아론, 베어랑 같이 풋볼 연습을 하고 있잖아. 자기 인생에서 최악인 애들하고 말이야. 그건 어떻게 설명할 건데?"

"그건 체이스가 비디오 동아리에 더 이상 올 수 없는 것하곤 다른 문제야."

"그럼 학교 식당에서는? 체이스가 같이 점심을 먹는 애들이 누구지? 풋볼 팀 애들이잖아."

"우리가 체이스를 받아주지 않으니까 그렇지."

"우린 조엘을 보호하고 있는 거야. 그게 진짜 보호지. 소화기로 사람을 반쯤 죽여놓는 게 보호가 아니고. 난 저 머저리만 보면 미쳐버릴 것 같아. 체이스는 코브라 같은 녀석이야. 우리가 자기를 믿을 때까지 속이고는 우리한테 한 방 먹였어. 그리고 아무 일 없다는 듯 예전의 삶으로 돌아갔어. 그 일로 피를 본 건 조엘이지만 사실은 우리 모두가 당한 거야."

결국 브렌든도 동의했다. 하지만 브렌든은 여전히 체이스가 결백하다는 것도 믿고 싶어 한다. 저 따위 인간은 없는 편이 낫다는 걸 비디오 동아리 전체가 알고 있는데 말이다.

그런데도 우리 동아리에서 체이스의 이름이 계속 튀어나오는 이유는 뭘까?

"영상이 조금 흔들리는 것 같아. 잘 찍어봐, 체이스처럼…."

"와, 잘 찍었다. 아래쪽에서 각도를 잡고 찍는 기법은 체이스 아이디어였는데…."

"저 애가 중얼거리는데도 소리가 또렷이 들리는 건 체이스가 바닥에 누워 화면 밖으로 마이크를 잡아서 그런 거야…."

"제발 체이스 얘기 좀 그만하면 안 돼?" 나는 그만 폭발하고 말았다. "체이스는 신이 아니라, 인간이야. 그것도 형편없는 인간! 그리고 이젠 형편없는 근육덩어리들이랑 풋볼 팀에 있다고."

줄곧 잠자코 있던 조엘이 마침내 입을 열었다.

"우리 동아리가 형편없다는 걸 나만 눈치챈 거야?"

"너, 지금 그게 무슨 말이야?"

조엘이 어깨를 으쓱했다.

"모두 '전사'를 봤잖아. 그렇게 끝내주는 건 누구도 못 만들걸."

나는 화가 머리끝까지 났다.

"그러니까 체이스가 없어서 그렇다는 거야?"

조엘이 멀쩡한 한쪽 눈으로 나를 쳐다봤다.

"난 체이스를 싫어하지만, 체이스 얘기가 나올 때마다 내가 절망하진 않는다는 말을 하고 싶었어. 말해도 돼. 체이스에 대해 얘기해. 난 괜찮으니까. 지금은 작년과는 달라. 무슨 일이 있어도 내가 이곳을 떠나는 일은 없을 거야."

우리는 조엘의 등을 다독이고 어깨를 두드려줬다. 응원의 말을 아끼지 않았고 드레오 선생님은 조엘을 껴안아줬다. 절대로 인정하기 싫지만 꼭 풋볼 팀 애들이 하는 행동을 연상시켰다.

어쩌면 나도 엄마, 아빠를 설득해 조엘을 데려오자고 한 것 때문에 그만 자책해도 될 것 같았다. 인생에서 가장 끔찍한 일을 겪었는데도 내 동생은 끄떡없다.

나는 나보다 14분 늦게 태어난 동생을 쳐다봤다.

조엘이 한결 성숙해 보였다.

23장

체이스 앰브로즈

모두가 1톤은 족히 되는 장비에 허덕이고 있는데, 나만 반바지에 티셔츠 차림으로 훈련 내내 노닥거리고 있으면, 가장 인기 있는 풋볼 선수와는 거리가 멀어진다. 내 주위는 온통 태클에 걸릴 때 선수들이 내는 억 소리와 툴툴거리는 소리로 가득했고 나는 그 소리들에 이미 익숙해졌다. 부상에서 복귀한 선수는 첫 주에 체력 훈련만 한다는 게 중등부 풋볼 팀의 규칙이다.

풋볼 팀 아이들은 내가 자기들처럼 고통스럽게 훈련받는 모습을 지켜봤다. 게토레이가 담긴 얼음통 앞에서 나는 한 번도 손에 든 음료를 제대로 마셔본 적이 없다. 특별 훈련이 계속되는 한, 풋볼 팀 아이들은 내가 음료수를 한 모금도 못 마시도록 방해할 작정인 것 같았다. 컵에 음료수를 가득 채울 때마다, 꼭 누군가가 나타나서 내 팔꿈치를 건드렸고, 음료수는 내 바지와 운동화에 쏟아졌다. 이런 게 벌써 사흘째다. 탈수 증상이 일어나기 직전이었고, 걸을 때마다 젖은 바지에서 질척질척한 소리가 났다.

"어이, 분홍이! 어서 가서 패스 연습하지 못해!"

데븐포트 코치님이 얼룩덜룩해진 내 바지를 보고 소리쳤다.

나는 실전 연습이 어떻게 이루어지는지 전혀 기억나지 않았다. 하지만 아무 불평 없이 내가 해야 할 동작에 집중했다. 풋볼은 어쩌면 자전거 타기와 비슷한지도 모르겠다는 생각이 든다. 한번 배우면 잊을 수가 없다. 며칠 동안 열심히 훈련을 받았더니 경기 감각이 돌아왔다. 몸의 근육이 기억하는 능력이다. 몇 번 나이스 캐치를 하자 풋볼 팀 아이들의 태도가 점점 누그러지는 걸 느낄 수 있었다.

"나이스 캐치, 주장." 랜든이 내 어깨를 치며 말했다.

그러나저러나 나는 여전히 풋볼 팀 주장이다. 기억상실증에 걸렸다고 해서 그 지위를 박탈당한 건 아닌 모양이다.

"그래, 네가 돌아와서 기쁘다." 조이가 맞장구쳤다.

나는 이때다 싶어 얼른 말했다.

"그럼 이제 물 좀 마셔도 되겠냐?"

조이가 웃음을 터트렸다. "체육관에 화장실 있어, 인마."

생각할 겨를도 없었다. 눈 깜짝할 사이, 나는 체육관 세면대의 수도꼭지에서 나오는 물을 벌컥벌컥 마시고 있었다.

나중에 안 일이지만, 랜든은 그게 실전 연습을 받지 않는 초짜들이 흔히 거치는 과정이라고 설명했다. 나도 다른 선수들처럼 몸싸움을 하는 실전 연습에 들어가면 게토레이를 마실 수 있는 특권이 주어진다.

놀라운 건, 내가 풋볼을 꽤나 좋아한다는 것이다. 그러니까 머리를 다쳤다고 해서 모든 것이 다 변한 건 아니라는 뜻이다. 누구든 운동과 비디오 촬영을 둘 다 좋아하는 사람이 될 수 있다. 왜 더 많은 사람들이 그렇게 하지 않는지 모르겠다. 운동선수들은 예술적인 활동을 시도조차 해보지 않기 때문에 그 재미를 아예 모르는 것 같고, 예술적인 활동을 하는 사람들은 반대로 운동에 대해 같은 생각을 가지고 있어서 그런 것 같다.

어쨌든 풋볼 팀 아이들한테 그렇게 모진 대우를 받으면서도 나는 허리케인스와 보내는 시간이 점점 많아졌다. 풋볼 팀 아이들은 폭력적인 성향을 가진 운동의 특성상, 가끔 그 에너지를 완전히 잘못된 방향으로 다른 아이들한테 쏟아낸다. 하지만 풋볼 팀 아이들은 최근 들어 내가 비디오 동아리에서 받은 것보다 더 많은 기회를 나한테 줬다. 나는 점차 더 많은 선수들과 친해졌다.

둘을 제외하고 말이다.

아론과 베어는 결국 자기들이 원하는 걸 얻어냈다. 내 이름이 다른 선수들의 이름과 나란히 풋볼 팀 명단에 올랐고, 나는 팀으로 돌아왔다. 하지만 우리가 예전처럼 다시 삼총사가 되길 기대한다면 얼른 포기하는 게 낫다. 아론과 베어는 내가 자기들 없이 혼자서도 잘 지내는 모습을 차마 눈 뜨고 볼 수 없어서 나를 위한다는 명분으로 모든 걸 엉망으로 만들었고, 그 과정에서 집으로 돌아온 지 2주도 채 되지 않은 조엘을 다시 희생양으로 삼았다. 아론과 베어가 포틀랜드 요양원에 있는 사람들을 대하는 방식은 말할 것도 없다. 하지만 마지막 화살이 나를 향했을 때, 나는 지푸라기라도 잡는 심정으로 우리 셋을 위해 피츠 교장선생님께 거짓말을 할 수밖에 없었다. 아론은 언제나 나한테 우정에 대해 말하곤 한다. 하지만 아론은 그 의미조차 모르는 것 같다.

나는 아론과 베어한테 말을 걸지 않았다. 둘 옆에서 준비운동을 하지도 않고 탈의실에서는 최대한 멀리 떨어져 앉는다. 훈련이 겹쳐서 경기장을 같이 쓰게 될 때면 일절 말을 섞지 않는다. 눈길조차 주지 않는다.

허리케인스의 다른 친구들도 곧 눈치를 챘는데, 그냥 재미있다고만 생각하는 것 같았다. 물론 아론과 베어는 아니었다. 하지만 내가 그 애들의 감정을 얼마나 상하게 했는지 굳이 신경 쓸 필요가 있을까? 글쎄, 탄소 원자의 핵만큼이라면 모를까.

금요일에는 데븐포트 코치님이 훈련을 빨리 마쳤다. 허리케인스가 다음 날 밤에 경기를 뛰어야 하기 때문에, 코치님은 선수들이 최대한 힘을 비축하고 민첩한 상태를 유지하기를 바랐다. 선수들이 탈의실에서 와자지껄하는 사이, 코치님은 나를 또 경기장으로 내보냈다. 나는 경기에 나가지 않기 때문이다.

"분홍이는 열 바퀴 더 돌아. 설렁설렁하면 안 돼." 코치님이 큰 소리로 말했다.

남은 선수들이 나를 보고 웃었다. 1주일 동안 어깨 패드를 차지 않고 훈련받는 것에 대한 복수로 조롱 섞인 응원을 보냈다. 나는 보란 듯이 경기장의 사이드라인을 따라 전력 질주를 했다. 일주일 동안의 연습으로 내가 얻은 게 있다면, 달리기 속도가 놀라울 정도로 빨라졌다는 것이다. 풋볼 팀 아이들은 내 속도를 보고도 놀라지 않았는데, 아마 내가 언제나 이 속도로 달렸기 때문인 것 같았다. 하지만 내겐 새로운 경험이었다. 게다가 요즘 들어, 기분 전환이 될 만한 일이 필요하기도 했다.

경기장을 자유롭게 달리고 있는데, 어느 순간 큰 덩치가 내 무릎 밑을 치고 들어오더니 나를 그대로 들어 올려 앞으로 넘겨버렸다. 하늘과 경기장의 잔디가 눈앞에서 파노라마처럼 지나간 걸로 봐서 내가 공중제비를 돈 것 같았다. 땅이 나를 덮쳤고 입안으로 흙이 들어갔다.

나는 숨을 토해내며 땅바닥을 뒹굴었다. 헬멧을 쓴 형체 하나가 태양을 가렸다. 57번. 베어였다. 그 옆에는 아론이 있었다.

"어때, 실전 연습은?" 베어가 말을 툭 던졌다.

나는 아무 대답도 하지 않았다. 아니, 할 수 없었다. 그저 벌러덩 누운 채 숨을 쌕쌕거리기만 했다.

"아이고 미안해라." 진심은 눈곱만큼도 없는 말투로 베어가 사과했다. "실전 연습을 시켜주려던 것뿐이야. 요즘 들어 네가 하도 헷갈리게 굴어서 말이야. 친구였다가, 적이었다가, 한 팀이 된 것 같더니, 비디오 동아리의 멍청이가 돼 있었잖아. 기억상실증도 그렇고." 그러고는 내 티셔츠를 움켜잡더니 질질 끌다시피 나를 일으켜 세웠다. "아니면 생각보다 많은 걸 기억하고 있거나!"

"난 보호 장비를 착용하지도 않았어!" 마침내 숨이 터져 나오면서 목멘 소리가 나왔다. "날 죽일 작정이야? 정말 그럴 수도 있었어! 그랬다면 사회봉사활동으로 끝나지 않을걸!"

"네 관심을 끌려면 어쩔 수 없었어." 아론이 사뭇 진지하게 말했다. "이번 주만 해도 넌 우리한테 말 한 마디 안 했잖아."

"걱정 마." 베어가 거들었다. "네 머리카락 한 올도 건드리지 않을 테니까. 우리가 이해하기 전까지는 말이야."

"이해라고? 우리가 서로 이해할 게 남았어? 내 친구들은 음악실 사고를 모두 내가 꾸민 줄 알고 날 혐오하고 있다고!"

"그 애들을 납득시키는 것도 크게 어렵진 않았지." 아론이 싱긋 웃었다. "새로운 체이스가 완전 가짜란 걸 안 게 우리만은 아닌 것 같았거든."

"지금 무슨 소리를 하는 거야?"

"넌 기억상실증에 걸리지 않았어!" 베어가 거칠게 쏘아붙였다. "넌 우리 모두를 속인 거야!"

"너, 미쳤어? 난 우리 엄마가 누군지도 몰랐다고!"

"어쨌든, 네가 아무 의심도 사지 않고 행동할 수 있었던 건 모두 우리 덕분인 줄 알아!"

"난 너희들 덕 본 거 없어!" 나는 화가 치밀었다. "사실을 말해줄까? 내가 너희들이랑 친구였다는 사실이 역겨울 정도야! 너희가 다른 애들한테 하듯 나를 괴롭힐 수 있다고 생각한다면, 다시 생각하는 게 좋아. 나한테는 아직 예전의 체이스가 남아 있으니까 너희 따윈 한주먹감이야. 경찰서에 가서 너희가 솔웨이 할아버지의 훈장을 훔쳤다고 고발하지 않은 걸 다행으로 여겨!"

아론과 베어가 놀란 눈으로 나를 쳐다봤다. 상황이 유리하게 변하는 것 같아서 나는 용기 내어 계속 말했다.

"그래, 너희들이 포틀랜드 요양원 복도를 돌아다니면서 물건을 빼가는 걸 봤어. 나도 참 대단하지! 자기 것을 챙길 여력조차 없는 영웅의 물건을 훔칠 만큼 추악한 놈이 누군지 알아냈으니까."

베어는 여전히 나를 쳐다보고 있었지만 아론은 이해가 된다는 표정을 지었다.

"너, 정말 기억상실증에 걸린 게 맞구나." 아론이 말했다.

"뭐? 그래서?"

"그래서 네가 기억을 못 했던 거야. 그 훈장을 훔친 건 우리가 아니라, 너야."

피가 거꾸로 솟는 것 같았다. 나는 아론을 후려갈기려고 주먹을 쳐들었다. 바로 그때 갑자기, 모든 기억이 떠오르기 시작했다. 옷장 안의 세모난 보석함 뚜껑이 확 열리는 순간 모습을 드러낸 별 장식의 파란 리본과 그 끝에 달린 명예훈장. 그리고 명예훈장을 향해 다가가는 손 하나.

내 손.

온몸에 소름이 돋았다. 이제야 모든 게 맞아떨어진다. 아론과 베어는 내가 아는 한 세상에서 가장 형편없는 인간들이지만, 둘이서만 다닌 적은 한 번도 없었다. 언제나 세 명이었다. 그 녀석들이 형편없는 인간이었다면 체이스도 마찬가지였을 것이다.

기억이 돌아오기 전에 내가 먼저 눈치챘어야 했다.

베어의 목소리가 내 소름끼치는 기억 속으로 파고들었다.

"맞아, 모두 네가 한 짓이야. 넌 덤블도어 노친네가 밖으로 나 갈 때까지 기다리지도 않았어. 솔웨이 씨가 뒤돌아보려 하자 넌 재빨리 훈장을 챙기고 보석함을 옷장 안에 던져 넣었어. 훈장 값이 꽤 나갈 테니, 우리 셋이 돈을 나눠 갖자고 했지."

"공정하게 3등분하기로 약속했어." 아론이 확인하듯 말했다. "봉사활동을 하게 됐는데 뭐라도 얻어가야 할 거 아니냔 거였지."

"난… 나한테 없어."

베어가 눈살을 찌푸렸다.

"거짓말 마! 네가 주머니에 쑤셔 넣고 요양원을 빠져나오는 걸 내 눈으로 똑똑히 봤어!"

"아니야…" 목소리가 제대로 나오지 않았다. "내 말은, 그래 내가 가진 것 같아. 하지만 그 뒤로 어떻게 했는지 모르겠어. 그리고 만약 찾게 된다 해도 솔웨이 할아버지께 돌려드려야 해. 옛날에 내가 추악한 인간이었는지 몰라도 이젠 아니야."

아론이 내 앞으로 바짝 다가왔다.

"좋아, 네가 좋은 녀석이 됐다고 치자. 그래, 넌 성인군자야. 하지만 그 훈장을 훔친 사람은 예전의 너니까 예전에 했던 약속도 지켜야 돼. 훈장은 우리 세 명 모두의 것이고, 넌 우리 동의 없이 아무것도 할 수 없어. 우리가 가만두지 않을 테니까."

아론은 판사가 판결문을 읽을 때처럼 아주 진지해 보였다.

"우리 **빼놓고** 뭔가 했다간 후회하게 될 줄 알아." 베어가 협박 조로 덧붙였다.

"너희들을 만난 게 정말 후회된다!"

감정이 북받쳐서 목멘 소리가 터져 나왔다. 나는 뒤돌아 집을 향해 뛰어갔다. 탈의실에 들러 옷을 갈아입지도 않았다. 아론과 베어한테서 최대한 멀리 떨어지고 싶었다.

나는 수치심에 뜨거운 눈물을 줄줄 흘리며 달렸다. 사고가 난 뒤로 내가 예전에 어떤 인간이었는지 수도 없이 들었다. 하지만 이런 건 상상도 못했다.

나는 죽기 살기로 속도를 내며 달렸다. 가장 강도 높은 훈련을 받을 때보다 더 격렬하게 뛰었다.

아론과 베어한테서 벗어나는 건 문제가 되지 않는다. 하지만 나 자신으로부터는 결코 벗어날 수 없을 것 같았다.

24장

브렌든 에스피노자

킴벌리가 떠났다.

그날 음악실에서 내가 튜바에서 빠져나올 수 있도록 킴벌리가 도와줬을 때, 우리 사이에 뭔가 진전이 생긴 줄 알았다. 하지만 그건 내 희망 사항일 뿐이었다.

킴벌리는 체이스 가까이 있으려고 우리 주위를 배회했던 것뿐이다. 이제 체이스가 퇴출되고 나니 킴벌리도 발길을 끊었다. 예술적인 관점에서 보자면, 잘된 일인지도 모른다.

킴벌리는 이제 풋볼 팀을 응원하러 다닌다. 무릎 위에 숙제 파일을 펼쳐놓은 채 응원석에 앉아서 풋볼 팀이 훈련하는 모습을 지켜본다. 비디오 동아리에서도 똑같이 그랬기 때문에 더 슬펐다. 요즘 킴벌리를 가까이에서 볼 수 있는 건 복도에서 우연히 마주칠 때뿐이다. 그럴 때면 킴벌리는 나를 어디서 봤는지 기억해내려는 듯이 쳐다본다.

내가 체이스를 질투한다고 생각할 수도 있다. 어떤 면에서는 그렇다. 하지만 사실 난 킴벌리보다 체이스가 더 그립다. 체이스가 없는 비디오 동아리는 아무짝에도 쓸모없다. 동아리의 창의력이 거의 바닥을 치고 있어서 동아리 이름을 바꿔야 할 지경이다. 다른 아이들도 모두 알고 있다. 그건 드레오 선생님이 동영상을 제작할 아이디어가 있냐고 물을 때 분명해진다. 아무도 나서지 않으니까.

우리 동아리가 정체기에 있는 건 사실이지만 그렇다고 해서 부원들한테 미안한 감정이 드는 건 아니다. 부원들 중 그 누구도 체이스가 결백할 수도 있다는 건 생각조차 하지 않기 때문이다. 어쩌면 그 애들이 옳고 내가 멍청이인지도 모른다. 체이스는 음악실에서 있었던 일을 설명할 때 일말의 망설임도 없이 거짓말을 했고, 모든 것을 우리가 설치한 전기 케이블 탓으로 돌렸다. 체이스가 조엘과 '원 맨 밴드'에 무슨 짓을 저질렀든지 간에, 결국 그 두 네안데르탈인 녀석과 다를 게 없다.

하지만 체이스는 우리 친구였다. 나는 체이스가 그것마저 속였을 리는 없다고 믿는다. 체이스는 최고의 동아리 부원이었다. 쇼샤나와 협력해서 '전사'를 찍었고, '전사'는 우리 동아리 최고의 작품이 되었다. 최소한 쇼샤나라도 체이스의 편에 서서 체이스가 하는 얘기를 들었어야 했다.

어쨌든, 쇼샤나는 그렇게 하지 않았다. 휴고도 마찬가지고 모리샤나 바턴, 심지어 나도 그랬다. 우리는 체이스와 함께하면서 체이스의 재능 덕을 봤지만, 그 누구도 체이스가 예전의 체이스가 아니라는 사실을 믿지 않았다. 그리고 문제가 생기자 우리는 체이스를 뜨거운 감자처럼 손에서 놓아버렸다.

그 모든 일이 나를 너무 우울하게 만들어서 비디오 동아리를 그만두고 싶은 생각마저 들었다. 하지만 나는 회장이다. 내가 떠나면 동아리는 틀림없이 무너진다. 부원들이 다시 의기투합하도록 만드는 것도 결국 내 몫이다. 그렇게까지 할 만한 가치가 있는지 모르겠지만, 동아리의 창의력이 다시 샘솟도록 만들려면 뭐가 됐든 나부터 먼저 동영상을 찍어야 한다.

하지만 불행하게도 나 역시 아이디어가 전혀 떠오르지 않는다. 체이스 하나로 인해 우리 모두가 얼마나 큰 영향을 받았는지 절감하는 순간이다.

머리를 식힐 겸 무작정 거리를 걷는데, 때마침 눈에 들어오는 광경이 있었다.

지난 하루 반나절 동안 우리 집 외벽을 타고 기어오르는 크고 뚱뚱한 민달팽이였다. 민달팽이는 전혀 진전이 없어 보였다. 그동안 벽면의 3분의 1밖에 기어오르지 못했는데, 내 계산으로는 일주일에 5미터밖에 오르지 못한다는 뜻이다. 하지만 이 자그만 녀석의 불굴의 정신은 존경할 만하다. 아마 지붕 위겠지만 이 민달팽이는 자기가 가고자 하는 곳을 확실히 알고 있다. 그 위에 뭐가 기다리고 있는지 몰라도, 어쨌든 그건 나와는 상관없는 민달팽이의 문제다.

나는 중력을 거슬러 조금씩 조금씩 벽을 기어오르는 민달팽이의 여정을 찍기로 했다. 제목은 '민달팽이의 질주', 아니면 좀 더 고상하고 인상 깊은 말로 '등반'이라고 하면 좋을 것 같다. 편집 과정에서는 '민달팽이, 에베레스트 정상을 향해 나아가다'라든지, 자동차 경주의 생중계 같은 해설을 삽입하면 된다. 민달팽이는 고작해야 밀리미터 단위로 이동하는데 스포츠 중계방송처럼 스피드가 어떻고 가속도가 어떻고, 재연소 장치가 어떻고 하는 해설을 넣으면 정말 재밌을 것이다.

좋아. '낙엽맨' 정도는 아니지만 어쨌든, 이번 작품으로 동아리가 다시 활기를 되찾을지도 모른다.

나는 배낭에서 캠코더를 꺼내 삼각대 위에 달았다. 이렇게 하면 발을 혹사시킬 필요 없이 아무 일도 일어나지 않는 화면을 몇 시간이고 보면서 찍을 수 있다. 나는 집 밖의 보도블록 위에서 민달팽이가 화면 정중앙에 오도록 카메라 각도를 맞추는 등 필요한 설정을 모두 마쳤다. 누군가 민달팽이 꽁무니에 로켓 추진기를 달지 않는 이상 민달팽이가 화면 밖으로 나갈 일은 없다.

캠코더의 녹화 버튼을 눌렀는데 아무 반응도 없었다. 녹화가 되고 있음을 알리는 녹색 불이 들어오지 않았다. 이상하네. 배터리를 매일 새로 교체하는데 말이지. 나는 다시 해봤다. 역시 아무 반응이 없었다. 그때 뷰파인더에 깜빡거리는 메시지가 눈에 들어왔다. 메모리 부족.

그럴 리가 없다. 동아리 규정에는 다음 사용자를 위해 그날 촬영한 영상을 컴퓨터나 메모리 카드에 옮긴 다음, 데이터를 삭제하라고 되어 있다. 그 규정을 어기면 드레오 선생님의 날벼락이 떨어진다. 그런데 어째서 삭제가 안 되어 있는 걸까? 그리고 대체 어떤 영상이 들어 있길래 메모리가 가득 찬 걸까?

나는 재생 버튼을 눌렀다. 가장 먼저 들린 소리는 오케스트라가 연주하는 〈사랑스러운 친구를 위하여〉였다. 그런 다음 화면에 내 모습이 비쳤는데, 검은 정장을 입고 나비넥타이를 매고 녹색 스크린 앞에 놓인 연주대에 앉아 있었다. 나는 손에 클라리넷을 들고 빠르게 흘러가는 음악에 맞춰 연주하는 시늉을 했다. 얼어붙은 채 화면을 보고 있는데, 어느 순간 장면이 급전환되더니 클라리넷을 불던 내가 사라지고 몇 미터 옆에서 똑같은 의자에 앉아 있는 내가 나타났다. 이번에는 바이올린을 들고 있었는데, 미친 듯이 격정적으로 연주하고 있었다. 그 장면이 한동안 계속되더니 어느 순간 내가 연주대에서 가장 높은 자리에 있는 드럼 앞에 앉아 팔이 안 보일 정도로 빠르게 드럼을 치고 있었다.

정신이 번쩍 났다. 이건 '원 맨 밴드'다! 내가 그날 너무 흥분한 나머지 끄는 걸 잊었던 모양이다. 그런데 문득 내가 그날 캠코더를 반납하지 않았다는 사실이 생각났다. 킴벌리가 나를 대신해 캠코더를 반납했는데, 그때 나는 화장실에서 구두약 얼룩이 묻은 정장을 빨고 있었다. 킴벌리는 신입이라 데이터 삭제 규정을 모르고 캠코더를 그냥 동아리 교실 선반에 올려놓은 것이다.

세상에! '원 맨 밴드'가 다 날아간 줄 알았는데, 여기 이 캠코더에 내가 만든 가장 훌륭한 작품이 되길 기다리며 저장되어 있다니. 두말할 것도 없이 튜바를 연주한 부분은 쓰지 못할 것이다. 튜바를 연주하다 공격당하면서 촬영이 엉망이 되었으니까. 하지만 나머지 부분은 숨죽이고 빨리 감기를 해본 결과 모두 괜찮았다. 괜찮은 정도가 아니라 최고였다! 나의 첫 대박 유튜브 영상이 될 수도 있다!

나는 곧바로 영상을 끝까지 훑어봤다. 모든 것이 거기에 있었다. 아론과 베어가 소화기 거품을 무차별 살포하고, 킴벌리가 체이스를 부르러 달려 나가고, 마침내 체이스와 베어가 소화기를 사이에 두고 몸싸움을 하는 장면. 배경음악이 크게 울려 퍼지는데도 무거운 금속성 소화기가 조엘의 눈을 퍽 후려쳤을 때는 그 소리가 다 들릴 정도였다. 나는 그 장면에서 거의 반사적으로 움찔했다. 조엘의 얼굴 반쪽이 검푸르게 멍든 건 당연한 결과다. 엄청 아팠을 텐데.

그런데 또 한 가지 중요한 사실은 연기도, 불도 보이지 않았다는 것이다. 즉, 음악실이 온통 거품이 될 이유가 없었다는 뜻이다. 내가 그 얘기를 진지하게 믿은 건 아니지만, 어쨌든 증거가 있어서 정말 다행이었다.

증거…

그 말을 되새기는 데 정신 팔린 나머지, 나는 한동안 내가 뭔가 엄청난 것을 보고 있다는 사실을 깨닫지 못했다. 음악실에서의 그 광란은 너무 순식간에 일어난 일이라 대처하기가 불가능했다. 하지만 지금 이렇게, 계속해서 되감아 볼 수 있고 자세한 내용 하나하나까지 확인 가능한 영상 자료가 있다.

나는 체이스가 음악실을 박차고 들어온 순간으로 영상을 돌리고 슬로모션으로 재생해봤다.

체이스는 충격에 휩싸인 것 같았다. 만일 체이스가 이 일을 계획했다면, 체이스는 세상에서 제일 위대한 연기자다. 베어가 체이스한테 소화기를 건넸고 체이스는 그걸 받았지만, 대체 이 소화기는 무엇이며, 내가 왜 이런 것을 들고 있는지 모르겠다는 표정으로 멀뚱멀뚱 서 있기만 했다. 체이스는 소화기를 살포하지도 않았고, 심지어 거꾸로 들고 있었다. 베어가 소화기를 낚아채 가려는 순간까지 어안이 벙벙한 표정이었다. 그러다가 정신이 돌아오자 베어한테 소화기를 빼앗기지 않으려고 몸싸움을 벌이기 시작했다. 마침내 체이스가 소화기를 다시 차지한 순간, 소화기가 뒤로 포물선을 그리며 날아가 조엘을 쳤다.

돌발적인 사고였다.

그 뒤 체이스는 아마 아론과 베어가 한 짓을 덮어주려고 도와줬던 것 같다. 하지만 이 영상에서 체이스는 둘의 공격을 막으려고 했지 절대로 동조하지 않았다.

나는 흥분으로 온몸에 소름이 돋았다. 어서 빨리 아무 데나 달려가서 내가 안 사실을 널리 퍼트리고 싶었다. 누구한테 먼저 말해야 할까? 체이스? 드레오 선생님? 피츠 교장선생님? 이건 비디오 동아리에 관계된 문제만이 아니다. 정의와 관계된 문제다!

물론 조엘을 빠트리면 안 된다. 체이스가 여전히 자기를 괴롭힌다고 생각할 텐데. 쇼샤나도 마찬가지다. 무슨 일이 있었는지 쇼샤나가 알아야 한다. 동아리 아이들도 모두 알아야 한다.

나는 얼굴을 찌푸렸다. 주말이기 때문이다. 하지만 동아리 아이들한테 빨리 이 영상을 보여주고 싶었다. 이 영상은 단순한 증거 이상의 가치를 지니고 있다. 사람들의 마음과 생각을 바꾸는 데 영상만큼 강력한 게 있을까.

나는 핸드폰을 꺼내 체이스와 쇼샤나, 그리고 조엘한테 문자 메시지를 보냈다.

긴급! 내일 아침 10시에 우리 집으로 모두 모여. 너희들한테 보여줄 중요한 게 있어.
PS. 유튜브 영상을 찍으려고 너희들 발목 잡는 거 아니야.

고통스러운 자아성찰 끝에 나는 같은 메시지를 킴벌리한테도 보냈다. 하지만 마지막에 이런 말을 덧붙였다.

PS. 체이스도 올 거야.

그래, 맞다. 킴벌리가 또 보고 싶어서 이런다.
그래서, 어쩌라고.

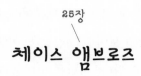

25장

체이스 앰브로즈

너희들한테 보여줄 중요한 게 있어.

핸드폰에 브렌든의 문자가 떴다. 우리한테 보여줄 중요한 거라니, 뭘까? 별거 아니겠지. 브렌든은 아니라고 하지만, 실은 우리를 속여서 또 유튜브 영상을 찍으려고 하는 건지도 모른다.

상관없다. 브렌든이 나한테 문자를 보냈다는 것 자체가 중요한 의미니까. 음악실 사건 이후, 나는 동아리 아이들한테서 아무 소식도 듣지 못했다. 누굴 원망할 수 있을까? 내가 전기 누전 때문에 불이 난 것 같다고 거짓말했다는 걸 모두가 안다.

하지만 그 애들은 내가 진짜로 얼마나 나쁜 짓을 했는지 상상도 못할 것이다.

솔직히 말해서 브렌든의 그 바보 같은 비디오 동아리에 다시 합류할 수만 있다면 난 뭐든지 할 것이다. 동아리 아이들은 언제나 재미있어서 생각만 해도 웃음이 난다. 마지막으로 웃었던 게 언제인지 모르겠다. 요즘은 웃을 일이 하나도 없는데, 가장 안 웃긴 일이 나 자신에 대해 알게 된 것이다. 아론과 베어는 머저리고,

아빠는 강압적이고, 동아리 아이들은 나한테 등을 돌렸다. 하지만 그중에서도 내가 최악이다. 나는 범죄자다. 기억이 안 난다는 사실만으로는 내가 저지른 일이 없어지지 않는다.

어째서 난 그런 짓을 저질렀을까? 대답할 필요도 없는 질문이다. 내가 한 짓이 아니니까. 그건 예전의 체이스가 한 짓이다. 그리고 예전의 내가 끔찍한 짓을 저지를 수 있는 녀석이었다는 건 불가사의한 일이 아니다. 나는 솔웨이 할아버지의 방에서 명예훈장을 훔쳤다. 체이스, 아론, 베어가 저질렀던 수많은 추잡한 범죄 중 하나일 뿐이다. 내가 훈장을 가지고 뭘 하려 했던 건지 도무지 모르겠다. 아마 훈장을 팔아 그 돈을 두 친구와 나눠 가지려 했겠지. 하지만 그 하찮은 계획은 내가 훈장을 어딘가에 숨겨두고는 지붕에서 떨어져 모든 것을 새까맣게 잊는 바람에 틀어지고 말았다. 아론과 베어가 나를 의심하는 것도 당연하다. 둘은 내가 돈을 나눠 갖지 않고 혼자 다 챙겼다고 생각한다.

최악의 상황은 내가 그 훈장을 솔웨이 할아버지께 돌려줄 수도 없다는 것이다. 그 훈장을 가지고 뭘 했는지 전혀 기억나지 않기 때문이다. 어떻게 찾아야 할지도 전혀 모르겠다.

기억이 조금씩 돌아오는 것처럼 훈장에 대한 기억도 조금씩 돌아올지 모른다. 하지만 언제? 몇 년이 걸릴 수도 있는 일이다. 그 사이 솔웨이 할아버지가 돌아가시기라도 한다면? 내가 저지른 일을 어떻게 바로잡을 수 있을까?

전에 한 번 가보긴 했지만, 브렌든네 집에 간다는 생각을 하니 마음이 아팠다. 사고를 당한 뒤로 나는 기억을 잃었기 때문에 예전의 삶이 전혀 그립지 않았다. 하지만 비디오 동아리에서 새로 사귄 친구들의 경우에는 내가 잃은 것이 무엇인지 알기 때문에 더 많은 상처가 됐다. 그 애들이 일말의 망설임도 없이 나한테 등을 돌렸다는 사실을 알게 됐을 때 상처는 두 배가 됐다. 나는 우리가 친구라고 생각했다. 쇼샤나와의 공동 작업에서는 확실히 그렇게 느꼈다. 우리 둘이서 서로 도와가며 솔웨이 할아버지를 인터뷰하고 찍은 영상을 편집하는 동안, 나는 우리가 뭔가 놀라운 작품을 만든다고 확신했다. 비디오 동아리 아이들도 나를 믿기 시작했고, 심지어 조엘도 나한테 마음을 조금씩 열어줬다. 적어도 나는 그렇게 생각했다. 하지만 내가 정신이 나갔던 것이다.

결국 나는 브렌든네 집으로 가야겠다고 마음먹었다. 브렌든이 나한테 손을 내밀어주었으니 말이다.

집을 나오니 이웃집 잔디밭 여기저기에 상자들과 가구들이 널려 있고, 네 명의 건장한 아저씨들이 대형 트럭에 물건을 싣고 있었다. 맞다, 토트넘 가족이 오늘 이사를 간다고 했다. 엄마는 좋은 이웃인 토트넘 가족이 이사를 가서 무척 서운해했다. 물론 나는 아무 기억이 없다. 기억상실증에 걸리면, 내 인생에서 중요했던 사람들을 떠올리는 게 가장 힘들다.

잔디밭을 가로질러 브렌든네 집 방향으로 가는데, 토트넘 씨네 현관 앞에서 이삿짐 인부 둘이 커다란 그림 액자를 들고 나왔다. 나는 순간 숨이 멎는 기분이었다.

그 아이다!

하얀 레이스가 달린 파란색 원피스의 소녀. 사고를 당한 뒤 유일하게 내 머릿속에 떠올랐던 기억! 그 기억들이 어디서 왔는지, 내가 착각을 하고 있는 건 아닌지 고민했던 시간들이 머릿속을 스치고 지나갔다. 하지만 아니었다. 그 애가 지금 내 눈앞에 있었다. 꽃으로 둘러싸인 정원에 서서 손에 물뿌리개를 들고 있었다.

상상조차 못했다. 내가 기억하는 소녀가 이웃집에 있던 그림이라니!

나는 '파손 주의!!!'라고 쓰인 상자를 들고 있는 토트넘 아주머니한테 달려갔다.

"저 그림 말이에요! 저 그림을 저한테 보여주신 적 있나요?"

"체이스, 안녕." 아주머니가 싱긋 웃으며 인사했다. "저건 복제품이야. 진짜 르누아르 작품은 수천만 달러나 된단다."

"네." 나는 가쁜 숨을 내쉬며 말했다. "그런데 제가 저 그림을 어떻게 알죠? 아주머니 집에서 제가 저 그림을 본 적이 있나요?"

"그랬을 것 같진 않구나. 2층 일광욕실에 걸어뒀던 거거든."

아주머니가 손가락으로 2층의 유리로 된 일광욕실을 가리켰다. 그렇다면 내가 저 그림을 본 적이 없다는 뜻인데. 하지만 분명히 봤다! 그렇지 않고서야 어떻게 저 그림이 산산조각 난 내 기억을 비집고 들어와 이토록 선명히 떠오를 수 있을까?

나는 토트넘 씨네 집에서 눈을 돌려 우리 집 쪽을 바라봤다. 혹시 우리 집 위층에서 보면 토트넘 씨네 일광욕실이 보일까? 그럴

피에르 오귀스트 르누아르, 〈물뿌리개를 든 소녀〉(1876)

리가 없다. 우리 집 현관은 토트넘 씨네 집 정면과는 다른 방향이고, 지붕창도 앞쪽을 향해 나 있다. 우리 집에서 저 그림을 보려면 지붕 꼭대기로 올라가서 거의 직각 방향으로 나 있는 일광욕실 유리창을 내려다봐야 한다.

그때 불현듯 모든 것이 선명해졌다. 나는 다시 집으로 들어가 2층 내 방으로 가서, 옛날에 자주 나가곤 했던 창문턱 위로 올라갔다. 그리고 거친 지붕널에 신발의 고무 밑창을 한껏 밀착시켜 기어오르기 시작했다. 내 방 지붕창이 바로 옆에 있었다. 지붕창에서 지붕 꼭대기까지의 공간은 폭이 1미터쯤 되며 경사가 져 있었다.

이제 내 방 창문 밖으로 연결된 지붕에는 익숙해졌지만 지붕 꼭대기를 오르는 건 또 다른 도전이었다. 경사가 급격한 지붕면을 올라갈수록 지난여름 내가 얼마나 높은 곳에서 떨어졌는지 분명히 알 수 있었다. 뇌가 파열되지 않은 게 신기할 정도였다.

기다시피 하며 꼭대기까지 올라갔는데, 그렇게 하는 게 좀 더 안정감이 있었다. 잘못해서 미끄러지면 지붕창을 붙잡고 매달려야 할 판이었다. 겁이 났지만 꼭대기까지 올라가보고 싶은 마음이 더 컸다. 파란색 원피스를 입은 소녀는 내가 사고 전에 마지막으로 본 장면이 틀림없다. 그 소녀를 본 장소가 지붕 위인 것도 의심의 여지가 없다. 바로 몇 미터 앞에 나한테 일어났던 일을 알려주는 단서가 있는 것이다.

나는 팔을 뻗어 뾰족한 지붕 꼭대기를 손으로 꽉 움켜잡은 다음, 몸을 단단히 고정한 채 토트넘 씨네 집을 내려다봤다. 저기 있다. 천장에서 바닥까지 일광욕실이 전부 들여다보인다. 심지어 그림이 걸려 있던 자리에 커다랗게 남은 네모난 흔적까지도.

좋아, 그렇다면 떨어졌을 때 내가 이곳에 있었다는 건 알겠다. 하지만 여전히 한 가지 큰 의문이 남는다. 어째서 난 지붕 꼭대기까지 올라왔을까? 설마 일광욕실을 통해 토트넘 가족을 엿본 걸까? 난 그런 짓을 하고도 남을 형편없는 아이였다. 하지만 토트넘 가족이 뭘 하는지가 왜 궁금했지? 엄마 말에 따르면, 우린 토트넘 가족과 가까운 사이였다. 궁금한 게 있으면 토트넘 씨네 집 문을 두드리면 된다. 그런데도 왜 이렇게나 높은 지붕 꼭대기로 올라왔을까?

실망과 좌절감에 마음이 복잡했다. 파란색 원피스를 입은 소녀는 내가 어디서 떨어졌는지 알려주는 단서지만, 그게 전부였다.

지붕 꼭대기에서 한 발짝 뒤로 물러나면서 오른팔을 뻗어 지붕창 옆 삼나무를 잡고 몸을 지탱했다. 하지만 나뭇가지가 흔들리는 바람에 하마터면 미끄러질 뻔했다. 나도 모르게 겁에 질린 한숨이 새어나왔다. 나는 벽에 달라붙은 파리처럼 지붕널에 매달린 채 망아지처럼 날뛰는 심장박동이 제자리로 돌아오기를 기다렸다.

그 순간 경사면에서 살짝 떨어진 색 바랜 갈색 지붕널 사이로 얼핏 파르스름한 게 보였다. 헐거운 나무판 밑에 뭔가 있었다. 꺼내보지 않아도 그게 뭔지 알 것 같았다.

부드러운 재질의 파란색 리본을 잡아당기자, 리본 끝에 달린 물건의 묵직함이 느껴졌다. 마침내 도둑맞고, 숨겨지고, 잊혔던 솔웨이 할아버지의 명예훈장이 모습을 드러냈다.

명예훈장을 찾아내자 막힌 배수로가 뚫리듯 사고 당시의 기억이 주마등처럼 스치고 지나갔다. 시작은 지붕 꼭대기에서였다. 나는 훈장을 숨기기 위해 내가 찾아낸 장소를 흡족한 표정으로 보고 있었다. 그러다 옆집 토트넘 씨네 일광욕실 창문을 내려다보게 됐는데, 토트넘 씨가 파란색 원피스를 입은 소녀 그림 앞에서 이상한 요가 자세로 가부좌를 틀고 있었다. 육중한 체구의 토트넘 씨가 프레첼처럼 몸을 꼰 모습이 우스꽝스럽기도 하고, 딱 달라붙는 형광색 운동복을 입은 모습이 마치 거대한 돌연변이 레몬처럼 보여서 나는 토트넘 씨한테 완전히 시선을 빼앗겼다.

나는 한동안 그 모습을 지켜보다가 아저씨의 코미디 같은 일상을 찍어야겠다는 생각에 핸드폰을 꺼내려고 했다. 그다음에 기억나는 것은 지붕 밑으로 미끄러지고 있는 내 모습과 속도가 붙으면서 흐릿한 형체로 변해가는 직사각형 모양의 지붕널이었다.

나는 떨어지지 않으려고 손톱으로 미친 듯이 지붕널을 긁으며 필사적으로 몸부림쳤다. 하지만 아무 소용 없었다. 나는 걷잡을 수 없는 속도로 떨어졌다.

처마에 쿵 부딪히면서 튕겨 나가는 순간 마당이 보였고 나는 비명을 질렀다. 주위 풍경이 빠른 속도로 어지럽게 덤벼들었다.

그 뒤의 일은 기억나지 않는다. 그게 마지막 기억이었다.

지난여름 작은 사고 하나로 거의 죽을 뻔했고, 내 인생이 송두리째 바뀌었다. 내 기억이 맞다면 불쌍한 토트넘 씨를 기웃거리다가. 토트넘 씨가 몸에 딱 달라붙는 운동복을 입고 운동하는 게 도대체 뭐가 어때서? 하지만 예전의 체이스라면 충분히 그럴 만도 했다. 예전의 체이스는 사사건건 안 끼는 데가 없었다니까.

　핸드폰으로 찍은 사진을 어떻게 할 작정이었을까? 아론과 베어, 풋볼 팀 아이들한테 보여줬을까? 페이스북에 올렸을까? 50장을 출력해 동네 곳곳에 도배를 했을까?

　한숨이 나왔다. 체이스가 왜 그랬는지 누가 알까? 이제 내가 예전의 그 체이스가 아니라는 사실이 고마울 따름이다.

　나는 훈장을 손에 꼭 움켜쥔 채, 두 손과 두 발을 경사면에 바짝 붙이고 조심조심 지붕을 내려왔다. 마음이 어지러웠다. 브렌든네 집에 가는 건 뒤로 미뤄야 한다. 지금 이 훈장을 주인한테 돌려주는 것만큼 중요한 일은 없다. 솔웨이 할아버지를 만나러 가야 한다.

　처마 근처에 다다르자 나는 창문까지 엉덩이로 미끄러져 내려온 다음 두 다리를 창틀 안으로 밀어 넣었다.

　"체이스?"

　맙소사, 엄마다.

　"두 번 다시 지붕 위로 올라가지 않겠다고 엄마랑 약속했잖아. 엄마가 창문을 못 열게 못으로 박아야겠어?"

　나는 엄마 옆을 지나쳐 가면서 어깨 너머로 대답했다.

"미안해요, 엄마. 포틀랜드 요양원으로 얼른 가봐야 해요."

"엄마 얘기 아직 안 끝났어! 지난여름에 무슨 일이 있었는지 벌써 잊은 거야? 또 기억상실증에 걸리고 싶어서 그래?"

"나중에 설명할게요."

나는 부엌을 지나면서 건조대에서 행주를 휙 낚아채 훈장을 감쌌다. 그리고 훈장을 주머니 안에 쑤셔 넣고는 현관을 박차고 달려 나갔다.

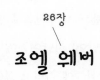

26장

조엘 웨버

멍든 눈은 이제 아프지 않지만, 겉보기에는 멍든 것보다 낫는 과정이 더 끔찍했다. 붓기가 가라앉기 시작하자 검푸르게 멍든 눈두덩이 한가운데가 점점 다른 색으로 변해가기 시작했다. 보라색에서 초록색으로, 그리고 노란색으로. 거울을 볼 때마다 내 얼굴은 현대미술 작품처럼 갖가지 색깔로 뒤범벅이 됐다. 어제는 주황색이 살짝 보이기 시작했다.

멍든 내 눈을 볼 때마다 부모님은 죄책감에 사로잡혔다.

"널 집으로 데려온 내 잘못이야." 아빠가 가슴 아픈 표정으로 말했다.

"하나도 잘못하신 거 없어요. 멜턴이 얼마나 싫었는데요."

나는 두 분을 안심시키려고 노력했다.

"악몽이 다시 시작될까 봐 무섭지 않아?" 엄마가 올림 다장조로 흐느끼며 말했다.

무섭지 않냐고? 당연히 무섭다. 체이스와 아론, 베어가 작년에 나를 괴롭혔을 때 얼마나 큰 고통과 모욕감, 공포를 느꼈는지 모른다. 내 잘못이 아니란 걸 안다. 그 애들이 등신이란 걸 안다. 그리고 설사 내가 다른 사람들보다 좀 못하다 해도 이런 일을 겪어야 할 정도로 가치 없는 사람은 아니라는 사실도 안다. 그런데 그 애들을 벌주는 사람은 왜 아무도 없지?

그 모든 것 못지않게 나를 괴롭힌 것은 체이스에 대한 내 잘못된 생각이었다. 솔직히 나는 체이스가 정말로 변했다고 믿었다. 심지어 체이스가 조금씩 좋아지기까지 했다. 다 착각이었다.

열대 과일처럼 색이 변하는 내 멍 자국을 볼 때마다 쇼샤나는 "만약 내가 대통령이라면" 체이스를 어떻게 처리할지 생각하며 복수의 환상에 사로잡혔다. 그중에는 잔혹한 것도 있었고, 어떤 경우엔 지나치게 엽기적이어서 내가 말려야 할 정도였다.

"그만해."

일요일 아침, 브렌든네 집으로 가는 길에 나는 쇼샤나한테 소리쳤다.

"지금 무슨 말을 하고 있는지나 알아? 사람을 톱밥 제조기에 넣는다는 둥 그런 얘기만 하고 있잖아!"

"사람이라고 하지 않았어. 알파 쥐라고 했지. 네가 좀 더 주의 깊게 들었다면, 다리부터 제조기에 넣을 거라는 말도 들었을 거야. 그래야 볼 수 있을 테니까. 자기 다리가 제조기 속에서…."

"말도 안 되는 소리 좀 그만해! 중세 시대의 스페인 종교재판관들도 그렇게는 하지 않았어."

"그거야 그땐 톱밥 제조기가 발명되기 전이니까."

나는 한숨을 쉬며 화제를 돌렸다.

"브렌든이 우릴 부른 이유가 뭘까?"

"왜겠어?" 쇼샤나가 아직도 분이 풀리지 않는지 씩씩대며 말했다. "또 말도 안 되는 유튜브 동영상이나 찍으려고 우릴 부른 거겠지."

"유튜브랑 관계없다고 했잖아."

"그래야 할 거야. 그렇지 않으면 브렌든도 톱밥 제조기에 넣어 버릴 테니까."

이게 요즘의 쇼샤나다. 소소한 일에도 과민 반응을 보인다.

브렌든네 집 앞에 다다랐을 때 우리는 킴벌리와 마주쳤다.

"어머, 얘들아 안녕." 킴벌리가 나를 보더니 애매하게 말을 덧붙였다. "눈이 많이… 좋아졌네."

"난 괜찮아."

"너도 문자 받았어?" 쇼샤나가 물었다.

킴벌리가 고개를 끄덕였다. "체이스도 온댔어."

뭐라고? 체이스가?

누나가 내 팔을 움켜잡고 질질 끌며 뒤돌아 걷기 시작했다.

그때 브렌든이 현관문을 박차고 나와서 우리한테 달려왔다.

"너희들 어디 가?"

"나랑 조엘 근처에 체이스는 절대 얼씬 못 해!" 쇼샤나가 씩씩거리면서 말했다.

"그래서 내가 너희들을 부른 거야! 체이스는 결백해!"

쇼샤나는 아랑곳하지 않고 나를 계속 잡아끌었다.

"완전 결백한 건 아니지만," 브렌든이 급히 설명했다. "조엘을 일부러 치지 않은 것만은 확실해! 체이스도 우리처럼 아무것도 몰랐다고! 나한테 증거가 있어!"

"무슨 증거?" 내가 물었다.

"원 맨 밴드 영상이 남아 있었어. 체이스가 아론과 베어를 막으려고 했던 증거야."

"우린 집에 갈 거야." 쇼샤나가 고집을 피웠다.

"누난 가. 난 여기 있을래."

"여기 있겠다고? 그 녀석이랑 같이?"

"무슨 일이 있었는지, 나를 위해서라도 꼭 봐야겠어."

나를 보호해야겠다는 생각이 들었는지 결국 쇼샤나도 남기로 했다. 나는 고마웠다. 곧 체이스가 브렌든네 집 현관문을 열고 나타날 텐데, 그때 내 기분이 어떨지 나도 예측할 수 없기 때문이다. 그동안 학교 여기저기서 체이스와 마주치곤 했지만 소화기 사건 이후로 우리가 한 공간에 있는 건 이번이 처음이다.

우리는 거실 소파에 자리 잡았고 브렌든은 커피 테이블에 컴퓨터를 설치했다.

"캠코더에 있던 걸 컴퓨터로 옮겼어." 브렌든이 설명했다. "동영상을 찍으려고 캠코더를 집으로 가져왔는데 그 안에 영상이 있더라구."

브렌든이 가져온 간식을 먹으며 우리는 체이스를 기다렸다.

20분이 지나고 30분이 지나도 체이스는 오지 않았다.

킴벌리가 조바심을 냈는데, 체이스가 아니면 여기에 올 이유가 없기 때문이다.

"체이스는 어딨어?"

브렌든이 다시 문자를 보냈다. 답이 없었다.

"그런 애한테 뭘 바라는 거야?" 쇼샤나가 비웃으며 말했다.

"분명히 온다고 했어." 브렌든이 단호하게 대답했다.

"그럼, 걔가 널 얼마나 아끼는데. 다른 사람은 또 얼마나 위해 주고. 브렌든, 현실을 직시해. 넌 차였어." 쇼샤나가 자리에서 일어섰다. "가자, 조엘. 체이스를 배려한답시고 버린 시간만 해도 이미 충분하니까."

나는 브렌든을 돌아봤다.

"동영상 켜봐. 체이스한테는 나중에 보여주면 되잖아."

우리는 빨리 감기로 브렌든이 연주대 여기저기서 불쑥 나타나 갖가지 악기를 연주하는 '원 맨 밴드'를 봤다. 그러다 튜바를 연주하는 구간이 나오자 일반 재생으로 돌렸다. 뱃속에 팽팽한 긴장감이 느껴졌다. 그동안 수도 없이 괴롭힘을 당해왔지만 내가 당한 것을 실제로 보긴 이번이 처음이다.

시종일관 짜증만 내던 쇼샤나도 집중하며 동영상을 봤다.

"이해가 안 돼." 킴벌리가 침묵을 깼다. "브렌든밖에 안 보이잖아. 다른 애들은 다 어디 있어?"

"너랑 조엘은 저쪽에 있어." 브렌든이 설명했다. "둘 다 화면 밖에 있어서 그래. 계속 보기나 해."

화면에 나타나진 않았지만 우리는 아론과 베어가 문을 벌컥 열고 들어오는 소리를 들었다. 제일 먼저 눈에 들어온 장면은 하얀 거품 두 줄기가 브렌든의 얼굴에 가차 없이 살포되는 모습이었다. 브렌든은 튜바를 안은 채 넘어졌다. 다음 장면에 뭐가 나올지 몰랐다면 나는 웃음을 터트렸을지도 모른다. 거품 줄기가 방향을 바꿔서 오른쪽 화면 밖에 있는 누군가를 목표로 삼았을 때, 그 소화기의 희생자가 나라는 사실을 단번에 알았다. 음악실 안은 고함 소리로 가득했다. 아론과 베어, 킴벌리, 브렌든의 고함 소리에 섞여 내 목소리도 들렸다.

거품이 한동안 계속 살포되다가, 화면 왼쪽에 아론과 베어가 보이기 시작했다. 그다음에 일어난 일은 너무나도 잘 기억난다. 아론과 베어가 악기를 사방팔방으로 마구 던지면서 음악실을 난장판으로 만들었다. 나는 아론을 말리려 했지만, 아론은 나를 거품 속으로 떠밀었다.

동영상을 보기가 생각만큼 힘들지는 않았다. *이건 내가 아니야.* 나는 속으로 생각했다. *이건 단지 나한테 일어난 일일 뿐이야.* 고화질의 영상을 보고 있자니 그날 음악실의 난장판뿐 아니라 그동안 내가 당해온 부당한 일들이 한꺼번에 떠올랐다. 나는 그 모든 일을 겪고도 아무 탈 없이, 물론 눈은 아니지만, 이렇게 살아 있다.

난 희생양이 되었지만 그렇다고 해서 내가 영원히 희생자로 살아야 하는 건 아니야.

나는 돌아왔다. 집으로 돌아왔고 다시 나 자신으로 돌아왔다.

그런 생각을 하고 있는데, 체이스가 컴퓨터 화면에 나타났다. 체이스는 자기 눈앞에 벌어지는 광경에 완전히 당황한 것 같다. 베어가 소화기를 떠안길 때조차 어안이 벙벙한 표정이었다. 나는 컴퓨터 앞으로 몸을 바짝 당겨 앉았다. 그게 내 눈을 후려친 소화기였기 때문이다.

체이스와 베어가 번쩍거리는 소화기를 가지고 몸싸움하는 장면을 지켜보는 사이, 긴장감이 고조됐다. 이제 곧 내가 맞는 장면이다. 나는 그 둘의 몸싸움을 눈으로 좇으면서 체이스가 아론, 베어와 한 패라는 걸 보여줄 단서가 있는지 뚫어져라 살폈다.

하지만 그런 신호는 어디에도 없었다. 체이스가 힘겨루기에서 이겼고, 내 얼굴은 망가졌다. 그뿐이었다.

브렌든이 영상을 멈추고는 의기양양하게 말했다.

"사고였어."

"인정." 내가 대답했다.

"와, 체이스 진짜 힘세다." 킴벌리의 반응이었다.

쇼샤나는 진실을 받아들이기 힘든지 얼굴이 빨개졌다. 그러더니 입술을 앙다문 채 웅얼거렸다.

"그래도 거짓말을 했잖아."

"체이스는 완벽한 사람이 아니야." 브렌든이 말했다. "한번 생각해봐. 체이스는 이 일 때문에 모든 사람한테 비난을 받을 뻔했어. 너라면 쉬운 길이 눈앞에 있는데 그걸 저버릴 수 있었을까?"

쇼샤나는 고집을 꺾지 않았다. "나라면 저렇게 엉망이 되진 않았겠지. 저런 쓰레기들이랑 어울리지 않으니까."

나는 쇼샤나를 쳐다봤다. "어쨌든 체이스랑 얘기를 해봐야 하지 않을까?"

반대를 할 줄 알았는데 쇼샤나가 고개를 끄덕였다. "나도 할 말이 많아."

"미안하다는 말도 해야 할 거야." 브렌든이 콕 집어 말했다.

"그건 두고 봐야지. 하지만 만일 그래야 한다면, 그건 마지막 말이 될 거야."

"그런데 체이스는 어딨어?" 킴벌리가 짜증난다는 말투로 끼어들었다. "브렌든, 체이스도 올 거라고 했잖아."

브렌든은 어느새 핸드폰을 들고 체이스 엄마와 통화하고 있었다. 잠시 후 브렌든이 눈살을 찌푸리더니 감사하다고 말하고 전화를 끊었다.

"체이스 엄마가 그러는데, 체이스가 포틀랜드 요양원으로 갔대. 그것도 아주 급하게."

"여기 오는 걸 잊은 게 아닐까?" 내가 물었다.

브렌든이 고개를 저었다.

"한 시간 전에 여기로 오겠다고 문자를 줬는걸."

쇼샤나가 자리에서 일어났다.

"요양원으로 가보자."

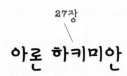

27장
아론 하키미안

"얘들아, 우린 30분이나 기다렸어." 덤블도라가 말했다. "카드 게임 테이블을 준비해주겠다고 약속했잖니."

"지금은 바빠요." 내가 대답했다.

이 늙은 박쥐의 목소리는 마치 변속기가 맛이 간 트럭에서 기어를 바꿀 때 나는 삐걱 소리처럼 들린다.

"내가 보기엔 별로 바쁜 것 같지 않은데? 과자 수레 앞에서 우리한테 줘야 할 과자를 먹고 있잖아."

"이게 얼마나 중요한 일인데요." 베어가 화나는 척 대꾸했다. "설마 우리가 배를 곯으면서까지 봉사하길 바라시는 거예요?"

"기다려요. 5분 있다가 갈 거니까." 내가 거들었다.

포틀랜드 요양원에서 하는 사회봉사활동이 음식물 쓰레기 처리기 앞에서 손을 더럽히는 일보다 훨씬 낫다는 것은 두말할 필요도 없다. 이 요양원 사람들을 열 받게 하는 건 정말 재미있다. 저 할머니는 아침부터 우리를 따라다니며 다른 할머니들과 카드 게임을 할 수 있도록 오락실에 테이블을 준비해달라고 괴롭혔다. 우리는 우리가 할머니를 얼마나 화나게 할 수 있는지 지켜보면서 피식피식 웃어댔다. 5분이라고? 5시간이 될 수도 있고 5일이 될 수도 있다. 그게 싫다면, 할머니 혼자서 카드 테이블을 준비하라지. 체격도 레슬링 선수처럼 튼튼하면서.

할머니는 실망했다는 듯이 오락실로 돌아갔고 나와 베어는 배꼽을 잡고 웃었다. 아, 물론 언젠가는 테이블을 준비해줄 생각이다. 할머니 머리가 터지기 일보 직전에 말이다. 그런 걸 두고 예술적이라고 하는 것이다.

우리는 과자를 더 먹었다. 베어가 마지막 남은 초콜릿을 독차지하려는 바람에 우리는 바닥을 나뒹굴며 초콜릿 쟁탈전을 벌였고 미친 듯이 웃어댔다.

바닥에서 일어나 먼지와 과자 부스러기를 터는데 체이스가 보였다. 녀석은 요양원 복도로 미끄러져 들어오더니 심각한 표정으로 서둘러 발걸음을 옮겼다. 우리가 풋볼 경기장에서 싸운 이후로 체이스는 봉사활동에 참여하지 않았다. 고약한 노인들로 넘쳐나는 이 건물에서 가장 고약한 덤블도어를 만나러 온 걸까. 자기만의 비디오 스타를 만나러 말이다.

놀라운 관찰력을 가진 베어가 체이스의 불룩 튀어나온 바지 주머니를 발견했다. 야구공이 들어 있는 것처럼 불룩했는데, 둘둘 말린 천 조각이 주머니의 벌어진 틈으로 살짝 보였다.

"야, 체이스. 주머니 안에 뭐야?"

내가 물었지만 체이스는 내 말을 무시하고 방향을 바꿔 반대편 복도로 발길을 돌렸다.

베어가 체이스 앞을 막아섰다.

"아론이 물어보고 있잖아."

체이스가 또다시 방향을 틀자 이번에는 내가 베어 옆으로 길을 막아섰고, 둘이서 복도를 가로막은 꼴이 되었다. 체이스는 풋볼 공격수처럼 머리를 숙인 채 우리 사이를 뚫고 지나가려 했다. 하지만 우리는 수비수가 되어 체이스를 가차 없이 막아섰다.

내가 팔을 뻗어 체이스의 바지 주머니에서 하얀 천 조각을 홱 잡아당기자, 뭔가가 쨍강 소리를 내며 바닥으로 떨어졌다. 별 모양에 파란색 리본이 달린, 그 덤블도어의 훈장이었다.

체이스가 실수를 만회하려는 듯 훈장 위로 몸을 날렸다. 나와 베어도 체이스 위로 몸을 날렸다.

"3분의 2는 우리 몫이야!"

"이건 솔웨이 할아버지 거야!"

"그 노친네는 신경도 안 써! 이런 게 자기한테 있었다는 사실도 기억 못 할걸!"

"꺼져!"

어떻게 된 일인지 체이스가 등으로 우리를 거뜬히 들어 올리더니 손으로 훈장을 움켜쥐었다.

"넌 우릴 이길 수 없어, 체이스." 내가 말했다. "무슨 수를 쓰더라도 그 훈장을 꼭 빼앗을 테니까."

체이스는 어떻게 할지 궁리하며 잠시 망설이는 것 같았다.

그사이, 덤블도라가 다시 복도에 나타났다.

"여기서 뭐 하는 거야? 5분이 한참 지났어. 지금 당장 우리 테이블을 준비해줘."

"할머니, 제가 할게요."

빠져나갈 기회를 놓치지 않고 체이스가 재빨리 대답했다. 그러고는 훈장을 꼭 쥔 채 덤블도라를 오락실로 안내했다.

베어가 쫓아가려 했지만, 나는 베어를 막았다.

"보는 눈이 너무 많아. 기다려보자. 체이스가 영원히 오락실에 있을 순 없으니까."

우리는 매의 눈을 한 채 문가에 서서 체이스가 훈장을 어딘가에 숨겨두는 게 아닌지 감시했다. 우리가 없을 때 와서 찾아갈 수도 있으니까. 훈장은 체이스의 오른손에 쥐여 있었다. 체이스는 접이식 테이블과 의자를 펼 때조차 주먹을 펴지 않았다. 그리고 계속해서 우리 둘을 살폈다.

나는 체이스를 향해 싱긋 웃어 보이며 텔레파시로 말했다.

이 자리에서 다음 빙하기까지 기다려야 한대도 우린 반드시 널 잡고 말 거야.

"체이스는 이제 끝장이야." 베어가 벌써 이긴 것처럼 속삭였다. "방을 빠져나가려면 우릴 지나는 수밖에 없으니까."

한편 오락실 안에 있는 덤블도라들은 체이스가 악당으로부터 세상을 구하기라도 한 것처럼 칭찬을 아끼지 않았다. 덤블도라들은 우리를 증오하는 것만큼이나 체이스를 사랑한다. 보고 있으면 토할 지경이다. 체이스가 서랍장에서 작은 화분을 꺼내 테이블 한가운데를 장식해주니, 뭐가 그렇게 좋은지 노인네들은 호들 갑을 떨었다.

바로 그때였다. 체이스가 뒤돌아서면서 팔꿈치로 화분을 치는 바람에, 화분이 테이블 밑으로 떨어졌다. 화분은 산산조각이 났고 흙이 바닥으로 흩어졌다.

"하! 멍청이!" 베어가 신이 나서 소리쳤다.

체이스가 방 한구석으로 달려가서 벽에 세워진 진공청소기를 가져왔다. 그리고 플러그를 꽂은 뒤 어질러진 바닥을 청소하기 시작했다.

하마터면 그 광경을 놓칠 뻔했다. 체이스가 청소기를 앞뒤로 움직이며 흙을 빨아들이는 사이, 꼭 쥐고 있던 오른손을 벌려 청소기가 지나가는 자리에 훈장을 떨어트렸다. 훈장은 눈 깜짝할 사이에 청소기 안으로 빨려 들어갔다. 체이스가 어깨 너머로 우리를 흘끗 쳐다봤다. 나는 아무것도 보지 못한 척했지만, 베어의 얼굴이 상기되는 바람에 들통나고 말았다.

체이스가 우리 앞으로 청소기를 밀면서 빠르게 다가오더니 냅다 뛰기 시작했다. 벽에 꽂혀 있던 플러그가 빠지면서 청소기가 조용해졌다. 하지만 체이스는 우리를 향해 계속 돌진했다. 베어와 나는 문을 가로막고 서서 체이스를 붙잡을 준비를 했다. 그런데 바로 다음 순간 충격이 느껴졌다. 체이스가 진공청소기를 높이 들어 올린 채로 충돌한 것이다.

우리는 엉덩방아를 찧으며 뒤로 나자빠졌다. 충돌 때문에 터진

청소기 필터에서 먼지가 날려 질식할 것만 같았다. 눈앞이 다시 선명해지자 우리는 버둥거리며 자리에서 일어섰다.

체이스는 청소기를 끌어안은 채 복도 끝까지 달아난 뒤였다.

우리는 서로를 쳐다보며 잠시 숨을 고른 뒤 동시에 소리쳤다.

"잡아!"

우리는 허리케인스의 최고 공격수를 쫓아갔다. 옛날 같았으면 체이스를 뒤쫓는 건 상상도 못할 일이다. 하지만 지금 체이스는 풋볼 공이 아닌 진공청소기를 들고 있다.

그것 때문에라도 속도를 내지 못할 터였다.

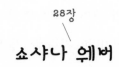

28장

쇼샤나 웨버

포틀랜드 거리에 도착했을 무렵, 내 걸음이 워낙 빨라서 다른 아이들은 반 블록이나 떨어진 거리에 있었다.

체이스! 이미 그 녀석한테 화가 나 있었지만 지금은 훨씬 화가 치밀었다. 이번에는 정말 최악이다. 체이스는 조엘이 당한 일에 결백하다. 내 두 눈으로 똑똑히 봤다.

차라리 체이스를 뼛속까지 증오하는 게 훨씬 쉬웠다. 의심의 여지가 없었으니까. 그런데 문제가 그렇게 단순하지 않았다. 체이스를 좋은 쪽으로 생각하기 시작하자, 체이스가 조엘을 보호하려 했던 것이나, 비디오 동아리 친구들과 작업하고 싶어 하던 모습, 솔웨이 할아버지한테 했던 행동들이 눈에 들어오기 시작했다. 그러자 모든 것이 뒤죽박죽이 되었다. 착한 체이스와 나쁜 체이스가 뒤섞여 머리가 터질 것 같았다.

최악인 것은 그동안 내가 했던 잔인한 말들이 모두 틀렸다는 것이다. 게다가 주워 담기에도 이미 늦어버렸다.

요양원 로비에서 나는 아이들이 오기를 기다렸다가 함께 복도를 따라 솔웨이 할아버지의 방으로 갔다. 할아버지는 가장 좋아하는 의자에 구부정한 자세로 앉아 운동화 끈을 푸는 데 온 정신을 쏟고 있었다.

나를 알아보자, 할아버지가 대뜸 소리를 질렀다.

"거기 서 있지만 말고 어서 와서 신발 끈 푸는 걸 도와줘야지. 이젠 옛날처럼 허리를 숙이지 못하겠구나."

다른 아이들도 뒤따라 방 안으로 들어왔다.

"그건 그렇고, 아예 세상 사람들을 다 불러왔구먼. 암, 신발 끈 하나 못 푸는 늙은 영감탱이 구경하러 와야지. 팝콘은 가져왔어? 풍선은 너희들이 직접 불거라. 난 늙어서 숨 쉬기도 힘드니까."

나는 무릎을 구부리고 운동화 끈의 매듭을 풀었다.

"솔웨이 할아버지, 혹시 체이스 아직 안 왔어요?"

할아버지가 고개를 저었다.

"벌써 며칠이나 보지 못했어. 너희 둘 다 말이다."

할아버지는 조금 서운한 표정이었다.

정말 부끄러웠다. 조엘이 다친 이후로 나는 이곳에 오지 않았다. 그런데 체이스도 그 끔찍한 일이 일어난 뒤로 이곳에 오지 않았다는 걸 오늘에야 알았다. 그런 생각은 한 번도 해본 적이 없었다. 내가 체이스를 얼마나 경멸하는지만 생각하느라고. 하지만 솔웨이 할아버지 입장에서 보면 이제 동영상을 제작하는 일이 끝났으니 자신이 필요 없어져서 찾아오지 않는 거라고 생각했을 수도 있다. 우리가 아무 생각 없이 할아버지를 무시한 셈이다.

"제 잘못이에요. 그동안 체이스한테 아주 많이 화가 나 있었거든요. 제대로 알지도 못하면서 말이에요. 체이스도 그래서 오지 못한 걸 거예요. 할아버지를 보고 싶지 않아서가 아니라, 저랑 만나는 걸 피하려고요. 그건 저도 마찬가지…."

어깨 위에 손길이 느껴졌다. 조엘이 내 옆에 서서, 내가 감정이 앞서 설명을 제대로 못 하고 있다는 신호를 보냈다.

솔웨이 할아버지의 우락부락한 얼굴에 기이한 미소가 번졌다.

"백만금을 준다 해도 난 다시는 젊어지지 않을 거야."

킴벌리가 할아버지 앞으로 다가섰다.

"학교에서 할아버지에 대한 동영상을 봤어요."

"제목이 '전사'였어요." 브렌든이 재빨리 부연 설명했다. "쇼샤나와 체이스가 함께 만든 동영상요."

그때, 복도에서 쿵쾅거리는 발소리와 소란스럽게 떠드는 소리가 들렸다.

솔웨이 할아버지가 눈살을 찌푸렸다.

"설마 휠체어 경기는 아니겠지? 참 대단한 노인네들이야. 자기네 세상인 줄 안다니까!"

문 밖으로 고개를 내밀고 보니, 체이스가 진공청소기를 팔로 감싸 안은 채 달려오고 있었다. 계속 지켜보고 있는데 갑자기 체이스가 뒤로 사정없이 나자빠졌다. 그 뒤로 역시 바닥에 엎어진 아론이 보였다. 녀석이 두 손으로 진공청소기의 전깃줄을 잡아당겨 체이스를 자빠트린 것이다.

베어가 쓰러진 아론을 뛰어넘어 마치 독수리처럼 체이스를 향해 달려들었다. 체이스가 진공청소기를 놓으려 하지 않자, 베어는 주먹으로 체이스의 머리와 어깨를 마구 때리기 시작했다.

킴벌리의 공포에 질린 비명 소리가 들렸지만 내 비명 소리가 더 컸다. 우리는 베어한테 덤벼들어 체이스한테서 떼어내려고 했다. 베어가 허둥지둥 일어나더니 우리를 밀쳐냈다. 킴벌리가 벽에 부딪혀 튕겨 나갔고 우리는 같이 뒹굴면서 머리를 세게 부딪혔다. 눈앞에 별이 보였다.

"야!"

브렌든이 베어한테 몸을 날리더니 한 번도 보인 적 없는 용기를 발휘해 베어를 주먹으로 치기 시작했다. 다윗과 골리앗과의 싸움처럼 완전히 미친 짓이었다. 브렌든은 주먹을 제대로 쓰지도 못했다. 엄지손가락이 마치 사과 꼭지처럼 튀어나와 있었다.

처음엔 충격에 휩싸였던 베어의 얼굴에 점점 잔인한 웃음이 번지더니, 브렌든이 주먹으로 계속 치는데도 아예 대놓고 웃기 시작했다. 그러다 마침내 작정한 듯 자기보다 훨씬 작은 브렌든을 잡고는 뼈가 으스러질 정도로 어퍼컷을 날렸다. 브렌든이 허공으로 붕 뜨더니 2미터 정도 날아가 나동그라졌다.

놀랍게도 브렌든이 다시 일어섰다. 주먹에 맞아 턱이 빨개졌지만 또다시 베어를 향해 달려들었다.

그때 체이스가 정신을 차리고 일어나서 브렌든을 붙잡았다. 정말 다행이다. 저 고릴라 녀석들이라면 브렌든을 정말로 죽일지도 모르는데.

아론이 바닥에 나뒹구는 진공청소기를 낚아채더니 야구방망이처럼 뒤로 뺐다. 체이스의 머리를 날려버리려고.

나는 있는 힘껏 소리쳤다.

"체이스!"

그때 솔웨이 할아버지의 보행기가 복도를 따라 굴러왔다. 홈런을 날리려던 아론이 보행기에 부딪혀 균형을 잃고 베어 위로 쓰러졌다. 아론과 베어, 그리고 진공청소기가 한 덩어리가 되어 바닥에 넘어지며 요란한 소리를 냈다.

"이야, 명중이군!" 솔웨이 할아버지가 소리쳤다.

"저기예요!"

복도 끝의 육중한 문이 확 열리면서 조엘이 던컨 간호사와 경비원 둘을 이끌고 나타났다.

잘했어, 조엘! 적어도 우리 중에 누구 하나는 도움을 청하러 갈 머리가 있었던 것이다.

아론과 베어가 또다시 싸울 태세를 취했지만, 때마침 도착한 간호사와 경비원 때문에 싸움은 끝이 났다.

베어가 손가락으로 체이스를 가리키며 비난했다.

"저 녀석이 잘못한 거예요!"

"뭐야?"

던컨 간호사는 화가 머리끝까지 난 상태였다.

요양원 사람들이 밖이 왜 이리 소란스러운지 알아보려고 문간에 하나둘 모습을 보이기 시작했다.

던컨 간호사가 목소리를 높였다.

"대체 이게 무슨 정신 나간 짓이야?"

체이스가 대답 대신 진공청소기에서 필터를 **빼내** 안에 든 것을 바닥에 쏟았다. 그리고 수북한 먼지 뭉치를 헤집어 잿빛이 된 별 모양 장식의 리본을 찾아냈다. 리본 끝에는 미국 군인이 받을 수 있는 가장 고귀하고 유명한 장식물이 달려 있었다. 진공청소기의 먼지조차 그 광채를 흐리게 할 수는 없었다.

"그거 내 거냐?" 솔웨이 할아버지가 놀란 표정으로 말했다.

체이스가 고개를 끄덕였다.

"제가 훔쳤어요. 기억나진 않지만, 사고를 당하기 전에 그랬어요. 그렇다 해도 변명의 여지가 없다는 거 알아요."

훈장을 원래 주인한테 건네준 뒤 체이스는 수치스러움에 고개를 숙였다.

"그건 예전의 너였어!" 브렌든이 눈 깜짝할 사이에 부어오른 턱으로 중얼거렸다.

"난 그냥 나야." 체이스가 거의 들리지 않는 목소리로 말했다.

솔웨이 할아버지가 손가락으로 훈장을 뒤집었다. 할아버지는 망연자실한 것 같았다.

"저 두 어릿광대들은 뭐냐? 쟤들도 이 일에 관련이 있어?"

아론과 베어가 겁에 질린 눈으로 한때 가장 친한 친구였던 체이스를 쳐다봤다.

"전부 제가 벌인 일이에요. 제가 훔친 다음 우리 집 지붕에 올라가 지붕널 틈새에 숨겼어요. 그러다 지붕에서 떨어졌던 거고요. 천벌을 받았나 봐요." 체이스가 고개를 저으며 계속해서 말했다. "왜 그런 끔찍한 생각을 했는지 모르겠어요. 아마 그걸 팔려고 했던 것 같아요."

솔웨이 할아버지는 충격과 슬픔에 빠진 것 같았다.

나는 체이스를 변호하려다가 도난당했던 훈장을 보고는 입을 다물었다. 착한 체이스든 나쁜 체이스든, 우리가 세상에서 가장 나쁜 짓을 저지른 사람을 보고 있다는 사실에는 의심의 여지가 없었다.

조엘도 체이스를 변호하려는 모습이 역력했지만 무슨 말을 해야 할지 모르는 것 같았다. 내 쌍둥이 동생은 조용한 쪽이고, 말이 많은 쪽은 나다. 브렌든은 턱이 보라색으로 변해서 말을 할 수가 없었다. 킴벌리는 완전히 정신을 놓았다. 아론과 베어는 비난을 모면하게 됐다는 사실에 안도하며 입을 다물어버렸다.

던컨 간호사가 침묵을 깨고 입을 열었다.

"이게 대체 무슨 일인지 모르겠구나. 한 가지 분명한 건 우리 요양원에서 범죄가 일어났다는 사실이야."

그러고는 숨을 깊이 들이마셨다.

"아무래도 경찰을 불러야겠구나."

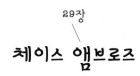

체이스 앰브로즈

지붕에서 떨어지는 것보다 더 나쁜 상황이다.

경찰에 체포되어 처벌을 받는 건 물론이고, 대통령이 수여한 명예훈장을 세월이 지나 늙어버린 전쟁 영웅한테서 훔친 질 나쁜 아이로 온 동네에 소문이 나버릴 테니까.

솔웨이 할아버지가 앞으로 나를 어떻게 볼지 생각하니 정말 마음이 아팠다. 나는 가장 존경하는 사람의 물건을 훔쳤다. 이게 무슨 운명의 장난인가! 나는 이 전쟁 영웅을 존경하기 전에 이미 죄인이었다. 할아버지는 이제 나한테 말 한 마디 하지 않겠지. 할아버지가 나한테 말을 할 이유가 있을까? 나도 나 자신한테 더 이상 아무 말도 하고 싶지 않은데.

소년법원에서 판결이 내려지길 기다리는 동안, 엄마는 나를 학교에 보내지 않았다. 나도 그러는 편이 훨씬 좋았다. 다른 아이들이 나를 어떻게 보고 얼마나 경멸하는지 직접 체감하지 않아도 되니까. 그래, 그랬다. 아이들은 나를 언제나 경멸했다. 그런데 이젠 그래야 할 이유가 또 하나 생겼다. 브렌든과 쇼샤나는 우리 집에 계속 전화를 걸었지만 엄마는 내가 그 누구와도 통화하지 못하게 했다. 법원에서 권한 것이었지만 나는 아무래도 좋았다. 쇼샤나가 나한테 무슨 말을 할지 어렴풋이 알 것 같아서 듣고 싶지 않았다. 어떤 말이 됐든 결국 내가 나 자신한테 하는 말보다는 나을 것이다.

아론과 베어도 계속 전화했다. 자기들을 보호해줘서 고맙다는 말을 하려는 것 같았다. 하지만 훈장을 훔친 사람은 나다. 아론과 베어는 자기들도 암암리에 동의했기 때문에 공범자라고 생각하는 모양이다. 솔직히 말해서 나는 아론과 베어한테 이제 화가 나지 않는다. 나는 그 애들만큼이나 나쁜 아이였고, 무엇보다 셋 중에 주모자였다.

소년법원에서 판결이 나오면 그 애들과 해결해야 할 일도 없어진다. 난 소년원에 들어가게 될 테니까. 소년원에서 나온다 해도, 아론과 베어의 부모님이 나랑 어울리지 못하게 할 가능성이 크다. 난 나쁜 영향을 끼치는 녀석이니까. 어쩌면 나를 만나기 전에 아론과 베어는 천사 같은 아이들이었는지도 모른다.

내가 소년원에 갈 가능성은 아주 크다. 담당 판사가 예전에 아론, 베어와 나한테 사회봉사활동 명령을 내렸던 사람이기 때문에, 이번 일이 처음으로 저지른 실수라고 변명할 수도 없다. 무죄를 주장하기엔 너무 늦어버렸다. 내가 저지른 일이라는 걸 온 세상 사람들이 다 안다.

엄마는 나를 용서해줬지만 그렇다고 변하는 건 없다. 엄마한테도 용서를 받지 못한다면 내 인생은 정말 끝난 것이나 마찬가지다. 조니 형은 집으로 돌아왔다. 판결이 나올 때 내 곁에 있어주려고 학기 중에 돌아왔다. 내가 형의 인생까지 망쳤다는 뜻이다.

그 외에 내가 만난 사람은 아빠와 아빠의 새 가족뿐이다. 이해할 수 없는 건 내가 벼랑 끝에 몰리게 되니, 코린 아주머니가 갑자기 열렬한 내 편이 되었다는 것이다. 엄마가 안 도와줄 것도 아닌데, 코린 아주머니는 앞으로 나한테 일어날 일에 대해 지나치게 걱정해줬고 그 바람에 주위 사람들까지 불안하게 만들었다.

"판사님도 네가 어떤 사람인지 알게 될 거라고 믿어."

"제가 아주머니랑 헬렌한테도 몹쓸 짓을 했겠죠. 예전에 말이에요. 기억은 안 나지만 정말 죄송해요."

"신경 쓸 거 없어. 앞으로 일어날 일에만 집중하자꾸나."

헬렌은 이제 겨우 네 살이라서 나한테 일어난 일을 이해하지 못했다. 사실 요즘 정말로 마음이 편안해지는 건 헬렌과 함께 바닥에 앉아 바비 인형을 갖고 놀 때뿐이다. 예전의 나였다면 죽어도 안 그랬을 텐데.

바비가 남자친구와 함께 요트를 몰고 파티에 가는 설정으로 놀고 있는데, 아빠가 핸드폰 카메라로 나를 찍었다.

"네 살짜리 애랑 놀면 풋볼에 집중 못 한다고 아빠가 싫어하실 줄 알았는데요."

"챔피언, 뭘 모르는 소리를 하는구나." 아빠가 큰 소리로 말했다. "이 모습을 재판에서 보여주면…."

"판결문을 듣기만 하는 거예요."

"어찌 됐든, 네가 얼마나 멋진 오빠인지 판사한테 보여줄 수 있 잖아. 그럼 다시 풋볼 경기장으로 돌아갈 수 있을지도 몰라."

나는 한숨을 쉬었다.

"훈장을 괜히 돌려줬다고 저를 얼마나 바보로 생각하시는지 알 아요."

"글쎄다. 훈장을 솔웨이 씨 방문 밑으로 밀어 넣으면 되지 않았 을까. 그런 생각도 안 했다고 하면 거짓말이겠지."

"네, 그러게요."

"하지만 넌 옳은 일을 했어. 그 훈장은 너한테 쓸모가 없어. 네 가 얻어낸 게 아니니까. 그 훈장은 솔웨이 씨한테만 가치가 있는 거야."

"그 훈장이 과연 솔웨이 할아버지께 가치가 있을지 모르겠어 요. 훈장을 어떻게 해서 받았는지도 기억을 못 하시니까요. 저처 럼 할아버지 기억도 희미해졌어요."

아빠가 어깨를 으쓱해 보였다.

"기억을 못 한다고 해서 없는 일이 되는 건 아니다. 아빤 예전 의 너를 사랑했다."

내가 항의하려 하자 아빠가 손을 들어 올렸다.

"끝까지 들어봐. 아빠가 예전의 너를 그리워한다고 해서 지금 의 너를 달가워하지 않는다는 뜻은 아니야. 아빤 바보가 아니란 다. 네가 헬렌을 얼마나 사랑하는지 알아. 사고가 나기 전에 이런 일이 가능했을까?"

"제가 약해빠졌다고 생각하시는 줄 알았어요."

아빠의 얼굴이 빨갛게 달아올랐다.

"아빤 단지 달라진 네가 익숙하지 않은 것뿐이야. 이 모든 일에 책임을 지려면, 그리고 아론과 베어 같은 좋은 친구들을 내치지 않으려면 힘이 필요해. 솔웨이 씨 일도 그렇고 조엘 일도 그렇고 그때의 일을 바로잡기 위해선 힘이 필요하지. 넌 강해. 동시에 바보 같기도 하지. 하지만 바보 같은 순간은 모두한테 있어. 중요한 건 잠깐의 나쁜 시기에 네 인생을 내주지 않는 거야."

아빠의 말 속에는 예전에 몰랐던 어떤 의미가 숨어 있었다. 사고가 나기 전에도 이런 일이 자주 있었을지 모르지만, 어쨌든 나로서는 아빠한테서 처음 보는 모습이었다.

법원 안에 설치된 금속 탐지기를 지날 때, 나는 완전히 얼어붙었다. 예전에도 이곳에 온 적이 있었다. 그때의 기억이 밀물처럼 밀려왔다.

"어서 앞으로 가." 보안요원이 재촉했다. "사람들이 뒤에서 기다리고 있잖아."

"네, 죄송해요."

나는 엄마와 조니 형, 아빠, 그리고 랜도 변호사가 지나갈 수 있도록 서둘러 걸어 나갔다.

내가 떨고 있었는지, 조니 형이 내 귀에 대고 속삭였다.

"조금만 더 버티자, 체이스."

나는 방금 전 떠오른 기억에 골몰한 채 고개를 끄덕였다. 조엘의 피아노에 폭발물을 설치했다는 죄목으로 이 법원에 아론과 베어, 그리고 우리 가족과 함께 왔을 때, 나는 모두에게 화가 나 있었다. 조엘, 웨버 가족, 학교, 그리고 경찰까지도. *내가 누군지 모르는 거야? 주 선수권 대회 MVP에 빛나는 체이스 앰브로즈라고!* 학교를 좌지우지하는 영웅들. 우리가 무슨 일을 하든 학교에서는 찍소리도 못해. 왜냐면 우리가 한 일이니까! 그렇다, 나는 굉장히 화가 나 있었다. 그때의 분노가 기억의 장막을 뚫고 열기를 내뿜는 게 느껴질 정도였다.

불과 몇 달 만에 얼마나 많이 달라진 걸까. 그때의 나는 어마어마한 자신감을 가지고 있었기 때문에 위대한 체이스 앰브로즈를 감히 그 누구도 건드릴 수 없다고 생각했다. 그런데 지금은 정반대가 되었다. 그 어떤 판사라도 나만큼 싫어할 수 없을 정도로 나 자신이 너무나도 싫었다. 랜도 변호사가 나한테 실망한 것도 그 때문일 거라고 생각한다. 스스로 변호하기를 포기한 사람을 어느 누가 변호하고 싶을까?

그렇다고 해서 소년원에 가고 싶다는 뜻은 아니다. 가고 싶지 않다. 하지만 나는 백 퍼센트 유죄다. 나는 훈장을 훔쳤다. 예전의 나였다면 훈장을 팔아서 돈을 챙겼을 것이다. 그게 사건의 전부다. 랜도 변호사가 이번 재판에서 성격증인(법정에서 원고 또는 피고의 성격, 인품 등에 관하여 증언하는 사람:옮긴이)한테 모든 것을 걸고 있는 이유이기도 하다. 내가 그 누구의 변호도 거절했기 때문에.

법정에 들어서자 엄마의 떨리는 숨소리가 들렸다. 아빠는 내 어깨에 팔을 둘렀다. 나는 애써 아빠의 팔을 뿌리치지 않았다. 지금 당장은 내가 받을 수 있는 모든 지원을 받고 싶었다.

나는 눈을 들어 주위를 둘러보다가 거의 숨이 멎을 뻔했다.

모두가 왔다!

브렌든과 킴벌리가 비디오 동아리 아이들과 앉아 있었고, 학교에서도 친구들이 아주 많이 왔다. 데븐포트 코치님과 조이, 랜든을 포함해 풋볼 팀 아이들도 눈에 띄었다. 드레오 선생님은 다른 선생님들과 함께 앉아 있었다. 맨 앞줄에 앉은 웨버 가족을 발견했을 때는 깜짝 놀랐다. 나와 눈이 마주치자 쇼샤나는 재빨리 고개를 돌렸다.

기절할 것 같았다. 나는 내가 더 이상 히아와시 중학교 최고의 스타가 아니라는 사실을 잘 안다. 이토록 많은 사람들이 나한테 내려질 소년원 수감 판결을 듣기 위해 시간 내서 올 만큼 나를 경멸한다는 사실은 지금껏 당해본 적 없는 엄청난 고통이었다. 빠진 게 있다면 딱 한 가지, 화난 군중이 나한테 던질 썩은 과일이나 야채가 안 보인다는 것이다.

가핑클 판사가 법정에 들어왔다. 내가 피고인석에서 마음 졸이고 있는 사이, 판사는 사건 파일을 살펴봤다.

"아, 이제야 기억이 나는군." 판사가 날카로운 눈으로 나를 쳐다봤다. "지난번에 내 법정에서 학생을 다시 보게 된다면 일이 아주 힘들어질 거라고 얘기했던 것 같은데. 어디 변호할 말이 있으면 들어볼까?"

"재판장님, 저는 변호할 말이 없습니다. 제가 솔웨이 씨의 훈장을 왜 훔쳤는지 기억나지 않으니까요. 이제 저는 그런 짓은 하지 않아요. 하지만 예전에는 분명히 그렇게 했습니다."

판사가 근엄하게 고개를 끄덕였다.

"학생의 정직함은 높이 평가합니다. 다른 이의가 없다면 일이 쉽게 풀리겠군요."

"성격증인을 증인석에 앉히고 싶습니다." 랜도 변호사가 발언했다. "법정에서 허락한다면 말입니다."

가핑클 판사가 한숨을 내쉬었다.

"진행하세요."

엄마가 먼저 나섰다. 엄마는 눈물을 흘리며 예전에 내가 얼마나 다루기 힘든 아이였고, 사고가 난 이후로는 얼마나 달라졌는지 강조했다. 또 내가 얼마나 심각한 부상을 입었는지, 또 내가 얼마나 오랫동안 의식을 잃었었는지에 대해 누누이 말했다. 그런 진술은 모두 랜도 변호사의 신중한 지도에서 나온 것이었다.

다음은 아빠였는데, 나는 아빠가 하는 얘기를 듣고 정말 놀랐다. 아빠는 풋볼에 대해서는 딱 한 번만 언급했다.

"체이스 또래 중에 세상이 전부 자기 것인 양 행동하지 않는 아이가 있던가요? 그렇다 하더라도 저는 지금의 제 아들을 보면서 이런 생각을 합니다. 나도 열세 살이었을 때 누군가 지붕에서 밀었더라면 좋았을 걸 하고 말입니다."

정신이 멍했다. 아빠의 48년 인생 중에 가장 행복했던 시절은 중학교와 고등학교 때였다. 아빠는 최고의 운동선수이자 인기 스타로서 완벽한 학창 시절을 보냈다는 자부심이 대단했다. 그런 분이 지금, 그 시절 나처럼 지붕에서 떨어졌으면 훨씬 인생에 도움이 되었을 거라고 고백한 것이다.

한편 쿠퍼맨 선생님은 내 머리의 외상이 아주 심각한 것임을 다시 한 번 상기시켰다. 기억상실증에 걸릴 만큼 심각해서 성격에 변화가 생길 가능성도 충분하다고 진술했다.

가핑클 판사가 눈살을 찌푸렸다.

"그렇다면 그 성격 변화는 영구적인 것인가요?"

"그건 알 수 없습니다. 일반적으로 우리는 인간 두뇌의 내부 영역보다 외부 영역에 대해 많이 알고 있으니까요. 하지만 체이스가 새사람이 되었다고 믿을 만한 이유는 얼마든지 있습니다."

쿠퍼맨 선생님이 증인석에서 내려오자, 집행관이 다른 증인의 이름을 불렀다.

"쇼샤나 웨버."

뭐라고? 나는 그 자리에서 얼어버렸다. 이건 분명 실수다!

쇼샤나가 자리에서 일어나 증인석으로 향했다.

나는 랜도 변호사의 옷소매를 움켜잡고 속삭였다.

"안 돼요! 쟤는 나를 인간 이하의 쓰레기로 생각한다고요!"

쇼샤나는 여전히 나와 눈이 마주치는 걸 피하고 있었다. 사뭇 긴장된 표정이었다. 쇼샤나는 자기가 맡은 일은 똑 부러지게 해내는 아이다. 지금 아무 말 없이 자리에 앉아 있지만, 속에서는 금방이라도 폭발할 듯이 분노가 들끓고 있을 것이다.

좋지 않다. 이건 정말 아니다!

"웨버 양?" 판사가 증언을 재촉했다.

"체이스는 유죄라고 생각합니다." 쇼샤나가 입을 열었다. "체이스는 많은 죄를 지었습니다. 하지만 좋은 일도 많이 했어요. 체이스는… 항상 성공했던 건 아니지만 많은 노력을 했어요."

가핑글 판사가 목을 가다듬었다.

"웨버 양, 성격증인의 역할은 잘잘못을 짚어내는 게 아니라, 피고인의 성격을 보증하는 겁니다."

"지금 그 점을 얘기하려던 참이에요." 쇼샤나가 계속해서 말했다. "가장 중요한 문제는 체이스가 앞으로 어떤 사람이 될까 하는 거예요. 체이스는 훈장을 돌려줬어요. 그건 좋은 거예요. 하지만 나쁜 짓도 했어요. 옛 친구들을 감싸기 위해 거짓말을 했으니까요. 저는 체이스한테 불리한 이야기를 하려는 게 아니에요. 단지 판사님께 체이스에 대해 공정한 판결을 내릴 수 있도록 전부 얘기하려는 거예요. 체이스가 지붕에서 떨어진 걸 감사하게 생각해요. 인생을 완전히 새롭게 시작할 기회가 주어졌으니까요. 그렇게 완벽하진 않더라도…."

쇼샤나는 말을 잇지 못하고 적절한 표현을 찾기 위해 애썼다.

나는 쇼샤나가 끝까지 적절한 표현을 찾아내지 못하기를 마음속으로 바랐다. 쇼샤나가 예전만큼 나를 증오하지 않는 건 정말로 고마웠다. 하지만 이렇게 해서는 도움이 되지 않는다.

"완벽하진 않더라도…?" 판사가 재촉했다.

"저는 누구보다도 체이스에 대해 부정적이었어요." 쇼샤나가 설명했다. "어떤 부분에선 정당했지만 아닌 것도 있었죠. 제가 말하고 싶은 건, 판사님이 제 말을 믿으셔도 된다는 거예요. 저도 제가 이런 말을 하게 돼서 놀랍지만, 저는 앞으로 체이스가 좋은 사람이 될 거라고 믿어요."

뭐라고?

쇼샤나의 증언은 랜도 변호사가 원하는 그런 증언은 아니었지만 정직함에서만큼은 최고였다. 맹세코 쇼샤나의 입에서 좋은 사람이란 말은커녕 그 비슷한 말도 나오길 기대하진 않았는데, 그런 말을 할 줄은 정말로 몰랐다.

그런데 재판은 내가 예상한 대로 진행되지 않았다.

"정말 칭찬받을 만한 말이군요, 웨버 양." 판사가 말했다. "하지만 이번 사건의 증언과는 관련이 없는 발언입니다. 피고인 체이스는 줄리어스 솔웨이 씨의 재산인 명예훈장을 훔친 죄로 기소됐습니다. 체이스 본인조차 부인하지 않은 범죄 행위죠."

"하지만 모르시겠어요?" 쇼샤나가 목소리를 높였다. "제가 체이스를 잘못 판단한 거라면 다른 사람들도 그럴 수 있다는 뜻이에요. 판사님조차도요."

"웨버 양의 증언에 감사드립니다." 판사가 쇼샤나를 향해 말했다. "재판을 계속 진행하도록 하겠습니다. 이곳에 참석한 분들 중 이 학생을 위해 증언해주실 분이 계신가요?"

의자를 뒤로 끄는 소리와 발을 구르는 소리가 법정 안에 크게 울려 퍼졌다. 법정에 나온 사람들 모두가 자리에서 일어섰다. 그리고 법정을 가로질러 증인석이 있는 곳으로 갔다. 학생들과 선생님들, 학부모들이었다. 오직 우리 가족과 나, 그리고 랜도 변호사만이 자리에 앉아 있었다.

당혹감을 감추지 못하는 집행관 앞에 모두가 일렬로 섰다. 예전에 내가 괴롭혔던 비디오 동아리 친구들과 나로 인해 수업에 지장이 생겼던 선생님들, 내가 자기를 무시했다고 생각하는 풋볼팀 친구들까지. 심지어 조엘과 웨버 가족도 있었다.

나는 그들을 바라봤다. 그 많은 사람들이 용서받을 가치도 없는 비행청소년을 변호하기 위해 순서를 기다리고 있었다. 용기를 내라며 고개를 끄덕이고 손을 흔들고 엄지손가락을 치켜세워줬다. 내 눈에 어느새 눈물이 차올랐고, 그들의 모습이 순식간에 흐릿해졌다. 나는 증인들이 진술하는 도중에 울음이 터질까 봐 겁이 났다. 하지만 이런 일로 울음을 터트리게 될 줄은 몰랐다. 내 평생에 이런 일이 일어날 거라곤 생각지도 못했다.

나는 입술을 꽉 깨물었다. 눈앞이 조금 선명해졌다.

가핑글 판사가 북적거리는 증인석을 바라봤다.

"무슨 뜻인지 알겠습니다."

그런 뒤, 나를 돌아봤다.

"정말 인상적이구나. 나도 네가 완전히 다른 사람이 되었다는 사실을 부인하지는 않는단다. 정말 놀라운 일이야. 하지만 문제는 심각한 범죄가 있었고, 그게 처음이 아니란 거지. 체이스, 네가 솔웨이 씨의 훈장을 훔쳤던 예전의 그 아이가 아니라는 걸 보장할 수 있겠니?"

구제의 기회가 바로 코앞에 있었다. 손을 뻗어 붙잡기만 하면 된다. 나는 그저 '네'라고 대답하기만 하면 된다. 정말 꿈꾸던 해피엔딩이 되는 것이다. 그런데, 이 기분은 뭘까….

내가 백 퍼센트 달라졌다는 걸 어떻게 알 수 있지? 과거의 기억이 서서히 되살아나는 동안 예전의 나와 지금의 내가 완전히 다른 사람이 아니라는 사실이 점점 명백해지고 있다. 과연 정말로 내가 예전과 같은 사람이 아니라고 말할 수 있을까?

물론 그렇다고 해서 판사가 나한테 듣고 싶은 말을 안 하지는 않을 것이다. 그게 예전의 체이스가 해왔던 방식이다. 교장실에 있을 때처럼 쉽게 쉽게 가기. 거짓말하고 속이고, 위기를 모면하기 위해 아무 말이나 지어내기.

하지만 나는 달라졌다.

바로 그 순간, 나 자신한테 정직해지는 게 나를 소년원에 보낼 권한을 가진 판사를 속이는 것보다 훨씬 중요하다는 사실을 깨달았다.

나는 슬픈 표정으로 고개를 저었다.

"죄송합니다, 존경하는 판사님. 하지만 저는 장담할 수 없습니다. 제가 달라졌다는 걸 느껴요. 예전에 했던 행동들을 하고 싶은 마음이 전혀 없으니까요. 그런데 그 훈장을 훔쳤던 사람은 제 안에 한 번 있었습니다. 그 사람이 영원히 사라졌다고는 확신할 수 없을 것 같습니다."

법정 안이 술렁거렸다. 방청객들이 일제히 한숨을 내쉬었다.

가핑클 판사가 무거운 한숨을 내쉬었다.

"체이스 군, 이렇게 되면 선택의 여지가 없구나. 너를 소년원에 보내기로 결정할 수밖에…."

"판사 양반, 잠깐 기다려보시게!"

다들 흥분한 나머지, 아무도 법정 문이 활짝 열린 것을 알아차리지 못했다.

소란스러운 법정 안으로 줄리어스 솔웨이 씨가, 그 전쟁 영웅이 힘겹게 보행기를 밀며 들어왔다. 단벌 셔츠를 입고 목에는 반짝반짝 광을 낸 명예훈장을 걸고 있었다. 할아버지의 활활 타오르는 눈빛에는 반드시 승리할 것이라는 의지가 담겨 있었다.

그 모습이 가핑클 판사의 주의를 끌었다.

"솔웨이 씨를 소개해야 할 것 같군요. 선생님, 자리에 앉아주시겠습니까?"

"아니, 앉지 않겠소." 할아버지가 도전적으로 대답했다. "이 모든 소란이 쓸모도 없는 훈장 때문에 일어났소! 어쨌든 훈장은 주인을 찾아갔잖소. 사건은 종결됐으니 모두 집으로 돌아가요."

"솔웨이 씨, 그런 식으로 문제가 해결되지는 않습니다. 아무리 만족스러운 결말이라 하더라도 범죄가 일어난 건 사실이니까요."

"무슨 범죄? 체이스는 내 훈장을 훔치지 않았소. 내가 빌려준 거지."

나는 자리에서 펄쩍 일어났다.

"솔웨이 할아버지, 그러지 마세요—"

"네가 뭘 안다고 그러냐?" 노병이 나한테 호통을 쳤다. "넌 머리를 부딪히고 기억을 잃었잖아. 그런 주제에 누구 말을 믿겠다는 거야?"

가핑클 판사가 미간을 찌푸렸다.

"이곳이 소년법원이긴 하지만 엄연히 법원입니다. 우린 오로지 진실만을 위해 진실을 밝혀야 합니다."

"진실은 이 아이가 좋은 사람이라는 거요. 얼마나 많은 사람한테 더 증언을 들어야겠소?" 할아버지가 증인석 앞에 늘어서 있는 사람들을 가리키며 말했다. "난 언제나 이 아이를 믿었소. 그러지 않을 이유가 없지 않소?"

랜도 변호사가 기세 좋게 앞으로 나섰다.

"저는 솔웨이 씨가 매우 합리적인 이의를 제기했다고 믿습니다."

가핑클 판사가 랜도 변호사를 향해 코웃음을 쳤다.

"랜도 변호사, 나도 알아요."

그러더니 냉엄한 표정이 부드러워졌다.

"어쨌든, 지역사회의 지지가 높다는 것을 감안하여, 그리고 명예훈장을 받은 전쟁 영웅의 증언에 힘입어 체이스 앰브로즈에 대한 고소를 기각하도록 하겠습니다."

그러고는 내 눈을 똑바로 쳐다봤다.

"내가 틀리지 않았다는 걸 증명하기 바란다."

나는 숨을 크게 내쉬었다. 그제야 솔웨이 할아버지가 법정 문을 열고 들어온 순간부터 숨을 참고 있었다는 사실을 깨달았다.

어마어마한 환호성이 터져 나왔다. 사람들이 나를 껴안고, 볼에 입을 맞추고, 하이파이브를 했다. 쿠퍼맨 선생님이 이러다 부상을 입을지도 모른다고 걱정할 정도로 사람들이 내 등을 두드렸다. 풋볼 팀 친구들은 나를 어깨 위로 번쩍 들어 올려 헹가래를 쳤다. 데븐포트 코치님은 전 시즌을 통틀어 팀이 이렇게 단합을 잘한 적은 없다고 불평 아닌 불평을 했다.

한껏 들떠서 나를 축하해주는 사람들 속에서 순간, 또 다른 기억이 떠올랐다. 지난 시즌 주 선수권 대회의 기억이었다. 우리는 경기장에서 이렇게 승리의 춤을 추었고, 풋볼 팀원들은 새 MVP를 공중 위로 던져 올려 헹가래를 쳤다. 나는 아론과 베어까지 떠올라 기분을 망치기 전에, 뺨을 때려 기억을 떨쳐냈다.

한꺼번에 수많은 감정이 떠올랐다. 분명히 마음은 놓였다. 하지만 한편으로는 이렇게 많은 사람들한테 신세를 졌다는 사실이 낯설었다. 방청석 사이에서 나는 입술과 혀에 감각이 없어질 만큼 사람들한테 거듭 감사 인사를 했다. 마침내 법정 안이 한산해지자, 나는 마지막으로 나를 껴안은 사람이 누군지 알아봤다. 엄마가 아니라 쇼샤나였다. 우리는 화들짝 놀라서 떨어졌지만 옆에 있던 조엘이 우리를 가리키며 웃음을 터트렸다.

"체이스가 톱밥 제조기에 들어갈 일은 없겠군." 조엘이 쇼샤나한테 말했다.

내가 의아한 눈으로 보자, 쇼샤나가 얼굴을 붉히며 웅얼댔다.

"내일 학교에서 보자."

그러고는 돌아서서 가다가 나를 향해 가핑클 판사가 했던 말을 크게 외쳤다.

"체이스, 내가 틀리지 않았다는 걸 증명하기 바란다."

그러고 보니, 쇼샤나는 제법 훌륭한 판사가 될 것 같다. 웬만한 배심원단과 법 집행인보다 훨씬 나은 판결을 내려줬으니까.

웨버 가족까지 모두 떠나자, 나는 마지막으로 가장 중요한 사람한테 감사 인사를 하러 갔다.

솔웨이 할아버지는 방청석의 맨 앞줄에 서 있었다.

"넌 아주 형편없는 변호사구나. 네가 모든 걸 망칠 뻔했어."

"할아버지도 저한테 그 훈장을 빌려주지 않았다는 걸 아시잖아요."

할아버지가 무심하게 어깨를 들썩여 보였다.

"아니, 빌려줬어. 넌 기억을 잃었고 난 늙었다. 누가 알겠냐? 어쨌든 내가 안 왔으면 네가 지금 어디에 있을지 생각해봐."

"정말 감사합니다, 할아버지!"

할아버지가 여기까지 오느라 얼마나 힘드셨을지 생각하니 정말 고맙기 그지없었다.

"나한테 감사할 것 없다. 저분께 감사드려."

할아버지가 눈짓으로 법정 뒤를 가리켰다. 문가에 코린 아주머니가 서 있었다. 한 손으로 헬렌을 잡고, 다른 한 손에는 차 열쇠를 쥐고서. 코린 아주머니는 나를 향해 활짝 웃어주었다.

정말 아이러니했다. 지난여름 병원에서 눈을 떴을 때, 나는 나 자신은 물론이고 그 누구도 알아보지 못했다. 그때 느꼈던 외로움은 두 번 다시 경험하고 싶지 않다. 그런데 지금, 내 미래가 위태로운 상황에 처해 있었을 때, 나는 혼자가 아니었다.

예전의 체이스였다면 이렇게 많은 사람들한테서 응원을 받지 못했을 것이다. 엄마와 아빠, 조니 형, 성격증인으로는 정말 최악일 아론과 베어를 제외하고는 아무도 없었을 것이다. 풋볼 팀 친구들이 의무감에 조금쯤 도움을 줬을지도 모르지만, 그게 전부였을 것이다.

나는 가족들을 따라서 법원 밖 계단으로 나가 자유의 기운을 한껏 들이마셨다.

나처럼 인생을 완전히 새롭게 시작하는 사람이 세상에 얼마나 있을까?

지붕에서 떨어져 머리를 다친 건 내 인생 최고의 일이었다.

브렌든 에스피노자

그건 중학교 역사상 가장 놀라운 변화였다.

아니, 체이스가 반사회적 인격 장애자에서 인간으로 변모한 걸 말하는 게 아니다. 물론 그것도 상위 10위 안에 드는 대사건이긴 하지만.

내 말은, 킴벌리가 나를 좋아하게 됐다는 것이다.

내가 꿈을 꾸는 게 아닌가 싶어 멍이 들 정도로 나를 꼬집기까지 했다. 그래도 그건 백 퍼센트 진실이다. 심지어 나는 킴벌리를 이제 키미라고 부른다. 이를테면 애칭이랄까. 킴벌리를 그렇게 부르는 사람은 나밖에 없다.

포틀랜드 요양원에서 일어났던 몸싸움이 결정적 계기였다. 나는 몸을 던져 아론과 베어한테서 키미를 지키려 했다. 그땐 정말로 뚜껑이 열렸다. 키미는 내가 죽지 않은 게 기적이라고 하겠지만, 어쨌든 그때 난 빛나는 갑옷을 입은 기사 같았다. 그 일이 있기 전에 키미는 내 이름을 기억하지도 못했다.

턱이 멍든 것쯤은 여자친구를 얻기 위한 작은 희생일 뿐이다. 특히 히아와시 중학교에서 가장 끝내주는 여자애라면 말이다.

게다가 키미가 옛날에 짝사랑했던 체이스한테 다시 돌아갈 걱정을 하지 않아도 된다. 체이스와 쇼샤나 사이에 뭔가 시작된 것 같으니까.

체이스는 지난주에 시즌 첫 경기를 치렀다. 정말 미친 경기였는데, 세 개의 터치다운을 기록하고 180야드를 얻었다. 쇼샤나는 외야 관람석 정중앙에 서서 관중들한테 민폐를 끼쳤는데, 자기는 풋볼 팬이 아니며 풋볼 팬이 될 생각도 전혀 없다는 둥 일장 연설을 늘어놓았다. 그럴 수도 있고 아닐 수도 있다. 어쨌든 사람은 변하니까 말이다. 체이스를 보면 알 수 있다. 키미나 비디오 동아리 친구들을 봐도 알 수 있다.

우리는 풋볼에 대해 거의 모르지만 놀라운 경기 장면을 많이 찍었다. 데븐포트 코치님이 얼마나 좋아하던지, 우리를 허리케인스의 공식 동영상 제작자로 임명했다. 그리고 음악부에는 새로운 학생 음악감독이 생겼다. 바로 조엘 웨버.

풋볼 팀 선수들도 이제 우리한테 친절하다. 뭐, 대부분은 그렇다. 아론과 베어는 여전히 네안데르탈인이지만, 그동안 아이들을 괴롭히고 못된 짓거리를 하고 다닌 게 다 소문났다. 알 게 뭐람? 둘은 이제 거의 왕따 신세다. 체이스 말로는 허리케인스 선수들도 그 둘을 무시한다고 한다.

당연한 거지만, 체이스는 다시 비디오 동아리에 들어왔다. 사실 말이야 바른 말이지, 체이스는 풋볼 팀보다 비디오 동아리에서 더 유명하다. '전사'가 전국 비디오 저널리즘 대회에서 1등을 했다는 소식이 막 전해졌다. 체이스가 단독 우승자였다. 체이스가 조엘을 공격했다고 생각한 쇼샤나가 프로젝트에서 자기 이름을 뺐기 때문이다. 드레오 선생님은 그 일을 바로잡으려 하고 있다.

비디오 동아리는 솔웨이 씨를 공식 마스코트로 선정했다. 우리는 솔웨이 씨를 우리의 공식적인 전쟁 영웅으로 만들고 싶었지만, 솔웨이 씨는 영웅이란 말에 반대했다. 전쟁이란 말에도 강한 거부 반응을 보였다.

어쨌든 그날 체이스를 위해 법정에서 한 일 때문에, 나한테 솔웨이 씨는 분명 영웅이다. 물론 솔웨이 씨는 우리가 태어나기 전부터 영웅이었고 미 육군에서도 의심의 여지 없이 가장 높은 영예를 수여했다.

하지만 솔웨이 씨한테는 물어보나 마나다.

"글쎄, 난 기억이 안 난다니까. 귀찮아 죽겠네. 체이스한테 물어봐. 아무 기억도 안 나는 게 어떤 기분인지 말해줄 거다."

사실 체이스는 요즘 옛날 기억이 계속 돌아오고 있다. 기억상실증이 완치돼서 예전 기억이 모두 돌아오려면 아직 갈 길이 멀지만, 가끔 학교 복도에서 얼굴이 잿빛이 된 채 겁에 질린 체이스를 보게 된다. 예전에 자기가 저질렀던 끔찍한 일들이 생각나서 그런거다. 불쌍한 녀석. 언젠가 익숙해지면 아무렇지 않게 되겠지.

나는 비디오 동아리의 존재 이유가 뭔가 끝내주는 영상을 만들어 그것을 널리 유포하고 유명세를 타는 거라고 생각했었다. 하지만 그건 전혀 중요한 게 아니었다.

비디오 동아리의 가장 좋은 점은 동영상을 제작하는 과정에서 알게 되는 사람들이다. 솔웨이 씨처럼 말이다. 비디오 동아리가 아니었다면 결코 내 존재를 알지 못했을 키미도 그렇다. 그동안 살아온 인생 중에 4분의 3은 공포의 대상이 되었던 체이스도. 체이스는 이제 내 절친 중 하나다.

물론 대박 동영상에 대한 욕심을 버리겠다는 말은 아니다. 키미는 '원 맨 밴드'의 원본 영상을 가져다가 내가 튜바에 몸이 묶인 채 소화기 거품을 맞는 영상만 남기고 나머지 부분은 모두 삭제했다. 그런 다음 '최악의 튜바 연주'라는 제목으로 유튜브에 올렸는데, 무려 36만 뷰를 기록했다!

믿을 수가 없다! 이제 나도 대박 동영상이 있다! 뭐, 엄밀히 따지면 키미의 것이지만. 키미는 자기 유튜브 계정에 동영상을 올렸는데, 내 이름을 언급하지 않았다. 단 한 번도. 나는 튜바에 얽힌 채 훌라 춤 댄서처럼 몸을 비틀며 입안 가득 거품을 문 얼간이일 뿐이었다. 그런데도 계속 뷰가 늘어나고 있다.

그것만 봐도 뭐든지 불가능한 것은 없다는 사실을 알 수 있다.

키미와 나.

유튜브계의 기대주.

심지어 체이스 앰브로즈마저 이젠 멋진 녀석이 되었으니까.